三國奇變
戰略篇
卷 9
美人計

目錄

第一章

決戰鉅鹿

逄紀開口道：「決戰鉅鹿澤，此乃天意，主公當遵循天意才是。」

袁紹見逄紀都發話了，當即令道：「審配，給你留下兩萬精兵守備鄴城，其餘所有在冀州的軍隊全都到鉅鹿澤一帶。郭圖，你速速去薄落津準備營寨。」

公孫瓚見人都死光了，丟下手中的鋼刀，對公孫續道：「續兒，你怕死嗎？」

公孫續搖搖頭道：「父親不怕，孩兒就不怕！」

公孫瓚笑道：「不愧是我公孫伯珪的兒子，倘若再多給你幾年光陰，或許我公孫氏就不會是現在這個模樣了。續兒，我們不能被人殺死，死也要死得有尊嚴，你和我一起走進軍營裡。」

公孫續很明白，公孫瓚這是要自焚，他緊緊地握著父親的手，向火勢已經蔓延開來的大營裡走去。

高飛見公孫瓚要自焚，也不攔他，只是默默地看著。

公孫瓚走了幾步後，突然停下腳步，看著高飛，高聲叫道：「高子羽，我先走一步了，等袁紹的大軍一到，你也就快到盡頭了，我在下面等著你，哈哈哈……」

話音一落，公孫瓚和公孫續便一同走進了火裡，熊熊的烈火燒著公孫瓚和公孫續的身體，將他們的皮膚都燒焦了，可是兩人連叫都沒有叫一聲，這種忍耐疼痛的毅力，讓在場的人見了，都吃驚不已，也都暗自感慨公孫瓚不愧是一條硬漢。

「昔日威風凜凜的白馬將軍，不想今日竟然落得這種田地，公孫瓚是一條漢子，可也是一個蠢才。」高飛看到公孫瓚被活活的燒死，自言自語道。

公孫瓚死了，他的部下幾乎都投降了高飛，加上南皮城裡的部隊，足足有三萬多人。高飛並沒有因此感到開心，反而多了幾分惆悵，因為接下來要對付的人，就不會是像對付公孫瓚這樣簡單了。

他調轉馬頭，對身後諸將道：「黃忠、徐晃、龐德，你們三人立刻率領三千輕騎奔赴南皮。」

黃忠、徐晃、龐德異口同聲地答道：「諾！」

「臧霸！」高飛接著道。

「末將在！」臧霸拱手道。

「渤海郡南有一城，名樂陵，那裡城池雖小，卻是青州入渤海的必經之路，命你率領三千騎兵火速奔馳到樂陵，明日我再給你調去一萬步兵，務必要緊守樂陵，不要讓青州的袁紹軍馳入到渤海境內。」

「末將領命。」臧霸道。

「廖化打掃戰場，負責押運糧草輜重，其餘人全部向南皮進發。」高飛又吩咐道。

「諾！」

吩咐完，各部開始有序的離開此地，胡彧負責押送降兵，太史慈帶領騎兵在前面開道，陳到、文聘、褚燕、周倉四將率領重步兵、重騎兵跟在後面，廖化帶領部下清理戰場，並且將浮陽縣城的糧草輜重全部押送到南皮城。

鄴城，趙侯府。

「報——」

斥候拉著長腔，從趙侯府的大門外快速朝大廳裡奔去，見到袁紹時，道：「啟稟侯爺，渤海太守公孫瓚遭受燕軍襲擊，請求援軍。」

袁紹頗為吃驚，他正在籌集糧草、軍餉，準備攻打范陽，然後長驅直入占領薊城，哪知道高飛竟然先下手了，對這件事他還一點不知情。

沒等他開口，門外又來一名斥候。

「報——」

斥候拜道：「啟稟侯爺，燕軍將領趙雲、盧橫於昨夜突然向中山、河間發動攻擊，並且擊敗了兩地的駐軍，兵鋒直指鉅鹿郡。」

在場的謀士有審配、郭圖、辛評、辛毗、逢紀五個人，武將有文醜、顏良、高覽、韓猛四人，連同袁紹在內，聽到燕軍的突然攻擊，沒有一個人不感到驚訝的。

袁紹憤怒之下，猛然拍了一下面前的桌案，怒道：「高飛小子安敢如此猖狂，全軍迎戰，定要將高飛的人頭砍下來……」

審配進言道：「主公，高飛不宣而戰，此等做法必然會被天下人所不恥，屬下以為，應當立刻派出所有精兵良將，將高飛扼殺在冀州境內，讓他和他的數萬兵馬有來無回！」

「主公，只需給我三萬騎兵，我定能將高飛的首級取來獻給主公。」文醜早就想和高飛一戰了，當年他護送劉虞去幽州上任的時候就認識高飛了，心裡對高飛挺敬佩的，可是他現在是袁紹的部下，就該為主盡忠，當即抱拳喊道。

袁紹道：「壯哉！我有顏良、文醜在，區區一個高飛何足道哉？」

高覽、韓猛二人也不服氣，聽袁紹只提顏良、文醜的名字，對於他們隻字不提，便站了出來，抱拳道：「主公，冀州並非只有顏良、文醜，還有我們，我二人願意率領大軍，去把高飛的人頭取回來，還望主公成全。」

袁紹哈哈笑道：「好！你們是我帳下最強的四員大將，有你們在，諒那個小小的高飛何足道哉？顏良、文醜，你二人率領三萬騎兵前往渤海支援公孫瓚，高覽、韓猛，你二人率領兩萬騎兵前往鉅鹿郡抵擋趙雲。」

四將齊聲答道：「諾！」

「主公且慢！」國相沮授急忙喊道。

「沮授！你莫非要阻止主公出兵不成？去年如果不是你阻止主公出兵的話，這個時候，主公早已經踩在薊城的土地上了。」

審配對沮授很有怨氣，沮授是後來投靠袁紹的，一來就被任命為國相，讓他的心裡很不平衡。

「話可不能這麼說，如果不是國相大人阻止了你的計策，冀州怎麼可能在短短的一年之內變得如此欣欣向榮？」郭圖斜眼瞄了審配一眼，譏諷地道。

辛評見郭圖和審配又槓上了，怕愈演愈烈，忙做和事佬道：「兩位大人切勿動怒，一切事情還請主公做主。」

辛毗冷笑一聲，心裡暗道：「兄長也真是的，這兩個人想鬥就鬥吧，幹什麼要阻止他們，最好鬥個魚死網破才好。」

坐在最末尾的逄紀則是事不關己的態度，他一直信奉道家的思想，可是道士在這個以名聲和出身標榜的年代不吃香，甚至連商人都不如，所以他後來捨棄道家的思想，去拜名師學起了儒家的文化。

成名之後，他受到袁紹的徵召，便在袁紹的府裡當起了門客，從此潛心修道，是袁紹智囊團裡最沉默寡言的一個，可是往往只要一開口就會語出驚人。

袁紹見審配、郭圖要鬥嘴，沮授又持有不同意見，便朗聲道：「肅靜！國相大人，你是不是有什麼其他不同的意見？」

沮授見袁紹問起，便拱手道：「主公，屬下以為，此時出兵不妥！」

「不妥？有何不妥？燕軍都已經打到家門口了，難道要等到高飛兵臨城下了，我才出兵嗎？」袁紹帶著一絲怒意，冷冷地道。

沮授道：「如今燕軍兵分兩路，一路從范陽直接南下，另一路從天津南下，從斥候彙報的時間來計算，只怕高飛的兩路大軍已經縱深到冀州腹地了。渤海的公孫瓚雖然兵馬不少，但是和高飛比起來，絕非高飛的對手，以屬下的推算，公孫瓚很可能已經被高飛殺死了。

「趙雲也是高飛軍中的一位得力大將，突破中山、河間的防線後，恐怕現在也到了鉅鹿郡。屬下以為，**與其分兵進行抵抗，不如讓高飛的兩處兵馬在鉅鹿合在一起，然後我軍再在鉅鹿布下重圍，將高飛的所有大軍包圍起來，只需一戰即可。**」

「說得輕巧，高飛智勇雙全，擅於設伏，我軍要是去設伏，何以瞞騙過他的眼睛？而且，我軍又要採用何種策略將高飛誘入伏擊圈？」審配反問道。

沮授並不搭理審配，朝袁紹拱手道：「主公，屬下雖然和高飛只有過一面之緣，但是對他的瞭解並不亞於任何一個人。**他有一個致命的弱點**，屬下完全可以利用這個弱點將高飛引入到伏擊圈，圍而殲之。」

袁紹聽了，急忙問道：「什麼致命的弱點？」

沮授指了指自己，道：「**高飛的致命弱點就是我**。」

「你？」

審配噗哧一聲笑了出來，道：「你把自己抬得也太高了吧，你怎麼可能會是高飛的致命弱點？」

沮授不氣也不怒，繼續道：「啟稟主公，屬下感念主公的知遇之恩，此次高飛大兵壓境，如果派兵四處堵截的話，冀州的百姓都會飽受戰禍之苦。為了不使百姓再受到戰禍之苦，屬下斗膽向主公建議，請主公將冀州境內的所有大軍全部撤到鉅鹿澤一帶，主公駐紮薄落津即可，我軍就在鉅鹿澤和高飛軍展開決戰。」

袁紹皺起眉頭，思慮了一下，問道：「國相，你可有一戰而定勝負的把握？」

「只要高飛一到鉅鹿澤，**那鉅鹿澤就是高飛的葬身之地**，那裡是決戰的最佳地方，不會影響到冀州百姓，只要高飛一死，主公再派騎兵一路北上，整個幽州便可盡數歸到主公手中。」沮授信誓旦旦地道。

「主公，既然國相大人胸有成竹，末將以為不妨一試！」文醜也是曉暢兵法的人，能夠體會到沮授愛護百姓的用心。

文醜又對顏良使了個眼色。顏良會意，附和道：「啟稟主公，國相大人言之有理，末將深表贊同。」

袁紹看向諸位謀士，問道：「你們以為如何？」

郭圖搶先道：「國相大人的謀劃可說是深謀遠慮，屬下也是這個意思，只是沒有說出來罷了。」

「真不要臉！」審配在心裡暗暗罵道。

久不發話的逢紀突然開口道：「**決戰鉅鹿澤，此乃天意**，主公當遵循天意才是。」

袁紹見逢紀都發話了，也就不再遲疑，當即下令道：「審配，給你留下兩萬精兵守備鄴城，其餘所有在冀州的軍隊全都到鉅鹿澤一帶。郭圖，你速速去薄落津準備營寨。」

「諾！」眾人答道。

沮授又道：「主公，屬下還有一個請求。」

「什麼請求？」袁紹問。

「請將沮授不日內斬首的命令公布出去，屬下自有辦法誘使高飛到鉅鹿澤一帶。」

袁紹驚詫地道：「國相，你這是何意？」

「為了能讓主公成為河北霸主，沮授也只有出此下策了，還望主公成全。」沮授道。

袁紹不禁動容道：「國相，真是委屈你了。可是**此等苦肉計，只怕高飛不會上當吧？**」

沮授嘿嘿笑道：「主公放心，屬下自有誘使高飛進入伏擊圈的辦法。如果被高飛看破也無妨，只要我大軍緊守鉅鹿澤，高飛的燕軍就無法向前越雷池一步，屬下更會有其他方法來對付高飛。」

袁紹歡喜地道：「我有國相，天下何愁不定？」

沮授從趙侯府出來後，便直接回到住宅，命老僕喚來兒子沮鵠，吩咐道：「你到了高飛那裡，一切就按照我告訴你的話去做。高飛帳下謀士眾多，賈詡、荀攸、荀諶、許攸皆智慧之士，如果要瞞騙過他們，也唯有出此下策了。」

沮鵠重重地點頭道：「父親放心，孩兒一定不會辜負父親的重託。」

沮授道：「這一次的成敗，就看你的表現了。」

沮鵠和沮授話別之後，便背上包袱，騎上快馬，奔馳出了鄴城。

早晨的太陽剛從雲層裡爬出來，大地便陷入了一片悶熱。

南皮的城樓上，黑底金字的燕軍大旗垂頭喪氣地掛在旗桿上，像是害怕太陽的曝曬一樣，始終不願意張開。

高飛登上城樓，眺望南皮城內外，對占領這座重城顯得頗為興奮。

公孫瓚平時橫徵暴斂，聚集了不少錢糧，高飛兵不血刃地拿下南皮城之後，把公孫瓚新娶的幾個妻妾全部賞賜給作戰比較勇猛的士兵，並且開倉放糧，將公孫瓚搜刮來的糧食拿出一半還給城中百姓，其餘的當作軍用。

「主公，潘宮、郭英、陳適、穆順四將帶到。」高林從城樓下走了上來，報告道。

「末將等參見主公！」潘宮、郭英、陳適、穆順四將齊聲拜道。

高飛道：「四位將軍不必多禮，我叫四位將軍過來，是有重要事情吩咐，希望四位將軍不要推辭。」

「單憑主公吩咐。」四人答道。

高飛道：「我知道，你們投降我也是不得已，只是為了活命而已，並非是真的死心塌地要跟隨我。如果這時候袁紹帶兵打過來了，而恰好我又被袁紹打敗了，你們或許就會轉投袁紹，對不對？」

四人聽了，幾乎同一時間跪在地上，齊聲道：「我等絕無此意，我等仰慕主公大名已久，早有投靠之心，並沒有其他的想法……」

「好了好了，我又不是要怪罪你們。有時候，人為了活命做出這樣的事情並不可恥，可恥的是一而再，再而三的投降。降一次情有可原，降兩次就會受到唾罵，降三次，那就是徹徹底底的不忠不義之人了。

「我只想讓你們知道，在我手底下為將，就不能背叛我，我不管你們是怎麼在公孫瓚軍中當上將軍的，但是既然投降於我，那以後除非是我死了，否則，你們絕對不能有二心，一旦我發現什麼端倪，可就別怪我不客氣了。」

潘宮等四將聽得是顫顫巍巍，心裡也很膽寒，遇到這樣一眼就看透他們的主子，他們也只有死心塌地的跟隨了。

四將一起叩拜道：「主公在上，末將等從此以後對主公一定忠心耿耿，絕對不會有二心。」

高飛笑道：「我醜話已經說在了前頭，只要我還活著一天，你們就不能有絲毫的反叛之心，如果我死了，你們可以另投他主，我絕對不會有任何意見。」

潘宮等人齊聲道：「末將不敢。」

高飛彎下腰，親自將潘宮幾人給扶了起來，笑呵呵地道：「從現在起，你們就是我燕軍的一部分了，我現在有件非常重要的事情交給你們去做，還請你們務必接受。」

「主公請講，我等定當萬死不辭！」

高飛道：「『橫野將軍』臧霸已經帶著三千騎兵奔赴樂陵去了，樂陵是青州進入渤海的必經之地，我想讓你們四人中的兩個帶一萬兵去樂陵，不知道你們誰願意去？」

陳適、郭英二將對視一眼，一起拜道：「末將願往。」

高飛道：「好，你們二人即刻帶領一萬步兵前去樂陵，將兵馬全部交給臧霸，你們也歸屬到臧霸部下，聽候臧霸的調遣，替我好好的防守樂陵。」

陳適、郭英道：「末將遵命。」

潘宮、穆順拱手道：「主公，那我們兩個？」

高飛笑道：「你們兩個留在南皮，另有他用。斥候來報，劉備帶領一萬大軍正朝這裡開過來，你們兩個就留下對付劉備。」

「對付……對付劉備？」潘宮、穆順驚道：「可是劉備帳下有關羽、張飛，末將怕不是對手！」

高飛道：「這個你們不用操心，**我自有妙計**，可讓你們在和劉備軍的對戰中大獲全勝。」

寬闊的官道上，塵土飛揚，「劉」字大旗高高豎起。

劉備、關羽、張飛各自騎著一匹快馬奔馳在最前面，身後是一千騎兵和九千步兵。田豫、糜芳、孫乾、簡雍、糜竺、關靖散布在人群中，浩浩蕩蕩地朝南皮城而去。

「大哥，高飛為了給劉虞報仇，發兵攻打公孫瓚，咱們去瞎摻和什麼？還一下子帶走這麼多兵馬，這一路上長途跋涉的，可把俺給累壞了。以俺看，咱們還是暫時停下來歇一會兒吧？」張飛擦拭了一下臉上的汗珠，對劉備道。

劉備道：「三弟，給劉虞報仇，這只是高飛的一個藉口，奪取冀州才是事實，何況公孫瓚是我舊友，不得不帶兵去救。如果公孫瓚一死，袁紹就等於斷掉了一臂，我們必須快點趕到南皮城才行，你就忍忍吧。」

「話雖如此，可趙雲不是正在帶兵攻打中山嗎，大哥為什麼不帶兵去救中山，反而捨近求遠來救公孫瓚？」張飛對劉備腦袋瓜子裡想的事情感到很奇怪，接著問道。

關羽道：「三弟，大哥這樣做，是有一定道理的。」

「有什麼道理？」

關羽道：「趙雲的兵馬不過是一支疑兵罷了，真正的主力在高飛的手裡控制著，滅公孫瓚才是高飛要走的第一步。」

張飛道：「那第二步是不是該輪到咱們了？」

關羽道：「以現在的情況來看，**高飛的下一個目標，極有可能就是咱們兄弟。**」

「那怎麼可能？高飛和咱們好兄弟，怎麼可能會攻擊咱們，俺不信，俺絕對不相信。」張飛不斷地搖頭道。

劉備道：「三弟，你就是太單純了，早跟你說過，不要和高飛來往過密，你就是不聽。如今咱們寄人籬下，雖然屈尊袁紹帳下，但好歹有個落腳點，高飛不宣而戰，公然打著給劉虞報仇的幌子進攻渤海郡，首先挑起戰端。這戰端一開，只怕又有無數黎民會受到戰亂波及了，如果百姓流離失所的話，那高飛就是罪魁禍首。」

張飛撇著嘴，他自從在虎牢關和高飛分別之後，就經常寫信給高飛，主要是想讓高飛給他買一匹好馬騎騎，單從個人的私人感情上，張飛和高飛還是不錯的。

他沒有說話，默默地低著頭，心中暗自問道：「高飛果真如同俺大哥所說的那樣嗎？」

關羽夾在劉備和張飛之間，見張飛一臉的陰鬱，劉備也面無表情，便打圓場道：「大哥、三弟，不管怎麼樣，咱們是桃園結義的生死兄弟，不該為了一個高飛而傷了和氣。為今之計，只有趕緊奔馳到南皮才行。不過，我軍一直沒有歇息，導致人困馬乏，不如就在這裡暫時休息片刻，等到了南皮也好有精力打仗不是？」

劉備看了眼疲憊的士兵們，便道：「好，那就休息片刻。」

天氣悶熱，騎兵們暫時脫去戰甲，大口的喘著粗氣，步兵們更累，他們從河間的樂成一路走來，一停下來，就東倒西歪的坐在官道兩旁的地上。

糜竺、孫輕、簡雍、田豫、糜芳聚集在劉備的身邊，關靖也走了過來，朝劉備拜道：「大人！」

劉備吩咐道：「此處離南皮還有四十里路，關靖，你先去南皮城打探一番，萬一公孫將軍沒有被高飛大軍圍住，那就請公孫將軍派人過來接應一下。我準備在城外紮寨，和公孫將軍互為犄角，這樣一來，高飛就不敢貿然進攻了。」

關靖爽快應道：「諾，我這就去南皮一趟，劉將軍在這裡休息一會兒再上路不遲。」

劉備道：「嗯，去吧，我等你的消息。」

關靖單槍匹馬南皮城而去，一路上，他總擔心南皮城已經被攻破了，所以十分小心翼翼，折騰了一段時間才抵達南皮城外。

南皮城的城樓上高掛著「公孫」字樣的大旗，潘宮、穆順二人正站在城樓上，有模有樣的進行巡邏。

關靖從樹林裡遠遠地看過去，心中暗道：「看來是守住了，真是虛驚一場。」立即翻身上馬，帶著喜悅，直奔南皮城而去。

南皮城的城樓上，潘宮、穆順已經注意到關靖的到來，兩人對視一眼，心裡偷笑，然後下城樓命人打開城門，迎接關靖到來。

潘宮、穆順帶著兩名親隨出迎，拱手道：「關長史，你總算回來了，援軍呢？」

關靖道：「在五十里外休息，一路奔波太久，士兵都疲憊不堪。對了，主公呢？」

潘宮道：「長史走了以後，主公帶著三萬大軍和高飛進行了決戰，連戰連克，如今已經收復浮陽、章武兩縣，正準備攻打天津呢。」

關靖狐疑道：「主公把高飛打跑了？到底是怎麼一回事？」

「高飛手下的烏桓人害怕主公的威名，不戰自退，導致高飛軍士氣低落，主公看準時機，便率部掩殺，大獲全勝，然後命我和潘將軍駐守此城，等待劉備援軍。」穆順道。

關靖打量了一下城中士兵，見都是熟人，而且帶著喜悅之色，沒有什麼異常，便道：「謝天謝地，看來高飛這次要敗在主公手上了，幽州也可以奪回來了。二位將軍，你們速速準備一下吃的住的，我這就去讓劉備把大軍帶入城中休息，明天好去支援主公。」

潘宮、穆順拱手道：「請長史大人放心。」

關靖調轉馬頭便朝回趕，快速奔馳在官道上，捲起了一陣塵土。

潘宮、穆順二人見關靖走了，一起抬頭朝城樓上看了過去。

高飛矗立在城樓上，看著消失的關靖，衝潘宮、穆順道：「你們做得很好，**下面就該把劉備引入城中了**，該怎麼做，你們知道吧？」

潘宮、穆順齊聲答道：「啟稟主公，末將明白。」

高飛向站在身後的魏延道：「傳令下去，讓各部注意，一會兒讓那些百姓陸續登場。」

魏延應了一聲，便立刻去傳達命令了。

高飛眺望著西邊的天空，默默地道：「大耳賊，今天我看你還往哪裡跑！」

關靖來到劉備所在的休息地，道：「劉將軍，我家主公已經將高飛驅逐出境了，目前正在攻打天津。現在南皮沒有危險，我們趕快入城歇息吧，明天好率部支援我家主公。」

關羽、張飛等人一聽到關靖說的，都異常開心。

不用打仗了，劉備當然也很開心，畢竟他倉促拉起的這支一萬人的部隊還沒有經過多久的訓練，除了他從徐州帶來的三千殘兵外，其餘七千人都是新招募的，萬一真打起來，吃虧的還是他。

他站了起來，當即發號施令道：「傳令全軍，向南皮進發。」

隨著劉備的一聲令下，休息許久的士兵便再次踏上行程，只是這會兒趕的沒有那麼倉促了。

午時三刻，劉備帶著大軍到達南皮城下，潘宮、穆順已經帶著人列隊歡迎了。

劉備騎在一匹高頭大馬上，仰望著巍峨的南皮城，心裡頗有感觸，不禁暗自讚嘆公孫瓚所營造的這座堅城。

「末將潘宮、穆順，見過劉將軍。」潘宮、穆順徑直走到劉備的面前，拱手道。

劉備道：「有勞二位將軍了。」

潘宮道：「劉將軍和我家主公情同手足，我們理應如此，營房、飯菜都已經準備妥當，就等劉將軍的大軍到來了，這就請隨我等入城吧？」

劉備點點頭，剛想開口說話，便聽身後的關羽道：「大哥，請借一步說話。」

「嗯……」劉備不解關羽之意，但還是策馬跟著關羽，朝路旁走了過去。張飛見狀，也跟了過來。

「二弟，有什麼事？」劉備見關羽表情肅穆，問道。

關羽道：「大哥先不要入城，待某替大哥入城一探究竟。」

「怎麼？二哥懷疑城內有埋伏？」張飛狐疑道。

關羽眼睛朝西北方向看了過去，對劉備和張飛道：「大哥、三弟，你們仔細看西北角那段城牆……」

兩人一起扭頭向西北角看了過去，見城牆上，公孫瓚的士兵各個精神抖擻的站在那裡，並沒有感到有什麼異常。

張飛怪道：「二哥，你讓俺和大哥看什麼啊？」

劉備也是一臉迷茫，問道：「二弟，有何不妥？」

關羽道：「公孫瓚的士兵向來驕狂，以至於軍心渙散，可是某看到的士兵卻是精神抖擻，這其中一定有什麼不對勁。」

「能有什麼不對勁，二哥多慮了，一定是公孫瓚進行一番訓練的結果。」張飛不以為意地道。

「**防人之心不可無**，高飛向來足智多謀，公孫瓚雖然驍勇，可怎麼會那麼容易就把高飛給打跑了？」關羽捋了捋他的長髯，分析道：「還有這潘宮、穆順，二人也沒有了那種狂氣，舉手投足間多了一份穩重，就算士兵能夠訓練，可是為將者這種習氣不是一朝一夕能夠改變的，除非是有什麼重大的事情發生。」

劉備聽了，心裡也產生了一絲疑慮，思索著這**南皮城到底是進還是不進**。

張飛性子急，不耐煩地道：「哪那麼麻煩，大哥、二哥在此候著，俺老張先進去走一遭，萬一真有什麼危險，俺老張也好從城裡殺出來。」

「三弟不可造次，以某看，這城還是不進為好，就在城外紮營，讓潘宮、穆順把食物送到城外就可以了。」關羽謹慎地道。

劉備擔心道：「可萬一不是二弟所想的那樣，我們這樣做，豈不是辜負了潘宮、穆順的一番好意？傳到公孫瓚的耳裡，說我一直在防著他，只怕會惹來公孫瓚的不滿。」

張飛見劉備、關羽舉棋不定，便擼起袖子，對劉備、關羽道：「大哥、二哥不必煩惱，以俺看，帶一半兵馬進城，留一半兵馬在外，如果發現異常之處，也不至於無法援救。」

關羽聽了道：「三弟的意見不錯，那就照三弟的意思來辦，由某率領五百騎兵和兩千步兵進城……」

「大哥、二哥都留在城外，俺老張進城，如果高飛設下埋伏，俺老丈便用手中的丈八蛇矛在他身上刺幾個窟窿。」張飛大咧咧地道。

說完，張飛轉身招呼了五百騎兵，便大咧咧地來到潘宮的面前，手中緊握著丈八蛇矛，衝潘宮喊道：「帶俺進城，俺餓了，要吃飯！」

潘宮見張飛鬍鬚倒豎，一臉猙獰，也不知道剛才張飛和劉備、關羽在那裡嘀咕什麼，急忙道：「劉將軍……」

「哪來那麼多廢話？俺老張讓你帶俺進城，俺大哥、二哥還有事情要做，這會兒不進城，俺要先進去吃個飽。」

潘宮驚詫地道：「可是……」

「怎麼？你這樣極力讓俺大哥進城，難不成城中有埋伏？」張飛直接說了出來，意欲打草驚蛇。

潘宮急忙擺手道：「沒有的事，沒有的事，張將軍請隨我入城便是……」

張飛將丈八蛇矛向前一招，帶著五百騎兵便向前走去，關靖則緊隨張飛身後。

進入城中後，張飛的目光變得尤為犀利，忽然看見街邊一角有光束閃現，刺得他睜不開眼，他二話不說，用丈八蛇矛在亂草堆裡胡亂戳了一下，就覺蛇矛的矛頭有些異樣，將蛇矛抽出來，居然帶出來一個燕軍士兵。

張飛大吃一驚，用蛇矛刺死那個人，立即策馬回奔，大聲朝城門外喊道：「大哥、二哥快走，城內有埋伏！」

高飛藏匿在城樓上，一直默默地注視著劉備的一舉一動，見只有張飛進城，便有不好的預感，再見張飛一聲巨吼，知道已經失去伏擊的最好時機，無奈下，只能下令關上城門，將張飛和劉備、關羽分隔開來。

「砰！」一聲巨響，守城的士兵將城門給關得嚴嚴實實的，藏在各處的將士們全部湧現出來，將張飛和五百騎兵全部包圍了起來。

「張翼德！」高飛露出身子，向張飛喊道：「別來無恙否？」

「沒想到我們會以這種方式再次見面，昔日的兄弟之情，看來今天也該有個了結了。」張飛冷笑了一聲，衝高飛喊道。

「你已經被包圍了，縱使你再勇猛，也不可能突破這層層包圍，還是早點投降吧。」

張飛哈哈大笑道：「你以為我會投降嗎？」

高飛還沒來得及說話，便聽見背後負責守城的高林大聲叫道：

「放箭！」

城外，劉備、關羽見到南皮城的城門突然被關上，兩人心頭都是一震，同時嚎叫道：「三弟！」

關羽將手中的青龍偃月刀向前一揮，怒道：

「攻城！」

兩千步兵舉著手中的兵刃，向南皮城的城牆攻了過去。

負責守衛南皮城的高林見狀，這才下達讓弓弩手放箭的命令。

城樓的一側，幾台轉射機被士兵給推了過來，兩個士兵一組，開始瘋狂地招呼前來攻打城池的敵人。

一時間萬箭齊發，防衛森嚴的南皮城上立刻展現出應有的實力，箭鏃一陣陣的被射到敵方的人群中，敵人還來不及進行防禦，就已經一命嗚呼了。

「殺啊！」關羽一馬當先，救弟心切的他不斷地招呼士兵向前衝。

城內。張飛和燕軍的士兵在僵持著，帶張飛入城的潘宮、穆順二人早已跑得無影無蹤。

關靖一看到燕軍的架勢，立刻做出了判斷，高呼：「我投降，我投降……」

張飛不等關靖喊出第七個字，手起一矛，便將關靖刺了一個血淋淋的窟窿，豹眼怒視著周圍，喊道：「誰敢投降，關靖就是你們的榜樣！」

五百騎兵都是劉備從徐州帶出來的丹陽兵舊部，對劉備十分忠心，聽到張飛的話語之後，都深受感動，低落的士氣立即便恢復了，城內的氣氛變得異常緊張。

城外不斷傳來士兵的慘叫聲，前來攻城的士兵還沒有走到城牆的跟前，便被轉射機射出的巨大弩箭給穿透身體，一支支連續射擊的弩箭組成強大的箭雨，使得那些士兵根本無法靠近城垣。

劉備焦急地看著前方不斷增加的傷亡，見自己的兵力根本無法攻克這座堅城，急忙下令停止攻打南皮城，在城外嚴陣以待。

「大哥，三弟還在城裡呢，必須想辦法把三弟救出來才行。」關羽很是擔心張飛，對劉備說道。

劉備道：「我比你還急，可是我們這點兵力，根本無法對抗高飛，恐怕會全軍覆沒，必須十分小心才行。」

「可是三弟他……」關羽焦急地道。

「現在我們應該儘快離開此地，去鄴城和袁紹會合，只有如此，才能抵擋住高飛的大軍。如果三弟遇到什麼不測的話，我們將來也有兵替三弟報仇……」

「大哥，難道就這樣眼睜睜地看著三弟去死嗎？」

劉備皺眉道：「我也不想，可是事已至此也莫可奈何，三弟肯定也希望我們儘快離開此地，換做是你在裡面，你會希望我們去救你嗎？有時候，捨棄一子，滿盤皆活。」

關羽見劉備把張飛當作棋子，不禁問道：「**難道我們結義的三兄弟要在今天斷掉一個嗎？**」

劉備嘆了口氣，道：「城中沒有傳出打鬥聲，以三弟的脾氣，能忍到現在，只能說明他在拖延時間。我們必須儘快離開，但願三弟能夠保佑我們！」

不等關羽回答，劉備便調轉馬頭，衝後面的人喊道：「全軍撤退，撤到信都城。」

瞬間，士兵紛紛朝後跑走，捲起一陣塵土。

關羽眼眶滿含熱淚，看了南皮城最後一眼，自語道：「三弟，你一定要好好的活著……」

第二章 美人計

歐陽茵櫻道：「我已經有一個計策了，希望你能助我一臂之力。」

「哦，什麼計策？」趙雲道。

歐陽茵櫻道：「美人計！」

「美人計？」趙雲大吃一驚，看著面前的歐陽茵櫻，道，「你……你該不會是想進城色誘淳于瓊吧？」

南皮城城牆上。

高林看到劉備居然撤退了，急忙報告道：「主公，劉備帶著部下跑了。」

「什麼？大耳朵跑了？」高飛震驚地道：「這劉備真他媽的夠沒義氣的，居然連張飛也不管了，這還是我所熟知的劉皇叔嗎？」

罵歸罵，高飛還沒有失去理智，立刻做出判斷，下令道：「讓太史慈火速帶領三千輕騎追擊，沿途掩殺，定要給劉備一個重創，最好能砍下劉備的腦袋！」

太史慈許久沒有打仗了，憋了好久，終於可以參戰了，「諾」了一聲後，立刻召集自己的三千部下，一溜煙便奔出城池，追擊劉備而去。

當城門打開的瞬間，處在包圍圈裡的張飛，看見城外空空如也，心裡多少有一絲安慰：「大哥、二哥走得好……」

猛然間，張飛抬起頭，倒豎虎鬚，圓睜環眼，身上青筋暴起，大吼道：「張翼德在此，不怕死的都上來吧！」

高飛站在城樓上，聽到張飛的這一聲猛喊，只覺得震耳欲聾，暗道：「**長阪坡上，張飛就是用這吼聲嚇退曹操大軍的嗎？**」

張飛身邊的五百名騎兵受到了張飛的感召，都視死如歸，一起大聲喊道：「張將軍威武！」

張飛拍馬奔馳而出，直接朝高飛殺了過去，戰事一觸即發，燕軍的將士們看到張飛和五百名騎兵殺了出來，端在手裡的連弩密集地射了出去。

高飛見張飛向自己奔來，將手一招，十幾個粗壯的大漢從士兵中湧現出來，一個人帶著一張大網，向張飛鋪天蓋地的撒了過去。

張飛用丈八蛇矛擊碎一張網，卻迎來另外十幾張大網，將他和座下之馬一起困在網中，壯漢各自抓著大網的一角，像包粽子一樣將張飛緊緊纏住。

「呀——」張飛的丈八蛇矛使不出威力，大網勒得他十分難受，他只能用蠻力進行反抗。

可是，那十幾個負責禁錮張飛的壯漢都是精挑細選的大力士，任由張飛怎麼掙扎都無法掙脫開來。

高飛見抓住了張飛，走下城樓，來到張飛的面前，問道：「張翼德，你服不服？」

「不服！」張飛滿臉的怒容，一邊掙扎，試圖掙脫纏住身體的大網，吼道：「要殺便殺，何必囉嗦！」

高飛這招**天羅地網**本來是準備生擒劉備、關羽和張飛三人的，可惜劉備、關羽沒進城，只抓到一個張飛。如果真想殺張飛的話，就不會將其生擒了。

他擺擺手，下令道：「給張將軍鬆綁！」

「主公，張飛有萬夫不當之勇，如果鬆綁，只怕他會對主公不利。」許攸勸阻道。

高飛笑道：「張翼德的勇猛我知道，可是就算他再怎麼勇猛，又怎麼能抵擋得了一群人？鬆綁！」

黃忠、張郃、徐晃、龐德、褚燕、胡彧、陳到、文聘八名將領立即向前，分別站在八個不同的方位，死死地將張飛包圍在裡面，十幾個力士這才敢鬆手。

張飛一經鬆綁，猶如破繭重生一樣，渾身的肌肉盡皆暴起，一個箭步，挺著手中的丈八蛇矛便朝高飛刺了過去。

「噹」的一聲響，陳到手持鴛鴦雙刀擋下了張飛的蛇矛，同時用身體擋住張飛的去路，雙刀揮舞著，把猝不及防的張飛從馬背上給逼了下來，眾將都圍了過來。

張飛環視一圈，哈哈笑道：「沒想到短短幾年，你就網羅到這麼多一流的將才，想必這幾人就是燕雲十八驃騎吧？」

高飛點點頭，道：「如果你願意，你也可以加入。」

張飛仰望蒼天，嘆道：「俺不該為了一匹戰馬和你來往密切，今日俺能死在昔日兄弟的手上，俺老張已經知足了。」

話音一落，從不服輸的張飛將手中的丈八蛇矛給拋在地上，對高飛道：「你動手吧，給俺留個全屍，葬在涿縣俺老家那片桃花林裡，俺老張也就對你感恩戴德了。」

張飛的舉動出乎高飛的意外，**他沒想到張飛會放下武器求死，這也讓他看出張飛是個重情重義的熱血漢子**，勸道：「**劉備值得你這樣為他嗎？**他老是把義結金蘭的事放在嘴邊，結果大難臨頭時，卻不顧你的安危，自己帶著部隊跑了。」

「俺是大哥的話，也會那麼做，明知道俺已經身陷重圍，無法脫身，就不應該來救俺，暫時退避、忍讓，以圖謀一個好機會再給俺報仇。」張飛反駁道。

「**你寧願死，也不願意背棄劉備投靠我？**」高飛問。

「俺雖然是個粗人，也略懂忠義二字，為了這兩個字，俺老張唯有一死。」張飛豪氣地道。

「倘若劉備背叛了你們義結金蘭時的誓言呢？」高飛又問。

自三人結拜以來，雖然彼此性格不同，磕磕絆絆的事沒有少過，但是都以忠義為先，要說劉備會背叛結義時所立下的誓言，他萬萬不會相信。

「你不用說了，大哥愛民如子，對俺更是不薄，俺現在只求一死而已。」

高飛道：「你要的上等戰馬，我給你買來了，你要不要看看？」

張飛閉上眼睛，道：「不看，免得徒生傷悲。」

高飛拍了兩下手，緊接著，魏延手裡牽著一匹高頭大馬從人群裡擠了出來，那匹戰馬全身通黑，和高飛之前所騎的烏龍駒是一樣的品種，都是烏孫人飼養的千里馬。

那匹戰馬發出一聲長嘶，像是在為張飛哀鳴。張飛是個愛馬之人，聽到嘶叫，心裡便起了一絲漣漪，把眼睛睜開，映入眼簾的，是一匹黑色的神駒，肌肉雄健，四蹄皆白，他一眼便喜歡上這匹黑馬，目光中流露出無限的豔羡。

「翼德兄，這是我要送給你的馬，是純種的烏騅馬，叫『**烏雲踏雪**』，可是我花了大錢從烏孫國買來的，不知道可符合你的審美觀不？」高飛道。

張飛將喜愛之心收了起來，朗聲道：「俺是將死之人，臨死前能看到如此神駒，心裡已經很知足了。你動手吧，俺絕對不會眨一下眼睛的。」

高飛高聲道：「魏延，把烏雲踏雪交給張將軍，所有人讓開一條道路，恭送張將軍出城！」

所有的人無不驚愕，許攸拱手道：「主公，張飛不能放，放了他就等於放虎歸山啊，何況劉備對主公頗有怨言，上次我軍未出兵救援徐州，以至劉備敗北，他必然深恨主公。請主公三思，如今之計，應當先斬張飛，劉備折損一臂，對劉備絕對是一個重大的打擊。」

眾將皆紛紛叫道：「請主公三思！收回成命！」唯獨郭嘉泰然自若的站在那裡，睿智的目光中閃出一絲不同尋常的光芒。

高飛走到張飛的身邊，從地上撿起張飛的丈八蛇矛，交到張飛的手上，並且牽來烏雲踏雪，對張飛道：「翼德兄，讓你受委屈了，請趕快出城吧。你騎上這匹烏雲踏雪，絕對可以趕上劉備的。」

張飛受到極大的衝擊，黑臉抽搐了幾下，握著兵器的手隱隱顫抖著，不信地道：「你真的打算放俺走？」

「你是一個將才，殺了可惜，而我又是一個愛才的人……總之，你趕緊離開這裡吧，我的部下太史慈正帶著三千輕騎追擊劉備，希望你去了不會太遲。」

張飛一聽這話，便急忙向高飛拜道：「侯爺大恩大德，**俺張飛欠侯爺一條命，以後俺會想辦法償還給侯爺的**，侯爺請多保重！」

高飛抱拳道：「翼德兄請多保重，見到太史慈時，請把這個交給他，讓他停止追擊，火速返回！」

張飛見高飛交給他一個刻著金色羽毛的權杖，便收下了，騎上烏雲踏雪馬，朝高飛再次抱拳道：「侯爺保重，俺就此告辭！」「駕」一聲大喝，騎著那匹烏雲踏雪馬，便飛也似的追尋劉備的足跡去了。

「主公，放張飛走，只怕是放虎歸山，劉備暫時無所去處，勢必會依靠袁紹，這麼一來，在戰場上很有可能再次遇到劉備、關羽和張飛，那個時候，若想再生擒張飛，那就難了。」賈詡進言道。

高飛邪笑道：「軍師難道看不出來這是我刻意安排的嗎？」

賈詡一怔：「還請主公示下。」

高飛看向郭嘉道：「奉孝，你來說說我的別有用心之處。」

郭嘉朗聲道：「主公這是在**放長線釣大魚，張飛只不過是主公的一個誘餌而已。**」

高飛沒有再做解釋，下令道：「清理戰場，全軍解除戒備清點糧草和軍餉，明日一早，兵發信都。」

半個時辰後，太史慈帶著三千騎兵一個不少地回到了南皮，難得的是，他還帶回四千多的俘虜。

高飛知道太史慈這次沒有殺俘虜，便直接賞賜太史慈一些錢財以資鼓勵，並且讓太史慈積極備戰，準備迎接新一波的戰鬥。

南皮城正在積極備戰，糧草、軍餉、器械都已經準備完畢，高飛聚集眾將，準備對袁紹發起全面的戰爭。

「趙雲已經突破中山、河間，正朝鉅鹿郡的癭陶城進發。我軍也不應該在此逗留，應該火速進軍，爭取用最短的時間結束冀州之戰，否則，一旦時間拖延下去，對我軍極為不利。」

高飛掃視在場的諸位謀士、將軍，朗聲道：「諸位都有什麼建議，儘管暢所欲言。」

南皮城太守府的大廳裡，凡是校尉以上的人都參加了這次會議，幾十個人站在一起，顯得很是壯觀。

荀攸首先道：「我軍在兵力上一直出於劣勢，袁紹在冀州有大軍十五萬，青州五萬，如今臧霸已經率眾去了樂陵，完全可以將青州的兵馬擋在渤海郡外。只是，如果袁譚走平原、經清河進入冀州增援的話，我軍所面臨的壓力就會增加，如果想牽制住袁譚，就必須進攻青州。然而，臧霸只有一萬三千人，其中一萬人都是降兵，守備樂陵綽綽有餘，想進攻青州，卻有點強人所難。屬下以為，不如和兗州的曹操取得聯繫，設法讓曹操牽制住袁譚，這樣就可以減小我軍在冀州所

面臨的壓力。」

高飛道：「我也正有此意，**曹操和袁紹表面上很和睦，其實暗地裡卻是勾心鬥角**，如果能得到曹操的幫助，我軍自然可以全力對付袁紹在冀州的兵馬……」

頓了頓，高飛看向許攸道：「許參軍，你和曹孟德是總角之交，這件事對我軍來說非常重要，你可否願意代替我去兗州走一趟，請曹操攻打青州，事成之後，整個青州都是他的，我絕對不和他爭。」

許攸道：「主公，此事屬下覺得不妥。袁軍大部分駐紮在青州南部，北部的青州士兵較少，如果派遣臧霸兵出樂陵，攻打平原郡，只要占領平原郡的高唐，然後封鎖高唐的黃河渡口，袁軍就無法北渡黃河支援冀州。一條大河將青州一分為二，而高唐一帶又是河水流動相對平緩的地方，只要封鎖住這裡，僅憑臧霸的一萬三千人，完全是綽綽有餘。」

高飛覺得許攸說得也有幾分道理，但是**他擔心的不是袁譚，而是曹操**。

他沉思片刻，道：「你說得不錯，不過，你還是要去曹操那裡一趟，遠交近攻的策略一定要貫徹下去，在沒有和曹操撕破臉之前，我們應該和曹操的魏軍成為很好的盟友。」

許攸道：「主公，曹孟德這個人，屬下太熟悉了，就算是主公不派人去請他出兵攻打青州，只要他窺探到一點對自已有利的訊息，他就會以迅雷不及掩耳之勢攻打青州。屬下以為，聯絡曹操，不一定要去人，只需主公一封書信即可。」

高飛聽出了許攸的意思，這傢伙壓根就不想去，因為從南皮到昌邑，沿途要經過袁紹的地盤，他估摸許攸是害怕在途中遇到危險。

他冷笑一聲，道：「參軍莫非是害怕中途遇到什麼危險嗎？」

許攸心中一驚，不想高飛竟然能夠看出他的心思，他確實擔心會被袁紹的人給抓住。他愣了片刻，急忙拜道：「不不不，屬下絕無此意……」

高飛扭頭對站在身後的魏延道：「文長，你可願意去一趟昌邑？」

魏延臉上一喜，道：「屬下定當萬死不辭！」

高飛道：「很好，文長，從現在起，你就暫時跟隨許參軍，一定要形影不離的護衛在他的左右，如果許參軍有什麼閃失，你提頭來見！」

「屬下領命！」

魏延跟在高飛身邊這兩天來，也學會揣測高飛的心思了，心知高飛名義上讓**他去保護許攸，實際上是監視許攸**，因為他昨天無意間聽聞高飛和賈詡談起許攸在薊城貪污的事，知道高飛已經開始暗中調查許攸了。

許攸當著大廳裡諸多文武的面，不敢違抗高飛的命令，無奈地道：「許攸定當不負主公所託。」

高飛道：「為了不引起袁軍的懷疑，你和文長一路上以客商打扮，有文長在你身邊保護你，定然能夠萬無一失。」

魏延朝許攸拱手道：「參軍，文長這廂有禮了。」

許攸尷尬地回了個禮，臉上一陣苦笑。

高飛吩咐完畢，便道：「南皮現在已經是我軍屯積糧草的地方了，荀諶負責留守此地，施傑、潘宮、穆順你們三人也一併留下，每人各帶一萬降兵，負責此地安全，一切事宜皆聽令於荀諶安排。其他人隨我一同開赴信都，先攻下信都，然後和趙雲在鉅鹿會合。」

眾將齊聲道：「諾！」

散會之後，許攸、魏延一身便裝，帶了點乾糧和水，便朝兗州而去。

高飛以黃忠為先鋒，徐晃、龐德為副將，讓黃忠帶領一萬輕騎直接奔赴信都城，讓陳到、文聘、褚燕統領步兵、騎兵押運糧草，他親自率領餘下的數萬兵馬為中軍，大軍浩浩蕩蕩的出發。

行軍途中，太史慈、張郃二人帶著騎兵走在中軍的最前面，兩個人還是老樣子，一見面互相不服氣，可是今天卻很反常，兩人居然主動和對方說起話來。

「儁乂，你說主公是不是不準備用我們了？已經好幾次了，主公一直以黃忠、徐晃、龐德他們為先鋒，是不是我們哪裡做錯，惹主公生氣了？不然的話，主公為什麼不讓我們兩個做先鋒？」太史慈騎在一匹高頭大馬上，眺望著前方，滿臉問號地道。

張郃見太史慈破天荒的第一次如此細聲細語的和他說話，答道：「你別瞎猜了，主公肯定沒那麼想，一定是主公覺得黃忠年紀大，所以先予以重用。」

太史慈仍是不解地道：「就算是這樣，那為什麼主公不讓我和龐德換換呢？」

「你？」張郃斜眼看了太史慈一眼，冷笑道：「你不是愛殺俘虜嗎，主公怎麼可能讓你跟過去？」

太史慈聽了，不服氣地道：「你哪隻眼睛看見我殺俘虜了？這次追擊劉備，我一路上收降了好幾千俘虜，可是一個都沒殺，我已經決定不再殺俘虜了！」

「你現在沒殺，可誰知道以後你會不會殺呢。」

「你……」

「我什麼？你看看你這個脾氣，萬一真讓你當了先鋒，你還不把那些對你不服氣的人全部殺掉啊。嘖嘖，就你這樣，還是早點改改吧。」

張郃這兩年駐守塞外重鎮，經常會遇到很多商人，口才也變好了。

太史慈說不過張郃，暴喝道：「你不道歉，我就打到你道歉為止！」

張郃道：「怎麼？你要和我打？好啊，你來啊，我絕不還手，我倒要看看，一會兒傳到主公的耳朵裡，咱們到底誰會受到懲罰。魏延已經被貶為士卒了，如果你也想的話，那就來吧，不過我張郃可沒空奉陪你！」

「你……你欺人太甚！」太史慈憋了半天，只說出這句話來。

「兩位將軍都別吵了，主公讓我前來問二位將軍，為什麼大軍會突然停下來？」胡彧策馬從後面趕了上來，正好看見太史慈和張郃在鬥嘴，開口道。

太史慈和張郃面面相覷，不知道該如何回答，恰巧此時前面的道路上來了一個騎士，他們兩個一起指著那個騎士道：「我們抓住了一個奸細！」

「奸細？」

胡彧朝張郃、太史慈指著的方向看去，但見一個身穿布衣的騎士正風塵僕僕的朝這邊趕來，既不是燕軍的斥候，也不是燕軍的士兵。

朝燕軍奔馳而來的騎士不是別人，正是沮授的兒子沮鵠。

沮鵠從鄴城一路狂奔過來，在前面先是遇到了先鋒黃忠，立刻被黃忠給抓了起來，詢問一番他的來意之後，黃忠才將他給放了，並且告知高飛在後面。

此時沮鵠滿臉大汗，頭上身上都是塵土。

「站住！幹什麼的？」太史慈怒氣未消，將大戟向前一指，問道。

沮鵠拉緊馬韁，座下的馬兒雙蹄揚起，若非他雙腿緊緊地夾住馬肚，整個人非被掀翻到地上來不可。

沮鵠勒住受驚的馬兒，心中暗想：「怎麼高飛帳下的人都是非同凡響，剛才遇到一個能夠百步穿楊的老將，現在又遇到一個吼聲如雷的小將，難怪公孫瓚會在短短的三天時間裡命喪黃泉。」

張郃看著沮鵠，見沮鵠的面貌很像一個人，腦中回想了一番，狐疑地道：

「你是沮鵠？」

沮鵠看到面前的人是張郃，歡喜道：「張將軍，我總算是找到你了，你快帶我去見燕侯，如果晚了的話，我父親的性命可就沒了。」

「你認識他？」太史慈扭頭問張郃。

張郃點點頭：「認識，趙國國相沮授的兒子，叫沮鵠。幾年不見，沒想到已經長成一個小大人了。」

「張將軍，燕侯何在，我要見燕侯。」沮鵠顯得很急躁。

張郃道：「你剛才說你父親要沒命了，到底是怎麼一回事？」

沮鵠急道：「沒時間解釋了，快帶我去見燕侯，此時也只有燕侯才能救得了我父親了。」

張郃見沮鵠不像是說謊，而且身上也沒有帶任何兵器，便道：「好吧，你跟我來，我帶你去見燕侯。」

不一會兒，沮鵠便被張郃帶到高飛的面前。

張郃指著沮鵠，道：「這是沮授之子沮鵠，他要面見主公。」

「沮授之子？」高飛打量起沮鵠，見沮鵠滿身灰塵，面容確實和沮授有幾分相似，道：「你父親是沮授？」

沮鵠翻身下馬，哭喪著臉，撲通一聲跪在地上，向高飛拜道：「燕侯，請你救救家父吧……」

高飛見狀，道：「快起來說話，沮授到底發生了什麼事？」

沮鵠道：「袁紹得知燕侯攻打冀州，十分震怒，準備調集所有兵馬迎戰燕侯，又把家父叫了過去，向家父問計。家父心繫冀州百姓，所以建議袁紹將兵馬集中在鉅鹿澤，在那裡展開戰鬥，不會波及到冀州百姓。袁紹聽完，也贊同了，可是審配卻突然說家父和燕侯有舊情，此舉是有意對燕侯做出讓步。

「袁紹一聽，當即就不願意了，要立刻殺掉家父，幸得郭圖、辛評等人極力勸阻，袁紹才沒有把家父殺掉，把他關入了大牢。後來審配又給袁紹獻計，逼家父去引誘燕侯到鉅鹿澤，並且讓袁紹在鉅鹿澤裡布下埋伏。家父和燕侯雖然只有一面之緣，可早已惺惺相惜，家父看到燕侯將幽州治理得井井有條，覺得燕侯是一個雄主，便決心在鉅鹿澤引誘燕侯時坦誠相告。哪知我和家父的談話被歹人聽了去，報告給袁紹，袁紹便將我父親關押了起來，不讓任何人靠近，說是要在鉅鹿澤那裡用家父的人頭祭旗……」

高飛見沮鵠說得口沫橫飛，伸出舌頭舔了舔乾裂的嘴唇，急忙道：「給他一點水喝！」

士兵將水囊遞給沮鵠，沮鵠喝完水後，嗓子得到了滋潤，繼續說道：

「審配一直嫉恨家父，說家父奪了他的國相位置，此時更是落井下石，建議袁紹將我全家都逮捕起來。我因為在街市上給家父買書，所以倖免於難，可憐我家六口人一起落在了袁紹的手上，我便馬不停蹄的來找侯爺，希望侯爺看在和家父一面之緣的份上，能夠救家父一命。」

高飛問：「你想我怎麼救你父親？」

沮鵠道：「這個……我也不知道，侯爺深謀遠慮，一定會有辦法救家父的，還請侯爺為我做主，救家父一命。」

高飛道：「我知道了，你一路奔波也夠辛苦了，就讓張郃帶你去休息休息吧，救人的事，一旦我想到什麼好辦法，就會立刻前往鉅鹿澤救你父親。」

沮鵠感激地道：「我替家父多謝侯爺了。」

張郃將沮鵠帶了下去，賈詡、荀攸齊聲問道：「主公真的打算救沮授嗎？」

「沮授是個人才，絕對不能就這樣屈死了。不過，**這件事到底是真是假，必須要進行調查**，我可不想掉進別人安排好的圈套裡。」高飛道。

「主公英明，卞喜帶著斥候已經滲透到鉅鹿郡一帶，如果這件事是真的，那麼相信卞喜很快便會有消息傳回。」賈詡道。

高飛沉思道：「眼下先攻下信都為上，占領了信都城，就可以和癭陶遙相呼應，就算袁紹真的將大軍彙聚在一起，只要我們左右夾擊，加上精良的裝備和武器，必然能夠擊敗袁紹。」

高飛道：「趙雲那邊還沒有消息嗎？」

「按照時間算，趙雲現在應該兵臨癭陶城下了，畢竟劉備抽調走了駐守河間的兵馬，給了趙雲一個契機。」荀攸道。

「我倒是很期待趙雲和歐陽茵櫻的初次配合，而且還是我軍的第一個女參軍，希望他們能在我們前面占領癭陶城，這樣就可以吸引袁紹的注意力了。」

「趙將軍文武雙全，又有歐陽茵櫻相助，更兼盧橫、管亥、周倉三人為副將，對付袁紹的那些蝦兵蟹將，必然是所向披靡，主公不必擔憂。」賈詡道。

高飛笑了笑，不再說話了，腦中卻在想著沮授，**他也想弄清楚，沮授到底是不是被袁紹給關了起來，或是在故意使苦肉計。**

與此同時的癭陶城外。

趙雲親率三千輕騎兵正在圍著防守嚴密的癭陶城轉圈，大致流覽了癭陶城的兵力分布之後，便率領大軍返回軍營。

趙雲的軍營就紮在癭陶城北門外五里處的空地上，一座大營、兩座小寨，三座營寨呈現出犄角之勢。

大營裡，黑底金字的燕軍大旗高高豎起，營寨的望樓上紮著「趙」字的大旗，守衛營寨的士兵兢兢業業，絲毫沒有半點鬆懈。

趙雲入營後，脫去披在身上的鋼製戰甲，命人打來一桶水，在營帳裡痛快地沖了個涼水澡，解去一身的暑氣。

「見過參軍！」

趙雲剛沖完澡，衣服還沒有來得及穿，便聽見守在帳外的親兵高聲喊話，立刻衝著帳外喊道：「歐陽參軍，先別進來，請稍等片刻。」

營外的歐陽茵櫻此時是一身男兒打扮，站在那裡活脫脫是一個極品小白臉，聽到趙雲的話，便站在帳外，向帳內的趙雲喊道：「趙將軍，情況怎麼樣？」

趙雲邊穿衣服，邊道：「我已經大致瞭解了，只等周倉一到，便能立刻攻城！」

話音一落，不等帳外的歐陽茵櫻回答，趙雲一把掀開捲簾，一身便裝的他做了個請的手勢，笑道：「參軍請進！」

歐陽茵櫻走進趙雲的營帳，見地上有一灘水漬，便明白是怎麼回事了。她轉過身子，道：「趙將軍，請說明一下癭陶城的情況吧。」

趙雲道：「癭陶城是鉅鹿郡的郡城，城防較之其他的縣城要牢固許多，而且駐守鉅鹿郡的太守淳于瓊也是個將才，以前曾經是大漢的將軍，一直跟在袁紹身邊，雖然接到退到鉅鹿澤以南的命令，但是我們進攻的太快，以至於他沒有來得及運出錢糧，便決定固守城池。」

「淳于瓊這個人，你可瞭解？」歐陽茵櫻儼然一派軍師模樣，問道。

「淳于瓊我不太瞭解，不過聽說是個將才，不然袁紹怎麼會把他放在鉅鹿郡這個主要的位置上。」趙雲思索道。

歐陽茵櫻腦海中突然閃出一個念頭，便對趙雲道：「現在我軍只有五千騎兵，剩餘的兩萬馬步還都在清掃中山、河間的殘餘兵馬，最快也需要兩天才能趕到這裡。如果我軍在這裡停滯不前的話，敵人很快就會前來增援，再說我們帶的糧草有限，只夠維持兩日，可是強攻癭陶城的話，會耗損許多兵馬，**唯一可行的就是智取。」**

趙雲道：「如何智取？難道還像打中山、河間那樣，利用騎兵的快速機動力轉戰四方，讓敵人跟在我們屁股後面跑，拖垮他們？」

歐陽茵櫻這回沒少出力，作為趙雲這支特遣軍的軍師，對於如何保留實力，如何減少傷亡都進行了一番精心策劃。

她以五千騎兵為前部，跟著趙雲一起先行離開了范陽，首先對中山國展開了襲擾，採用避重就輕的策略，利用騎兵攻擊中山國下屬的幾個薄弱縣城，將駐守在盧奴城裡的一萬重兵給吸引了出來，讓這一萬兵將跟隨著騎兵屁股後面跑，開始在中山國周圍的幾個縣城裡打游擊。

（作者按：中山國、河間國皆屬於冀州，和郡是一樣的，但不同的是，這是大漢王朝所封的皇族的王、侯，除此之外，冀州內尚有安平國、常山國，但是黃巾起義之後，這些大漢王室的王國、侯國基本沒落，有的因為沒有繼承人，或者犯法而直接被廢去。以後文中再出現諸如中山、河間、常山等地，皆書寫成郡，以免造成讀者的閱讀困惑，特此說明。另外，請參考《後漢書》郡國志，皆有史料可考。）

後來，趙雲、歐陽茵櫻又帶著那些騎兵攻打河間國的幾個縣，採用同樣的方法，將駐守在河間的安平、饒陽兩座城池裡的各一萬大軍給吸引了出來，硬是將這三萬大軍拖垮。

然後，盧橫、周倉、管亥三個人各率領馬步軍開始攻擊這三萬袁紹的疲憊大軍，將三萬大軍牢牢地包圍在了中山國的博陵縣，而趙雲、歐陽茵櫻則帶上乾糧和水急速馳往鉅鹿郡，以迅雷不及掩耳之勢連續攻克了下曲陽、阜城、楊氏三地，直接抵達了鉅鹿郡的郡城癭陶城下。

一路攻下來，趙雲、歐陽茵櫻等人三天之內奔馳了數百里路，兩個人也配合得十分默契，連戰連克。

歐陽茵櫻聽到趙雲的話後，便搖搖頭道：「此一時彼一時，中山國、河間國的駐軍都是袁紹新近招募的兵勇，根本算不上正規軍，看上去人很多，實際上卻缺乏有能將領的統一調度。癭陶城不一樣，既然你說淳于瓊是個將才，那就另當別論了，何況袁紹已經下達了退兵命令，淳于瓊之所以死守癭陶城，就是因為城內屯積了整個鉅鹿郡的糧草和錢財，一旦袁紹得知這個消息，必然會派兵前來支援，所以，必須要用其他的方法。」

趙雲見歐陽茵櫻分析的很對，便道：「那唯一的方法就是夜襲了，趁敵人夜晚防守薄弱之際，我親自帶一隊人攀爬到城牆上去，然後打開城門，迎接大軍進入，必然能夠擊敗敵軍。」

歐陽茵櫻道：「上兵伐謀，還是由我去吧。」

「你？」趙雲問道，「你又想到什麼辦法了？」

「嘿嘿，趙將軍，**你說男人都喜歡什麼？**」

趙雲想都沒想，立刻回答道：「男人都喜歡舞槍弄棒，爭取成為一名頂天立地的強悍武者。」

「唉！你還真是個武癡，除了舞槍弄棒，你還能想到什麼？」歐陽茵櫻失望地嘆了一口氣。

趙雲道：「還有……還有酒，男人的最愛。」

歐陽茵櫻搖搖頭。

趙雲一頭霧水地道：「我是男人，我難道還不知道男人最愛什麼嗎？那你告訴我，男人都喜歡什麼？」

「**女人！**」歐陽茵櫻斬釘截鐵地說道：「**男人最喜歡的就是女人。**」

這個答案讓趙雲吃了一驚，因為他的心思都在武藝上，對女人倒是忽略了，所以到現在還沒有娶妻，雖然有不少人來說媒，可是他都婉言拒絕了，因為他覺得現在還是亂世。

歐陽茵櫻道：「我已經有一個計策了，希望你能助我一臂之力。」

「哦，什麼計策，參軍說出來，我一定竭力相助。」趙雲道。

歐陽茵櫻道：「**美人計！**」

「美人計？」趙雲大吃一驚，看著面前的歐陽茵櫻，便急忙問道，「你……**你該不會是想進城色誘淳于瓊吧？**」

歐陽茵櫻點點頭：「只有如此，才能用最短的時間占領此城。只要淳于瓊一死，城中就會陷入大亂，將軍再乘勢攻取，必然能夠以極小的傷亡奪取癭陶城。」

「可是你是一介女流，萬一有什麼危險怎麼辦？你要是出了事，那我怎麼向主公交代？」趙雲憂心道：「不行不行，此事我不同意，太危險了，而且這樣會玷污你的清白……」

「你放心，我自有分寸，絕對不會讓淳于瓊占我一點便宜，我的身上有秘密武器，不等淳于瓊對我下手，我就已經讓淳于瓊命喪黃泉了。」歐陽茵櫻很有自信地道。

趙雲否決道：「不行，我是這支軍隊的主將，你只是參軍，你必須聽我的。先讓士兵稍作休息，一會兒我便帶兵去攻城，一定攻下瓔陶城，這樣你就不用去冒險了。」

歐陽茵櫻保證道：「趙將軍，請你相信我，這件事由我去做，保證在兩個時辰內殺掉淳于瓊，如果你不放心的話，可以派兩個人跟我一起去，正好我也需要兩名隨從。」

趙雲仍是搖頭：「不行，絕對不行，這事太危險了。」

「趙將軍！」歐陽茵櫻變色道：「為了主公的大業，這點犧牲算什麼！再說，淳于瓊無論如何都無法占到我便宜的，請你相信我。你想想，我一個人就可以解決的事，你非要拉上一群人去送死，這豈不是在自取滅亡嗎？就這樣決定了，你挑選兩個得力的屬下，扮作我的奴僕，然後你和我演一場好戲，一個時辰後，我必然會使整個瓔陶城裡亂作一團，到時候，你只需帶兵攻城即可。」

趙雲見歐陽茵櫻振振有辭，氣勢高昂，不覺湧上敬佩之情，向歐陽茵櫻拜道：「真女中豪傑也，請受子龍一拜。」

瓔陶城上，刀槍林立，一將矗立在城樓上，舉目四望。

此人正是鉅鹿太守淳于瓊。

淳于瓊看到城外密林中人影晃動，偶爾會有一兩騎在城外的空地上馳騁，便自言自語地道：「希望主公能夠早點發兵過來，癭陶城裡的錢糧絕對不能丟。」

趙雲對整個癭陶城施行了封鎖，每個城門的門口都安排了一隊五百人的騎兵，或藏匿在密林中，或隱藏在草叢裡，時而明目張膽的出來繞著癭陶城轉上一圈，以耀武揚威的姿態向城中袁紹的趙軍挑釁。

淳于瓊倒是顯得很老實，乖乖的龜縮在城裡就是不出來，任憑高飛的燕軍在外面怎麼叫罵，他都兩耳不聞，他知道，**一旦出戰，他必然不是趙雲的對手**。

「將軍，北門有情況，守城的軍司馬請將軍火速過去。」一個士兵慌忙地登上城樓，向淳于瓊拱手道。

淳于瓊下了城樓，策馬在街巷中急速奔馳，轉了兩個彎來到北門。看到城外的空地上有幾十個燕軍的士兵正在追擊一輛馬車，問道：「什麼情況？」

「啟稟將軍，這輛馬車突然從正北方向闖了過來，身後跟著幾十名燕軍的騎兵，正在沒命似的追逐。那馬車的車夫要求我軍救救他們，屬下疑心是燕軍的奸細，拿捏不定，所以請將軍來定奪。」

淳于瓊見燕軍騎兵已經將馬車團團圍住，臉上露出凶狠的模樣，便道：「不用理會，反正不是我們的人，我們沒必要去救，堅守城池，不得有誤！」

「諾！」

淳于瓊轉身便要走，突然從背後的曠野上傳來一聲尖銳的女高音，叫喊的聲音顯得是那樣的無力，聽了很是刺耳。

「馬車裡是個女人？」

淳于瓊好奇下，定睛看見馬夫被燕軍的騎兵抓住，其中一個燕軍騎兵隊長從馬車裡拽出一個妙齡少女，那少女面容姣好，一身紅妝，竟然是一個將要出嫁的新娘子，此刻因為受到驚嚇，臉上失去血色，正被幾個一臉淫笑的騎兵圍在那裡。

「快打開城門，你們都跟我來！」淳于瓊心中的正義感瞬間被激發了，何況對方是一名美女。

正所謂**英雄難過美人關**，淳于瓊雖然不是英雄，但是見到這種場面，便不由生出英雄救美的氣概。

淳于瓊好酒、好色是出了名的，不知道有多少個妙齡少女都被他給糟蹋過，玩膩了他也不會扔掉，而是賞賜給自己的部下，充當軍妓，所以，在袁紹的軍隊裡，當兵的一般都喜歡跟著淳于瓊，甚至在聲望上還一度超越了袁紹帳下四大猛將。

城門打開了，淳于瓊手持一口大刀，率領著大約兩百人的騎兵隊伍衝了出來，朝著正準備調戲少女的燕軍士兵大聲喊道：「放開那女孩！」

城外的燕軍士兵見狀，沒有被嚇到，而是立刻組成了一個小隊，準備迎戰淳于瓊。

淳于瓊一馬當先，率先衝了過去，大刀一揮，便和一個領頭的騎兵隊長纏鬥在一起，一個回合後，連續衝破燕軍的封鎖後，來到那少女的身邊。

淳于瓊伸出手，對少女道：「快跟我走！」

少女猶豫了一下，伸出了纖細的玉手，淳于瓊將她拉到馬背上，少女緊緊地抱住淳于瓊的腰。

淳于瓊救了人，回頭看見自己帶出來的部下戰死了十幾個，燕軍卻毫髮無損，不禁感嘆燕軍的戰鬥力。

「撤退！」他巧妙地避開前面的燕軍，帶著少女朝癭陶城裡奔去。

「將軍，我的馬夫，救我的馬夫……」少女急道。

淳于瓊點點頭，吩咐了一下，兩個騎兵便帶著馬夫一起回城。

進了城，少女從馬背上下來，佯裝嘔吐的樣子。

淳于瓊急忙問道：「姑娘，你沒事吧？」

少女答道：「多謝將軍救命大恩，否則的話，小女子就……」

淳于瓊看見少女幾欲落淚的樣子，溫柔地安慰道：「姑娘，不要怕，有我在，沒人會傷害你的。你……你叫什麼名字？」

少女泣訴道：「小女複姓歐陽，今日是小女子的大婚之日，哪知道半路上遇到這夥賊人，要將小女子搶去給他們的將軍做妾。小女子不從，只能拼死抵抗，賊人卻痛下殺手，屠殺了迎親的隊伍，連小女子的夫婿也被殺了，小女子以後該怎麼辦啊……」

說著說著，少女便哭了起來。

這少女不是別人，正是歐陽茵櫻。這番進城的策略也是她精心策劃的，為的就是接近淳于瓊，混進城裡。

淳于瓊見歐陽茵櫻如此貌美，心裡便動了色心，急忙道：「姑娘，你別擔心，不如以後就跟著我吧，我可以保護你不再受人欺負，給你後半輩子的幸福。」

歐陽茵櫻道：「將軍救命大恩，小女子無以為報，既然將軍不嫌棄，小女子願意以身相許……」

「不嫌棄，我絕對不嫌棄。」淳于瓊從未遇過如此貌美的女人，覺得這是幾輩子才修來的豔福，當即吩咐道：「快送姑娘到太守府中。」

話音一落，立刻有人護送歐陽茵櫻離開，兩名燕軍士兵假扮的馬夫也一起跟了去。

太守府中。

歐陽茵櫻被安排到一間大房子裡，房裡布置的十分溫馨。兩名假扮的馬夫拱手道：「軍師，真的不用我們護衛嗎？」

歐陽茵櫻點點頭：「不用，你們若待在這兒，只怕會讓淳于瓊產生懷疑。我一個弱女子，他不會對我有任何戒心，你們只需要按照我的吩咐去做就可以了，半個時辰後就開始行動。」

「諾！」

「好了，你們快走吧，一會兒淳于瓊就該回來了。」

「諾！軍師多多保重！」

歐陽茵櫻送走兩人後，估摸著淳于瓊該快回來了，便坐在床邊，裝出一臉的可憐相。

不多時，淳于瓊脫去了厚重的戰甲，一身輕裝來到門外，敲了敲門，喊道：

「歐陽姑娘，是我，休息了嗎？」

歐陽茵櫻摸了摸身上的秘密武器，心中暗道：「這次全靠你了，成敗在此一舉。」

「歐陽姑娘，我見你受到驚嚇，所以特地來看看你，請你開門好嗎？」

淳于瓊就是喜歡這樣搞情調，其實他可以直接踹門而入，然後推倒他想要的女人，不過，他認為那樣太直白了，所以裝得很含蓄，做出情聖的樣子，讓女人愛上自己，然後再將之拋棄。

房門打開來，歐陽茵櫻做出楚楚可憐的樣子道：「將軍啊，快請進，小女子正擔心害怕呢，將軍若是再不來，小女子也不知道該如何是好了。」

「嘿嘿，我這不是來了嘛。」淳于瓊笑著進了房間，隨後將房門給關上。

第三章

十面埋伏

沮授道：「都安排妥當了，顏良、文醜、高覽、韓猛四位將軍已經埋伏在鉅鹿澤，只要高飛一進入南欒縣城，定叫他有來無回。」

「哈哈哈，國相的十面埋伏之計舉世無雙，我有國相，天下何愁不定！」袁紹意氣風發地道。

歐陽茵櫻提起十二萬分的警惕，見桌上剛好放著一個酒壺，靈機一動，便端起酒壺倒了一杯酒，感激地道：「將軍，將軍對小女子的救命之恩，小女子無以為報，只能以薄酒相敬，還望將軍滿飲此杯。」

淳于瓊見歐陽茵櫻眼中帶媚，臉上浮著一抹令人難忘的淺笑，不禁伸出舌頭舔了下自己的嘴脣，臉上是一副色瞇瞇的表情，笑道：「好說好說。」

淳于瓊一把接過歐陽茵櫻遞來的酒，咕嘟一聲便喝下了肚，目光卻一直在歐陽茵櫻的身上流轉。

歐陽茵身穿一襲紅色衣裙，外加一層非紗非絲的紗籠。一條也是紅色的滾金邊腰帶橫繫在她纖細的腰上，襯出她玲瓏有致的身材，加上白脂如玉的臉頰上那抹紅暈，使她就像一團正在燃燒的火團，綻放著驚人的青春豔麗，一舉手一投足都放射著強烈不可抗拒的熱情。

歐陽茵櫻美目秋波微一流轉，紅脣微啟道：「將軍，可要再喝一杯？」

淳于瓊心裡的欲火被撩了起來，看著歐陽茵櫻，早已如癡如醉，現在的他，腦中只有一個想法：推倒面前的女人。

他一步一步地逼向歐陽茵櫻，蠢蠢欲動。

歐陽茵櫻見淳于瓊色心大起，急忙退到桌子的另外一邊，又倒了一杯酒，舉起酒杯對淳于瓊道：「將軍，小女子早晚都是將軍的人，將軍又何必急在一時呢？不如喝點酒，聽首曲子，豈不更有情調嗎？」

「呦，你這個小妮子還知道什麼叫情調，很好很好，你會唱曲？」淳于瓊歡喜地道。

「小女子自幼受家父薰陶，琴棋書畫樣樣精通，小女子願意為將軍吹奏一曲，不知將軍願不願意聽？」

「好好，我好久沒有聽過曲子了，只是你需要什麼樂器？」

歐陽茵櫻笑了笑，從腰後拿出一根短笛，道：「小女子一直隨身攜帶著笛子，請將軍坐下，待小女子給將軍吹奏一曲，將軍一邊品酒，一邊聽曲，豈不很好嗎？」

「哈哈哈，好，只是這麼一小瓶酒不夠喝。來人啊，拿幾罈美酒過來！」

不一會兒，手下人便抱來幾罈美酒，淳于瓊怕守衛影響了情調，直接將守衛趕走了，待一切準備就緒之後，歐陽茵櫻開始吹奏樂曲，美妙的佳音立時傳遍了整個太守府。

此時，隨同歐陽茵櫻一起來的兩名燕軍士兵聽到笛聲後，便立刻開始行動，秘密出了太守府，一個朝癭陶城的東門而去，一個則朝癭陶城的南門而去。

這兩人是趙雲精挑細選過的，都是飛羽軍裡的老人，曾經跟隨高飛在癭陶城一起平定了褚燕等人，所以對癭陶城很熟悉，簡直是輕車熟路。

兩人一個到了武器庫附近，一個則守在馬廄附近，暗自藏匿起來，只等著時辰到了即可行動。

歐陽茵櫻一曲佳音吹奏完畢，見淳于瓊喝了一大罈酒，仍是神采奕奕的，不禁對淳于瓊的酒量感到很是吃驚，心想要把淳于瓊灌醉是不可能的了。

「好，吹得好，此曲只應天上有，人間難得幾回聞啊。不過，曲子再美，也沒有你美，來，陪我喝點酒。」淳于瓊流著口水道。

歐陽茵櫻道：「小女子不會喝酒，一喝就醉。」

淳于瓊淫笑道：「醉了豈不是很好嗎？」

「醉了什麼都不知道了，那有什麼意思啊，清醒著才有情調。」

「哦……啊哈哈哈……」淳于瓊大笑起來，對面前這個女子的興趣更加濃烈了，「說得好，既然你那麼懂情調，接下來我們不如就……」

歐陽茵櫻放下短笛，嫣然一笑，走到床邊，緩緩地褪去裹在身上的紅紗，露出雪白的肩膀，背對著淳于瓊，媚聲道：「將軍，你還不來嗎？」

「這小娘們兒夠味，我喜歡啊，哈哈哈，我現在就來了，別急，別急。」

淳于瓊便朝床邊走了過去，看到歐陽茵櫻半裸著肩膀，白皙細膩的肌膚讓他欲火更烈。

他一把脫掉上衣，露出結實又有著黑乎乎胸毛的胸膛來，一步一步地逼向歐陽茵櫻，道：「美人，我來了。」

歐陽茵櫻斜躺在床上，一邊用手指勾引著淳于瓊，一邊暗暗地扣住自己衣裙上的腰帶，在腰帶下面摸出一條如髮絲般的細繩。

淳于瓊剛撲向床上，突然見歐陽茵櫻的手指在腰帶拉動了一下，興奮地道：「你這個娘們兒可真……」

話說到一半，淳于瓊便見歐陽茵櫻臉上瞬間變色，緊接著，便看見有無數飛針從她的衣服上撲面向他射來。

他大吃一驚，來不及躲閃，便感覺額頭、眼睛、鼻子、臉火辣辣的疼，而且什麼都看不見，他能感覺到的，就只有鑽心的疼痛。

淳于瓊雙手握著臉，大叫道：「啊……我的眼睛、我的臉，好痛！你這個臭娘們兒，我要殺了你……」

話音一落，淳于瓊伸出手在房間裡胡亂揮舞，碰到的卻只有空氣，而他向床上奔去，卻摸不到歐陽茵櫻的人，不禁大聲叫道：「臭娘們兒，你在哪裡，你出來，我要殺了你……」

歐陽茵櫻早已跳下了床，跑到牆角，待在那裡一動不動，只等淳于瓊慢慢毒發身亡。

「臭娘們兒，我要殺……」

淳于瓊一個踉蹌摔倒在地上，緊接著，只覺全身發麻，渾身抽搐，身體變得僵硬起來，明明能感受到痛苦，卻喊不出來，也動不了，只能躺在那裡靜靜地等死。

歐陽茵櫻見淳于瓊的面部由紅變綠，再由綠轉黑，然後臉部皮膚都潰爛了，這才敢走過去。

她小心翼翼地來到淳于瓊的身邊，見淳于瓊還有一口氣在，狠狠地朝淳于瓊的褲襠踢了一腳，一邊大罵道：「臭男人！」

她取來自己的短笛，在短笛尾部輕輕一擰，短笛一分為二，尾部脫離主體後，居然是一把特製的匕首。她舉起短刃朝淳于瓊的心窩插了進去，了結了淳于瓊的性命。

她朝淳于瓊吐了口口水，道：「幸好有菲姐姐的暴雨梨花針，否則，我絕對不可能殺死你……」

歐陽茵櫻看著滿手的鮮血，急忙用酒水洗了洗，然後找了套男人的衣服，換去裝扮後，探頭在門口望了望，見四下無人，便趕緊離開此地。

淳于瓊玩女人的習慣，是後院不留看守，這給了歐陽茵櫻一個極大的便利，她的行跡沒有引起任何注意，加上她又是男人裝扮，更不會有人懷疑了。

歐陽茵櫻走出太守府，便聽見城中鑼鼓喧天，城東、城南兩處火光突起，負責接應歐陽茵櫻的兩個燕軍校尉不知道從哪裡弄來趙軍的衣甲，跑到太守府門口大聲喊道：「不好了，燕軍打來了，城東、城南的軍司馬向燕軍投降了，大家快逃啊……」

歐陽茵櫻也揑著聲音，用粗糙的嗓子大肆宣揚，以至於城中頓時陷入一片恐慌。而歐陽茵櫻在兩個燕軍校尉的護衛下，安全地離開了太守府，徑直朝北門而去。

歐陽茵櫻手裡拽著從淳于瓊身上摸下來的太守印綬，來到北門，負責守城門的軍司馬擋住了歐陽茵櫻的去路。

「大膽！還不快閃開！太守印綬在此，奉太守大人命令，打開城門，快到城外搬救兵。」歐陽茵櫻喊道。

守門的軍司馬見到太守印綬，不敢阻擋，急忙問道：「大人，我們該怎麼辦？」

「全部出城，有多遠跑多遠，燕軍已經從城東、城南攻進來了，太守親自率部抵擋燕軍，讓我來帶領你們出城，去鉅鹿澤搬救兵。」

軍司馬信以為真，立即打開城門，守衛北門的一千士兵一股腦的都跑了出去，在歐陽茵櫻的帶領下，直接拐到一個密林。

燕軍早已在此地埋伏好了，一見有趙軍士兵走來，立刻將其包圍住，大喊「投降不殺」的口號。

「我投降，我投降！」歐陽茵櫻高舉著印綬，滾鞍下馬。

歐陽茵櫻的兩個隨從校尉也一起高呼投降，弄得其他人都人心惶惶，士氣頓時低落下來，陸續選擇了投降。

這邊一千士兵投降之後，歐陽茵櫻便立刻溜走了，讓隨從的兩個校尉處理此事，將降兵的武器都收繳了，然後趕著一千號降兵回營敘功。

北門外的曠野上，趙雲親率三千騎兵急速奔馳而來，剛好見歐陽茵櫻帶著一千號人鑽入密林，他也不去追趕，而是搶先去進城。

三千騎兵不費吹灰之力便進入癭陶城的北門，見城中已是一片大亂，趙雲當即將三千騎兵分成六隊，每五百人由一個軍司馬帶領著，朝城中各個不同的方向馳去。

淳于瓊一死，癭陶城裡的趙軍群龍無首，混亂的局面因為燕軍的到來變得更加嚴重。

為了制止混亂的局面，趙雲親率大軍和趙軍展開廝殺，很快，便以絕對的優勢控制了城內的另外三千士兵，並且迫使這些士兵投降，斬殺那些不願意投降的人，很快便將整個癭陶給占領了。

占領癭陶城後，趙雲一面統計錢糧，一面給高飛寫捷報，並且將歐陽茵櫻的事一併寫了進去，讓快馬送給高飛。

之後，盧橫、周倉、管亥也帶著袁紹的趙軍降兵，從中山、河間一帶趕了過來，**兩萬五千人的馬步軍彙聚在一起，只以五百人陣亡為代價，收降了袁紹在河間、中山、癭陶布置的正規軍和非正規軍三萬人。**

信都城。

此時的信都城上，插滿了燕軍的大旗。

信都城的王府內，高飛端坐在那裡，環視一圈後，冷笑道：「沒想到安平孝王的王府居然如此簡陋，大漢的王室們生活如此清貧，真是難為他們了。」

信都城是冀州安平國的國都，安平孝王在黃巾之亂時曾經被黃巾賊囚禁在廣宗，而安平國也被黃巾占領。當年高飛在廣宗大戰黃巾的時候，還曾經在盧植的介紹下和安平孝王見過一面，不過也只那一面而已。

安平孝王之後回到信都，重新開了安平國，但是當袁紹來到冀州之後，強勢的袁紹容不得自己的地盤上被別人支配，秘密派人害死了安平孝王，安平孝王沒有兒子，安平國自然就被撤除了，直接將安平國改成了安平郡，以信都為郡城。

此時高飛回想起安平孝王當年憨厚的模樣，真是替安平孝王感到不值得，同時也為大漢的王室感到悲哀。河間國、中山國、常山國也都被袁紹改為了郡，至於他們的王是怎麼死的，誰都不知道，只知道是一夜間全部暴斃身亡。

「主公，這袁紹到底在搞什麼名堂，信都城怎麼說也是冀州的一座大城，可屬下到來的時候，所見皆是一片狼藉，整座城都空空如也。」黃忠本以為能夠立功，誰想到這裡竟是一座空城，肚子裡窩著火道。

高飛笑道：「看來沮鵠的話沒有說錯，袁紹是按照沮授的建議，將兵馬都彙聚在鉅鹿澤了，企圖在那裡和我軍決戰，並且想要殺了我。軍師，卞喜還有消息嗎？」

賈詡道：「已經一連兩天了，卞喜和他手下的斥候一點消息都沒有傳來，這有點反常，會不會是卞喜遇到什麼不測了？」

「應該不會的，卞喜為人機敏，長久以來，打探消息也是得心應手，就算遇到什麼危險，其他人回不來，他也一定會回來的……」

「主公，趙雲捷報！」高林從大廳外走了進來，手裡拿著捷報，喊道。

高飛接過捷報，看了之後，歡喜地道：「太好了，趙雲已經攻克癭陶城，殺死了淳于瓊，並且奪得癭陶城的錢糧，歐陽茵櫻也有不俗的表現，實在是太令人激動了。」

高飛將捷報遞給賈詡，賈詡看了後，拱手道：「恭喜主公又喜得一個參軍。」

高飛道：「趙雲既然已經取得了優異的成績，那咱們這邊也不能落後，信都城雖為重城，可是百姓都被袁紹的趙軍強行遷徙走了，如今更加重要的是兵力，我軍不能再分兵了，必須全部集結在一起……」

「報——」

卞喜全身血淋淋地從外面跑了進來，整個人渾如一個血人，一進門便撲通一聲癱軟在地上，大聲道：「主公，鉅鹿澤裡有埋伏，袁紹的大軍都屯積在鉅鹿澤之南，駐紮在薄落津，沮授被袁紹抓進了死牢……」

高飛見卞喜話還沒說完便昏了過去，急忙道：「快傳軍醫，趕緊將卞喜抬下去治傷。」

士兵急忙將卞喜抬了下去，大廳裡的氣氛頓時變得緊張起來。

荀攸道：「主公，看來沮鵠所說不假，卞將軍拼死帶回來的消息絕對錯不了。如此看來，鉅鹿澤裡守備森嚴，我軍千萬不能去鉅鹿澤。」

華北平原由黃河和海河眾多河流水系沖積填造而成，在華北平原形成的億萬年時間裡形成了大大小小的平原湖泊，鉅鹿澤就是其中最大的一個。史志上稱鉅鹿澤廣袤百里，眾水所匯，波瀾壯闊。

鉅鹿澤原名大陸澤，戰國時期，因地屬趙國的鉅鹿郡，故改名為鉅鹿澤，跨今河北省邢臺市的隆堯、鉅鹿、任縣、平鄉、南和、寧晉六縣。

高飛對冀州已經不陌生了，他平定黃巾就在冀州，而後又往返數次經過冀州，對於冀州的地理可謂是瞭若指掌。

他聽完荀攸的話後，便道：「參軍何以長他人志氣，滅自己威風？袁紹兵馬雖眾，對我們而言或許有壓力，可是也未必不能取勝。**以少勝多的戰例很多**，我軍都是裝備精良的軍隊，如果真和袁紹開戰，只要大家信念一致，必然能夠將其擊敗。」

賈詡道：「主公雄心，屬下佩服，但是此事還需從長計議。屬下斗膽問一下主公，**沮授在主公心中是何地位？**」

「沮授良才也，為政能力可以和田豐並列，另外，此人的謀略和膽識也非常過人，較之田豐要高出許多。」

聽完高飛的回答，賈詡心裡有了底，以他對高飛的瞭解，**他可以肯定，高飛是不會看著沮授白白送死的**，於是道：「看來主公已經有了決定，鉅鹿澤是非去不可了？」

「非去不可，但是在去之前，一定要謀劃好，**既然袁紹在此地設下了埋伏，我們就將計就計**，他用埋伏，我用騎兵，以快速的機動力將袁紹的趙軍反包圍起來，這樣的話，我們裡外夾擊，必然能夠取得勝利。」高飛胸有成竹的道。

大漢太平二年（一八八年）五月十八日，高飛親率五萬大軍遠離信都城，直奔鉅鹿郡的癭陶城，駐紮在癭陶城東約三十里處的薄落亭，與袁紹所在的薄落津隔著偌大的鉅鹿澤南北相望。

薄落亭的燕軍大營裡，所有的文武全部到齊，高飛聚集眾將，先是表揚了趙雲、歐陽茵櫻、盧橫、周倉、管亥這一支特遣部隊所取得的戰果，之後便將沮授之子沮鵠給叫了進來。

沮鵠這幾天來一直在高飛的嚴密監視下走動，所到之處，所說的每一句話，都會有人稟告給高飛。但是幾天下來，沮鵠絲毫沒有一點異常舉動，這也讓高飛徹底打消了對沮鵠的戒心。

此時的沮鵠雖然只有十四歲，但是他知道自己父親所交託的事有多麼重要，因此行事處處小心，卻又不做作，明知道高飛在監視他，整日就裝出食不下飯，夜不能寐的樣子，以擔憂沮授的安危為理由，每天都要去找高飛問個好幾遍。

中軍大帳內文武齊聚，眾目睽睽下，沮鵠像個犯人似的，被兩名親衛給帶進了大帳。

一進大帳，沮鵠便撲向高飛，在高飛面前跪了下去，不住地朝高飛磕頭道：「侯爺，如今已經兩天了，我父親是死是活還不清楚，侯爺可一定要快點救我父親啊……」

「你起來說話！」

高飛見到沮鵠如此擔心沮授，也屬人之常情，如果被抓的那個人是他的親爹，他也會不顧一切的去救老子，所以可以理解沮鵠的心情。

沮鵠跪在地上不肯起來，朗聲道：「侯爺不答應在下，在下就跪在這裡不起來。如今能夠救我父親的，只有侯爺了。」

「唉，真是一個孝子啊。」百善孝為先，高飛對沮鵠的孝心很感動，當即道：「你起來說話，我兵臨薄落亭，為的就是去救你的父親。你放心，我已經打聽清楚了，袁紹雖然說要拿你父親祭旗，可只要看不見我的兵馬，他是不會動你父親的，再說，你的父親在冀州的聲望很高，如果真殺了沮授，袁紹勢必會被萬人唾罵，所以，你父親暫時應該不會有事。」

沮鵠真是一個好演員，眼淚說下就下，哭哭啼啼了一會兒後，聽到高飛說出這番安慰的話，他便收住了哭泣，抬頭問道：「真的嗎，我父親現在真的不會有事嗎？」

「侯爺一諾千金，說會去救你的父親，就會去救你的父親，你這小子整日哭哭啼啼的，還有完沒完?!」

太史慈這兩天老是見到沮鵠來找高飛哭訴，早就聽得不耐煩了，不過念在沮鵠是個孝子的份上，便忍了下來，今天實在是忍不住了，便叫了出來。

沮鵠抹了一下眼淚，從地上站了起來，朝高飛和大帳內的諸位都拜了拜，朗聲道：「沮鵠給各位添麻煩了！」

諸位文武都不吭聲，他們之中，除了張郃跟沮授還有點交情外，其餘的人根本沒見過這個人，所以臉上都顯得有點麻木，他們也搞不明白，高飛為什麼會對趙國國相的死活那麼感興趣，而且似乎關心超過了在場的每一個人。

高飛也清楚帳下諸將的心裡並不平衡，可是他對沮授始終有一份羈絆，當初赴高邑城的時候，他就對沮授處理政務有條不紊的樣子給深深吸引住，心裡打定了要收沮授，可惜沮授對他若即若離，並不領情，於是就不了了之了。

正所謂，**得不到的才是最好的**，高飛後來收謀士，攬名將，所遇到的人大多都是對他心悅誠服前來投靠的，可謂是一帆風順。但是對於沮授，他始終心裡隱藏著一個結，也想真正的得到這個謀士。

「沮鵠，給袁紹建議的是你父親，現在袁紹的十五萬精銳大軍和我們隔著鉅鹿澤，而且鉅鹿澤裡也已經埋了重兵，為了引誘我，你父親布下了這苦肉計，讓你來向我求救，是也不是？」高飛的目光突然變得犀利起來，惡狠狠地瞪著沮鵠道。

沮鵠撲通一聲跪在地上，拜道：「侯爺，請恕沮鵠為了救家父，唯有出此下策。其實我並不是逃出來的，而是袁紹放出來的，袁紹知道家父和侯爺神交已久，彼此心照不宣，便故意派我到這裡來，向侯爺哭訴，目的就是為了引誘侯爺進入袁紹的伏擊地點。可是如果我不這樣做，我的父親立刻就會被袁紹處死，為了救家父，我……我只能……」

「這點小計，能瞞騙得了我嗎？以袁紹的性格，如果真要殺沮授的話，他早殺了，更何況袁紹帳下審配等人又和沮授不和，還不添油加醋一番。你這兩天隔三差五的來我面前哭訴一番，就好像是要完成一個任務一樣，我能不對你起疑心嗎？還好我發現的及時，不然被你賣了也不知道。」高飛怒道。

沮鵠驚慌失聲道：「**原來侯爺早就知道是袁紹讓我來的……**既然如此，那沮鵠也就沒有必要活下去了，我如果無法將侯爺成功引誘到伏擊地點，家父就會被袁紹殺害，我救不了家父，還有什麼臉面活在這個世上？請侯爺處死我吧，九泉之下，我和父親也好再見面。」

高飛冷笑道：「袁紹讓你把我引誘到伏擊地點，這麼說來，你必然知道袁紹把重兵布置在鉅鹿澤的何處了，只要你告訴我袁紹的兵力分布情況，我就可以將計就計，將袁紹反包圍，一舉殲滅袁紹的主力。另外，我還會派遣一支輕騎突襲袁紹的薄落津，直接把你的父親救下來。」

沮鵠臉上一陣震驚，心裡卻暗暗笑道：「父親真是神機妙算，**高飛果然上當了，若非父親對高飛如此瞭解，又怎麼會設下這等高深莫測的計中計呢。**高飛，你到了九泉之下，也別怪我們父子，要怪就怪你太聰明了，父親說過，對付你這等聰明的人，就必須用更加聰明的計策。父親啊父親，孩兒總算把高飛給引誘成功了……」

看到沮鵠震驚的表情，高飛再次道：「好好考慮考慮，是背叛袁紹救你父親，還是你們父子九泉之下見面呢？」

眾人這才聽明白，心裡都不禁佩服自己的主公，這麼輕易就識破了敵人的苦肉計，同時也在摩拳擦掌，為即將到來的一場大戰做準備。

沮鵠跪在地上，想了一會兒後，問道：「侯爺真的能夠安全無虞的救下家父嗎？」

「你大可放心，我幽州突騎的聲名不是蓋的，從薄落亭到薄落津不過才一百七八十里地而已，我只需要提前派遣一支突騎兵繞到薄落津的背後，等鉅鹿澤裡的戰鬥一打響，袁紹勢必會放鬆戒備，何況袁紹又不是真心要殺你父親，只是想利用這個來要脅你罷了，好讓你把我引入伏擊地點，只要從背後襲擊了袁紹的大本營，然後迅速救出你父親，袁紹就算做夢都不會想到會有這種情況。」

沮鵠叩頭道：「侯爺大仁大義，英明神武，沮鵠佩服得五體投地，若家父得救，家父必然會竭盡全力輔佐侯爺成就王霸之業的。」

「你起來吧，速速將袁紹的兵力部署說給我聽，我也好進行籌畫。」

沮鵠站了起來，再次拜道：「侯爺，袁紹將重兵布置在鉅鹿澤附近的南欒縣，那裡東接漳河，西靠鉅鹿澤，只需要南北夾擊，便能將侯爺堵死在那個地帶裡，然後圍而殲之。」

「你是說南北夾擊？那袁紹怎麼可能會把兵力布置在我必經之路的北端，而不被我發現呢？」高飛問道。

沮鵠道：「這個我就不知道了，袁紹是這樣跟我說的，要我把侯爺引誘到南欒縣城裡，其餘的就輪不到我過問了。」

「嗯，我知道了，你先下去吧，我和眾將商議一番，出兵的時候再叫你！」

高飛心中已經有了定奪，對沮鵠擺擺手道。

「沮鵠告退。」沮鵠心裡帶著一絲暗喜轉身離開了。

沮鵠離開後，高飛掃視帳內眾人，目光停留在張郃身上，叫道：「張郃！」

張郃挺身而出，朗聲道：「末將在！」

「給你五百烏桓籍精銳的飛羽軍突騎兵，每個人各帶上三天的乾糧和水，挑選最好的戰馬，向東進入安平郡，經南宮、經縣兩地馳入鉅鹿郡的曲周縣，暫時藏匿在曲周縣到薄落津的路上，後天辰時直接攻擊薄落津，速戰速決，救出沮授。我親自引大軍進入南欒縣城，吸引袁紹主力。」

張郃道：「主公，要不要帶上沮鵠？」

「不用，你一個人去，現在去挑選戰馬，為了減少馬匹的負重力，內穿皮甲，外披鎖子甲即可，小股迂迴，救出沮授後，不可戀戰，原路返回，若有追兵窮追不捨，你便見機行事。」

「末將明白，末將現在就去！」

「你多加小心，沮授就拜託你了。」

「主公放心，屬下一定將沮授救出來！」

高飛見張郃走了，隨即問道：「我軍現在只有七萬五千人，癭陶城、南皮城雖然各有三萬降兵，卻不能有所指望，所以，此戰是場硬仗。所幸我軍的裝備都很精良，也是久經訓練的士卒，雖然沒有袁紹的兵多，卻能以一當十，袁紹的正規軍十五萬，在鄴城留守了兩萬，真正參戰的只有十五萬，我猜測袁紹會用十萬進行埋伏，三萬進行策應，可是要將十萬大軍全部埋伏起來而不露出一點蛛絲馬跡，根本是不可能的，但是我軍已經失去了先機，卞喜率領一百名斥候深入鉅鹿澤，回來的卻只有他一個，還身受重傷，說明鉅鹿澤防守嚴密。不知道你們有何策略能將其反包圍？」

賈詡道：「我軍現有七萬五千人，其中騎兵五萬，步兵兩萬五，屬下以為，主公若真想以誘餌之計進入袁紹的伏擊圈，應該多帶步兵，南欒縣城雖小，也足以抵擋敵軍的進攻，然後以諸位將軍為首，各自帶領騎兵從周邊殺入，如此一來，裡外夾擊，雖不至於全殲，也必然能夠重創敵軍。待敵軍退後之時，我軍便可以乘勝追擊，沿途掩殺，直接攻擊薄落津。」

高飛想了想，道：「很好，那就這樣，陳到、文聘、周倉、胡彧你們四人各自率領五千步兵跟我進入鉅鹿澤，太史慈，你和鮮于輔、田疇、蹋頓三人率領五千突騎兵一同隨行。」

被叫到的人都異口同聲地道：「諾！」

緊接著高飛又吩咐道：「趙雲、黃忠、徐晃、龐德、盧橫、褚燕、高林、廖化，你們八個人各自率領五千騎兵分散在鉅鹿澤八個不同的方向，等我進入南欒縣城放出狼煙之後，你們便從外面殺進去。管亥，餘下的五千重騎兵和五千步兵就交給你帶領，和軍師以及諸位參軍趕赴癭陶城，駐守癭陶城。」

「諾！」

薄落津，袁紹的趙軍大營。

中軍主帳中，沮授、審配、郭圖、辛評、辛毗、逢紀等謀士盡皆到齊，見袁紹從外面走了進來，異口同聲地拜道：「參見主公！」

袁紹徑直走到上座，一屁股坐了下去，朗聲問道：「國相，一切可安排妥當？」

沮授道：「都已經安排妥當了，顏良、文醜、高覽、韓猛四位將軍各率領將校已經埋伏在了鉅鹿澤，只要高飛一進入南欒縣城，定叫他有來無回，喪命鉅鹿澤。」

「哈哈哈，國相的**十面埋伏**之計，確實是舉世無雙，我有國相，天下何愁不定！」袁紹意氣風發地道。

在場的審配、郭圖二人都斜眼看著沮授，心中充滿了嫉妒，見到袁紹對沮授更加器重了，他們便恨之入骨。

辛評、辛毗、逄紀三人倒是並不在意，三個人基本上屬於中立派，雖然辛評、逄紀分別和袁譚、袁尚親善，但是此時的袁紹正值壯年，還輪不到立嗣的時候，他們也無需為這個話題爭奪。

「主公，高飛不宣而戰，南侵冀州，於道義上略有不妥，但因其打著為劉虞報仇的口號滅了公孫瓚，才引發了兩州之間的戰爭。如今鉅鹿澤附近屯積了差不多二十多萬的兵馬，這可謂是一場大戰。所以，屬下希望主公能夠親臨戰場，撤去薄落津的營寨，以留守的三萬大軍為策應，哪裡有兵力不足的地方就增援哪裡，必定能夠一舉圍殲高飛。」沮授再次獻策道。

袁紹聽後，點了點頭：「嗯，就按照你的意思辦，傳令下去，大軍向前開拔二十里紮營，我要親自目睹高飛是怎麼樣死的，哈哈哈！」

天是那樣的藍，日光是那樣的明媚，鉅鹿澤周圍一片肅殺，廣袤百里的地方已經荒無人煙，沮授為了打這一仗，早已遷走方圓百里的百姓，使得整個鉅鹿澤看上去毫無生氣。

一隻蒼鷹貼近地面飛翔，搧動著翅膀，忽然在空中停住，然後拍起翅膀，箭也似的飛向高空，很快便掠過整個鉅鹿澤，最後在南欒縣城北端六十里處一支嚴整的軍隊緩緩降落。

高飛身穿鋼甲，頭戴鋼盔，全副武裝，看到蒼鷹落在李玉林的肩膀上，便問道：「怎麼樣？」

蒼鷹發出低聲的叫喊，在李玉林的耳邊輕輕地訴說著什麼。李玉林聽完之後，然後拱手朝高飛道：「啟稟主公，前方一切正常，沒有發現趙軍的任何蛛絲馬跡。」

高飛有點不放心，道：「你這蒼鷹到底行不行？」

李玉林重重地拍了拍胸口，朗聲道：「主公，這是我在東夷人的土地上抓到的海東青，專門用來狩獵的，經過半年的馴養，可以有效的幫助我撲捉到獵物，對地上的一舉一動，甚至任何蛛絲馬跡也特別敏感，絕對錯不了的。」

高飛聽李玉林說他肩膀上站著的蒼鷹是海東青，好奇之下，便看了看海東青，但見海東青用牠那彎曲的嘴，清理牠那扇子一樣展開著的褐色羽翼，身體略顯嬌小，但是眼睛卻十分的深邃，爪子也很鋒利，若不是李玉林的肩膀上墊著一塊厚厚的皮革，估計衣服就要被牠抓破了。

海東青，即肅慎語（滿語）「雄庫魯」，意為世界上飛得最高和最快的鳥，有「萬鷹之神」的含義。傳說中十萬隻神鷹才出一隻海東青，是滿族的最高圖騰。東夷的挹婁便是屬於這一族系，這一古老的民族就是以後契丹、女真等人的祖先。

高飛見李玉林說得有板有眼的，道：「那就奇怪了，為什麼會發現不了敵人的一點蛛絲馬跡呢？」

「主公，沮鵠就在後面，不如將沮鵠叫來問問。」王文君道。

高飛點點頭，扭頭對太史慈道：「去將沮鵠叫來。」

太史慈應聲而去，不一會兒就把沮鵠帶來了。

高飛問道：「你是不是在騙我？」

沮鵠道：「在下怎麼敢騙侯爺呢，就算給我九個膽子我也不敢哪。」

「是嗎？那為什麼鉅鹿澤裡看不到一點敵軍埋伏的影子？」

「這……這在下也不知道，只知道袁紹是這樣跟我說的……」沮鵠說著，突然急忙道：「哦，我想起來了，袁紹的部隊肯定在地下，我聽他說挖什麼地道來著……」

「地下？」高飛好奇地道。

王文君在一旁道：「主公，孫子說**『善守者藏於九地之下，善攻者動於九天之上』**，屬下以為，袁紹兵強馬壯，謀臣、良將眾多，肯定有善守者，以遁地之術藏兵，也是慣用技法之一。」

高飛扭頭看了一眼王文君，覺得王文君倒是很曉暢兵法，便道：「那以你之見，我軍當如何應變？」

王文君道：「屬下不才，只有略微拙見，主公可以小股騎兵先行奔馳到南欒縣城，在周圍四處遊蕩，既然敵軍藏於地下，就一定會露出挖掘的痕跡，只要先行找到了這點痕跡，就能隨時應對突發的狀況。主公現在便可帶領大軍朝南欒縣城進發，敵軍藏於暗處，必然會有斥候關注主公，只要看見主公在向前開進，敵軍就不會對前面的小股騎兵下手，以免打草驚蛇，自己暴露了馬腳。」

從征討高句麗開始，高飛就對王文君一直很欣賞，只是安撫東夷還需要他這樣的人才，所以沒有馬上將他徵召為自己的智囊，而是讓他繼續擔任胡彧的部將，留守東夷。

他聽完王文君的建議之後，扭頭對胡彧道：「次越，你替我收攬了一個不錯的將才啊。」

胡彧現在是安東將軍，在將軍銜上已然是十八驃騎之最，初立十八驃騎時，十八個將軍在職位上都等同，都是高飛任命的雜牌將軍，但是平定東夷以後，高飛就破格提拔胡彧擔任安東將軍，作為一鎮之守，替他守備東夷之地，在職位上就高出了其他十七位將軍。

此時胡彧聽到高飛的話，便拱手道：「一切都是仰仗主公的福氣，屬下不敢貪功。」

高飛笑了笑，對太史慈道：「你率領鮮于輔、田疇、蹋頓以及你部下的王門、單經、田楷、鄒丹各領一百騎兵，分散到四面八方，在南欒縣城外五里處搜尋一番，我親率餘下的兩萬多馬步緩慢向南欒縣城開進，發現什麼可疑的地方不要驚動，回來稟告我即可。」

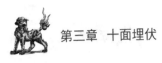

太史慈道：「諾！」便招呼鮮于輔、田疇、蹋頓和部下四將各引一百騎兵朝各個不同的方向奔馳而去。

高飛對李玉林道：「把你的海東青放到空中，俯瞰大地，我要知道整個戰場的情況！」

李玉林「諾」了一聲，吹了一聲響哨，便將海東青放到了空中，海東青拍打著翅膀高空飛行，俯瞰著整個大地，不時的發出一兩聲叫聲。

「全軍均速前進！」高飛將手向前一揮，朗聲喊道。

一聲令下，四千二百騎兵分散在隊伍的兩翼護衛，高飛讓陳到、文聘暫時帶領，而讓胡彧、周倉以及胡彧部下白宇、施傑四人帶領一萬重步兵和一萬輕步兵，將王文君和李玉林兩個人留在自己身邊，驅趕著沮鵠在前面開道，大軍向南欒縣城徐徐進發。

第四章

圈套

當他聽到沮鵠消失、趙軍出現在城裡的時候，他的腦袋就像是被扔下了一顆原子彈一樣，轟的一聲，整個人在烈日下瑟瑟發抖，不是因為冷，而是因為憤怒，直到這一刻他才明白，這一切都是沮授給他設下的圈套。

燕軍的動向，早已被袁紹的趙軍斥候看在眼裡，在燕軍進發的那一刻，趙軍斥候便迅速將這個消息往回傳，快馬加鞭，馬不停蹄，一路狂奔了五六十里地才到了南欒縣城裡。

空蕩的南欒縣城死一般的寂靜，城中一片狼藉，到處可以看見倉皇撤走的百姓所遺留的東西，雜七雜八的堆積在道路上。

趙軍斥候奔馳到城中，轉過一條巷子，策馬馳入一家民宅。民宅裡有五個士兵和一個伍長。

斥候見到伍長，急忙說道：「燕軍來了，燕侯親率馬步軍兩萬多人向這裡趕來，另外燕侯又派出了八隊小股騎兵，分散著朝這裡駛來，似乎在尋找我軍蹤跡，請你迅速將此消息轉告高、韓兩位將軍。」

話音一落，趙軍斥候便馳出民宅，直接向南奔去。

伍長毫不猶豫，立刻走到一個牆角，在那裡有一口水井，順著水井的墜繩緩緩下去。下到一半的時候，面前突然出現一個大洞，洞裡有火光，還有一字排列開來手持兵器的趙軍士兵。

伍長直接道：「請火速傳達給韓、高兩位將軍，燕侯帶領兩萬多馬步軍來了，並且分派八個小隊在前面探路。」

聲音傳入趙軍士兵的耳朵裡，緊接著洞內便響起接龍式的聲音，每隔一段距離，就會有一個人負責傳達，在地洞內聲音越傳越遠。

伍長完成了使命，將手下的五名士兵叫了下來，一起躲在了這井中。

南欒縣城裡地道縱橫，彎彎曲曲的地道從城中一直綿延到城外，在縣城周圍的五里範圍內，地下藏著數萬精兵，均統屬於高覽和韓猛這兩個將軍。

南欒縣城外五里的一個荒草叢裡，一堆鬆軟的泥土正在蠕動，只片刻功夫，一塊泥土便被推開，地上現出一個地道。

一個身穿鎧甲的將軍從地道裡爬了出來，滿臉的灰土，蓬頭垢面的，一出來便大咧咧地罵道：「他娘的，這是誰想的餿主意？老子在地底下都快喘不過氣來了。」

緊接著，另一個穿著鎧甲的將軍也爬了上來，這人是一個精壯的漢子，和剛才出來的那個將軍同為袁紹帳下四大將之一的韓猛，先他出來的那個將軍則是高覽。

韓猛聽到高覽在抱怨，拍打了一下自己身上的泥土，安慰道：「憋是憋得慌，可是這樣的**藏兵之術**，恐怕也只有國相大人才想的出來。不過國相大人也考慮到了這一點，所以才在井口或者樹洞、荒草堆裡讓我們開個通氣孔。」

「國相大人的計策是不錯，可是這可苦了我們，悶都快悶死了，雖然通氣孔開了不少，但是也擋不住這麼熱的天氣啊。」高覽發著牢騷：「那麼隱秘幹什麼，我們就明目張膽的站出來給燕軍看，反正燕軍已經知道有埋伏了，即使發現了我們又有什麼關係？」

韓猛道：「老弟，這正是國相大人的高明之處啊，虛虛實實的，才能讓燕侯帶兵進入這裡，也才能一舉殲滅敵軍，你就別抱怨了。」

「啟稟將軍，斥候已經傳來消息，燕侯率領兩萬多馬步，正向南欒縣城進發，並且派出八隊小股騎兵在前探路。」一個士兵從地道口露出頭，報告道。

韓猛聽完，尋思了一下，吩咐道：「傳令下去，讓所有人都不要輕舉妄動，以免打草驚蛇，必須等到燕侯的大軍進入縣城之後才可以行動。」

高覽道：「韓兄，為什麼不像上次殺燕軍斥候一樣，把那些該死的燕軍都統統殺掉，留一個回去報信呢？」

韓猛道：「此一時彼一時，上次我們正在挖掘地道，有一個斥候發現了我們的秘密，所以我們必須將所有的人殺掉，**放走的那個，是燕軍十八驃騎之一的卞喜，此人還不知道實情，正好借他的口去傳話，也讓國相的計策得以施行。」**

「原來他是十八驃騎之一，我以為十八驃騎各個都是勇猛無比的人，看來燕軍的十八驃騎也不過如此，看我今天不砍殺幾個看看。」

「不可大意，你可別忘了，上次追擊卞喜的時候，他那一手飛刀絕技確實不俗，如果不是他飛刀用完了，在黑夜當中，說不定就會喪命在他的飛刀絕技之下呢。」韓猛聽高覽有輕蔑燕軍的意思，急忙勸道：「我聽說，十八驃騎裡，趙雲、張郃、太史慈、龐德、華雄是燕侯帳下五虎，只可惜其中一隻虎華雄在討伐董卓的時候戰死了，後來燕侯又招攬了不少人才，執掌幽州之後，便設立了十八驃騎。」

「你怎麼對燕國的事情那麼瞭解？」高覽問。

韓猛哈哈笑道：「知彼知已才能百戰百勝嘛，所以一會兒真的廝殺起來了，你也別輕敵。」

高覽不耐煩地道：「知道了知道了。我喘氣完了，下去吧，再過一會兒就該開打了。」

韓猛點點頭，蓋上蓋子，和高覽秘密地等在地道中。

海東青俯瞰大地，太史慈等八百騎兵快速奔馳到了南欒縣城附近，分散在八個不同的方位，在地面上尋找著蛛絲馬跡。

不多時，太史慈等人便發現了不少可疑的地方，但是他們沒有打草驚蛇，而是默默地記下了地點，然後彙聚在南欒縣城裡，等待高飛的大軍到來。

高飛不疾不徐地率領著大軍，只是為了減少疲勞，而且他為了打這一仗，還特地帶來了守城用的器械，用騾馬拉著，讓士兵掩蓋在隊伍裡。

海東青再次返回，落在李玉林的肩膀上，發出一陣陣叫聲。

李玉林會意，便對高飛道：「主公，海東青說太史慈已經進入南欒縣城了，地面上還是一片平靜。」

高飛道：「很好，再放出去，我們現在只要保持均速就可以了。」

「諾！」

午後的陽光炙熱的照耀著大地，高飛率領兵馬抵達了南欒縣城，馬步軍在進入縣城後迅速登上城牆，騎兵堵門，步兵將運來的守城器械抬上城樓，很快便架構起一道堅實的防線。

南門的城樓上，高飛向遠處眺望，整個平原上一派肅殺的景象。

突然，四面八方的地底下湧出許多士兵，手持各種兵器，穿著統一的著裝，吶喊著朝南欒縣城衝來。

高飛看到這一切，冷笑一聲：「來得真快！」

「主公——」王門一臉的慌張，指著城中的西北角大聲喊道：「趙軍……趙軍突然從城裡出現了，沮鵠……沮鵠也消失得無影無蹤了……」

「什麼？」太史慈瞪大了眼睛，一把抓住王門的衣襟，叫道：「你是怎麼看的人？四門緊閉，趙軍怎麼會突然出現在城裡？」

王門一臉的驚恐，加上被太史慈那麼一嚇，吱吱唔唔的說不出一句話來，一直「這、那」個不停。

一陣微風拂面吹過高飛的臉龐，他強忍住心中的怒火。

當他聽到沮鵠消失、趙軍出現在城裡的時候，他的腦袋就像是被扔下了一顆原子彈一樣，轟的一聲，整個人在烈日下瑟瑟發抖，不是因為冷，而是因為憤怒，**直到這一刻他才明白，這一切都是沮授給他設下的圈套**。

高飛神采飛揚的臉變得一陣陰鬱，眼神也變得十分犀利，那深邃的眸子裡彷彿射出了千萬支利劍，掃視著城外遍地的趙軍士兵。

他對太史慈道：「你火速帶領三千名步兵進城圍剿，敵軍是從地道裡進城的，地道狹窄，趙軍士兵眾多，能上得了地面的人少之又少，現在補救還來得及。發現地道口就想辦法堵死，並且摧毀地道，把在地底下的趙軍全部活埋！」

太史慈一把推開王門，大喝道：「還愣在那裡幹什麼，還不快去集合隊伍？」

王門慌裡慌張的跑下城樓，太史慈帶領田楷、鄒丹、單經三將也急忙下城樓，緊隨王門身後。

「胡彧！一萬輕步兵裡有你的五千東夷兵，現在你給我守好此門，不可放入一個敵人進城！」高飛下令道。

「諾！」

高飛又對身邊的三個斥候道：「快去告訴陳到、文聘、周倉，拼死守好城門，城內之事讓他們不要擔憂。」

「諾！」

「李玉林，將海東青放到空中，我要知道整個戰場的情況。」

「諾！」

王文君問：「主公，是否升起狼煙？」

「暫時不用，如果我是沮授的話，絕對不會如此單純的來攻擊我軍，必然還有後招。這裡是平原，不是山地，要想看到狼煙的話，就必須離得近，我估摸趙雲、黃忠他們應該離此七八里，何況從城外地下出來的士兵也只有兩三萬而已，也就是說，袁紹還有十萬大軍不知去向，如果負責這次指揮的人是沮授的話，那這十萬大軍足以將我軍團團圍在這鉅鹿澤。」高飛分析道。

王文君道：「主公的意思是……靜觀其變？」

高飛點點頭：「敵不動，我不動。趙雲、黃忠、徐晃、龐德、盧横、褚燕、高林、廖化八個人都是很謹慎的人，只要我不給他們訊號，他們就會提高警惕，一旦發現背後或者周邊有援軍的話，就會立刻明白一切。」

王文君打起十二分的精神，道：「主公，這些早已埋伏好的趙軍士兵都是步兵，在人數上和我軍相當，如果我軍現在以騎兵出擊的話，必然能夠打破趙軍的部署，也可以儘量拖延時間，逼沮授露出馬腳。」

胡彧道：「主公，王文君說得很對，我軍裝備精良，能以一當十，對付這些蝦兵蟹將，簡直是小菜一碟。請主公允許末將率領騎兵出戰，定能殺得這些趙軍屁滾尿流。」

高飛尋思了一下，道：「好，白宇，你代替胡彧堅守此門，胡彧、鮮于輔、田疇、王文君，你們四人各率領一千騎兵從四門同時殺出，然後在城外繞著縣城轉圈，見到敵人就殺！」

五人異口同聲地道：「諾！」

李玉林也想上戰場，拱手道：「主公，剩下的一千騎兵讓屬下帶著吧，也好在城外往來救援。」

高飛道：「不，那一千騎兵我還有妙用，你現在專心操控海東青，替我從空中俯瞰整個戰場，然後將資訊彙報給我，這比上陣殺敵要重要多了。」

施傑道：「主公，那我呢？」

「你速帶領一百人，將城中能燒的東西都全部集中起來，堆在縣城的正中央，隨時聽我的命令點燃狼煙。」

李玉林、施傑異口同聲地道：「諾！」

命令下達完畢，高飛站在南門上，讓白宇指揮左邊，他指揮右邊，並且讓人用轉射機、連弩車這兩種守城用的一重一輕兩種武器進行防守，準備迎接不斷向城池湧來的趙軍士兵。

可是，令眾人感到奇怪的是，那些衝上來的趙軍步兵居然在距離城池還有四百米遠的時候便停了下來，後續趕來的士兵不斷聚集在一起，前兩排的士兵手持高達一米半的巨盾，將巨盾砸在地上，立在泥土裡，後面的弓箭手、長槍手陸續排好隊伍，很快便形成了一堵堅實的人牆。

城門打開了，胡彧一馬當先衝了出來，手持大戟，身上披著重鎧，帶領著一千騎兵魚貫而出。

「等等！」高飛見胡彧要向前衝擊嚴陣以待的趙軍士兵，急忙喊道。

胡彧聽到城樓上傳來的聲音，勒住馬韁，問道：「主公有何吩咐？」

高飛沒有回答胡彧，轉身對另外三名斥候道：「火速奔往其他三門，告知王文君、鮮于輔、田疇，暫時停止對敵人的突襲，如敵人不進攻，就按兵不動，如果敵人進攻，就讓他們在城門上守兵的配合下共同打擊敵人。」

胡彧問：「主公，不出擊了嗎？」

高飛道：「這裡沒有護城河，如果採取騎兵在外騷擾，步兵守城的方式，相互配合之下，可以減少傷亡。」

胡彧目視著前方不遠處的趙軍士兵，眼睛裡充滿了怒火，**他想不明白，為什麼敵人不進攻。**

城門四周一片靜悄悄，可城裡卻是聲音嘈雜，從地道遁入城裡的趙軍士兵已經多達千人。

太史慈手持大戟，身披重鎧，帶著三百穿著沉重鋼甲的步兵，一鼓作氣的朝一個民宅裡衝了過去。

他身先士卒，大戟所過之處毫不留情，直接殺出一條血路，身後重步兵衝撞過來，面對趙軍那有些鏽跡斑斑的武器，他們毫不畏懼，一個個如同虎狼一樣，向敵人猛撲過去。

正如高飛所說的一樣，地道的出口很狹窄，一次只能出來一個人，這也就制約了趙軍士兵進行奇襲的效果。毫無懸念的廝殺，太史慈帶著士兵很快便堵住了地道的出口，三百名步兵毫髮無損，弄得地道裡的士兵都不敢露頭。

太史慈環視民宅院子，看見一個角落裡放著一尊石磨盤，他立刻朝石磨盤跑了過去，將大戟朝地上一插，用力舉起石磨盤，衝部下喊道：「閃開！」

只見太史慈舉著差不多三百斤重的石磨盤走到地道的出口，用力砸了下去。

「轟」的一聲悶響，地面為之顫抖，開始下陷，將不少趙軍士兵活埋在地道裡。

完成這個任務後，太史慈便帶著士兵在城中尋找其他的出口，只要見到有地道出口，就立刻堵死，不是放火就是煙熏，或者直接將地道弄塌陷，很快便控制住了城內的局勢。

太史慈回到南門，向高飛稟告道：「啟稟主公，城內已經全部清掃乾淨！」

高飛心裡稍稍有了點安慰，可是望著城外嚴陣以待的趙軍士兵，他的眉頭一直緊皺著，思索敵人到底要幹什麼。

海東青適時地落在李玉林的肩膀上，發出一連串的叫聲，向李玉林訴說著戰場的情況。

李玉林聽完，將海東青再次放入空中，向高飛道：「主公，趙軍已經將城池圍定，再遠點的地方也找不到一個人影。」

太史慈道：「主公，袁紹圍而不攻，是何道理？」

高飛納悶道：「我也正在思索這件事呢，趙軍以三萬兵力圍住了我們兩萬五千人的兵力，卻又不急著進攻……」

話說到一半，高飛臉上突然變色，一句令他感到害怕的話脫口而出：「糟了，沮授一定是想對我安排在周邊的騎兵下手。」

太史慈道：「主公，那我們殺出去吧。」

高飛搖搖頭，指著結成戰陣的趙軍士兵道：「你仔細看看，對方巨盾在前，長槍在後，弓弩手布置在左右兩翼，這明擺著是等我們進攻，難保他們不會設下什麼陷阱，咱們是從北門來的，其他三門到底有沒有陷阱，我們還不得而知，如果強攻的話，必然會損兵折將。」

「那該怎麼辦？」太史慈急道。

高飛思慮了一會兒後，道：「現在也只有賭一把了，快放狼煙！」

一聲令下，南欒縣城裡便升起了滾滾狼煙，狼煙扶搖直上，飄向空中，弄得縣城裡瀰漫著一種焦糊味。

「李玉林，讓你的海東青飛遠一點，跑到十里外看看，以海東青的速度，要不了多久便能飛個來回，我要密切關注敵人的一舉一動。」高飛對李玉林道。

李玉林點點頭，先召回海東青，然後用鳥語吩咐海東青，再將海東青放回到空中。海東青拍打著翅膀，向南方飛翔了過去。

南欒縣城外三十里處的一片密林裡。

袁紹金盔金甲，騎著一匹栗色的駿馬，意氣風發的望著南欒縣城的方向，臉上還洋溢著喜悅的心情。

沮授、審配、郭圖、辛評、逄紀、辛毗六人一字排開在袁紹的身後，靜靜地等著消息的傳來。

不多時，一名青衣斥候從遠處奔馳過來，那青衣斥候正是沮授之子沮鵠。

沮鵠一進入南欒縣城，便被王門給保護著，他見所有的燕軍都在忙活著進行守備城牆的布置，便借尿遁翻牆逃之夭夭，在早已準備好的一條暗道下偷偷溜出了城，之後沿著地道爬到了韓猛、高覽兩位將軍的身邊，並且告知韓猛、高覽兩人高飛已到的消息，韓猛、高覽這才下令內外夾擊，出兵南欒縣城，而沮鵠也策馬回奔。

高飛所布置的騎兵位置，沮鵠都知道，所以能夠輕易地避開燕軍騎兵，一路奔了回來。

沮鵠來到袁紹的面前，跪在地上叩首道：「參見侯爺。」

袁紹道：「你回來的正好，前面動靜如何？」

「啟稟侯爺，一切正常，高飛已經徹底中計，剛才我回來的路上還看見升起的狼煙，看來高飛是準備孤注一擲了。」

袁紹哈哈大笑道：「太好了，蒼天有眼啊，當年高飛這個挨千刀的，用一個玉璽挑起了諸侯混戰，害得我損兵折將，此時正是報仇之際。」

審配道：「主公，重賞之下必有勇夫，如果通告全軍，斬殺高飛者封侯千戶的話，必然會有人爭先恐後的去殺高飛。只要高飛一死，主公不就可以高枕無憂了嗎？」

袁紹扭頭對沮授道：「國相，你父子二人這次替我立了一個大功，事成之後，我必然會重重賞賜你們父子。」

沮授道：「屬下不敢貪功，此事皆是主公指揮有方，眾將士齊心協力的結果，如果要賞賜的話，就賞賜那些一會兒在前線浴血奮戰的將士吧。」

袁紹臉上收起了笑容，輕蔑地道：「國相是說我沒有體恤下屬嗎？」

沮授急忙道：「屬下怎敢如此想？屬下只是覺得……」

「你不用說了，我自然會賞賜那些浴血奮戰的將士，這份賞賜既然你不要的話，那我就賞給別人好了。到時候，國相可千萬別說我沒有給你賞賜啊。」袁紹陰陽怪氣地道。

沮授不再說話，心裡默默地嘆了一口氣，朝沮鵠使了個眼色，將沮鵠喚了過來，站在袁紹的背後。

袁紹朗聲道：「傳令下去，讓顏良、文醜、劉備、關羽、張飛、蔣義渠、蔣奇、張南、焦觸、眭元進、韓莒子、呂威璜、趙睿、呂曠、呂翔、尹楷、馮禮等人按照原計劃進行，務必要配合韓猛、高覽二將將燕軍殺個片甲不留！」

待命的斥候聽完，齊聲「諾」了一聲，飛馬朝各個方向奔馳出去。

沮授心裡想道：「高飛，不知道我這個十面埋伏之計，你能否應付得來。**若是你能僥倖逃出我所布下的重重包圍，那就是你命不該絕**，如果你逃不出去的話，我也會祈求主公給你一個厚葬的。」

南蠻縣城外八里的一處村莊裡，褚燕帶著五千騎兵注視著遠處的天空。

他埋伏在這裡差不多已經有一個時辰了，他和部下一直提高警惕，生怕露出任何的蛛絲馬跡。

正當褚燕的目光還在注視著遠處的高空時，突然聽到從背後傳來一陣馬蹄聲，他立刻提高警覺。

果然，不久一個斥候便奔馳過來，朝村莊裡的一口水井邊跑了過去，滿頭大汗的他顯然是渴極了，從水井打上來小半桶水，對著水桶咕嘟咕嘟喝了個痛快。

當他剛把水桶放在地上時，卻出現頭戴樹葉編織成的帽子、藤條纏滿全身的四個樹人。

斥候吃了一驚，還來不及叫喊，嘴巴便被捂住了，並且被湧上來的樹人用藤條將他的身子捆得緊緊的。

四個樹人抬著斥候，牽著斥候的馬匹，朝村莊裡拐了個彎後，將他帶到褚燕的面前。

褚燕見抓住趙軍的斥候，臉上一陣歡喜，抬起腳踩在躺在地上的斥候胸口上，喝問道：「我問你什麼，你就回答什麼，爺爺問完之後便會放了你，如果你敢說半個不字的話，爺爺定要教你做人棍！」

接著，便拿出一根像人形的樹枝，抽出鋼刀將樹枝的分岔一根接一根的砍落，嘴裡恐嚇道：「這是你的胳膊，這是你的腿，當你沒有胳膊也沒有腿的時候，就剩下一顆頭和一個上半身，我再把你丟在缸裡，天天用烈火煮著，這叫做烤人棍，是我最愛吃的美味之一。」

說完，還伸出長長的舌頭，舔了一下乾裂的嘴脣，臉上露出饞色。

斥候被嚇得不輕，失去四肢已經很痛苦了，再擱在火上烤，那是更加痛苦的事了，他可不想成為那樣的人，由於嘴巴被堵住，他想叫都叫不出來，只能以目光向褚燕求饒。

褚燕嘿嘿一笑，緩緩地道：「我可以讓你說話，如果你敢喊，我就讓你做人棍，答應的話，就眨一下眼皮，不同意的話就眨三下！」

斥候急忙將眼皮眨了一下，表示同意，褚燕這才拿掉斥候嘴裡塞著的布。

「我說我說，我什麼都說，只要你們放了我，我什麼都說。」斥候口中的布一被拿開，便急忙道。

褚燕見斥候學乖了，便道：「我問你，袁紹在哪裡？」

斥候道：「離此不足三十里處，有三萬重兵防護……」

「我沒問你這些！」褚燕打斷斥候的話，「我只問你，你是前往何處？」

「南欒，我要去給韓猛、高覽傳達命令。」

「什麼命令？」

「主公讓……不不不，是袁紹……袁紹讓韓猛、高覽配合顏良、文醜等將軍，裡外夾擊燕軍。」

褚燕狐疑道：「裡外夾擊？難道說袁紹已經將我們全部包圍了？」

「沒錯，這都是國相大人的計策，聽國相大人說，鉅鹿澤就是燕侯的葬身之地。」

「糟了，中計了！」褚燕大聲喊道。

意識到中了沮授之計的褚燕，立刻露出凶殘的一面，手起刀落，便將斥候的腦袋砍掉了。

「全軍上馬，撤去偽裝，都隨我一起去救主公！」褚燕將帶血的鋼刀插進刀鞘，衝藏在村莊裡的將士喊道。

只見村莊內外的草叢、樹木全部被掀開，五千名全副武裝的騎兵登時現身出來，全部上馬，跟著褚燕朝南欒縣城奔馳而去。

南欒縣城燃起了狼煙，滾滾的狼煙升入高空中，早已埋伏在南欒縣城外的盧橫看到狼煙，心裡油然升起嗜血的衝動，想到一會兒就要打敗袁紹的趙軍，整個人便精神抖擻起來。

「全軍聽令……」

盧橫的聲音剛喊到一半，便聽到背後傳來滾滾的馬蹄聲，他急忙回頭張望，但見從滾滾的煙塵中駛來一股趙軍的騎兵，心中一驚，立刻下令：

「後隊變前隊，迎戰敵軍！」

將士們紛紛調轉馬頭，見劉備一馬當先的衝了過來，身後帶著五百名趙軍的騎兵。

劉備頭戴熟銅盔，身披鐵甲，手持雙股劍，一見到盧橫便喊道：「你們已經被包圍了，速速投降，可免一死！」

盧橫一聽劉備這番話，登時大怒，將手中長槍舉起，喝道：「大耳賊，你休得猖狂，看我盧橫取你首級！」

話音落下，將長槍向前一招，殺向劉備。

劉備見盧橫殺了過來，掉頭就跑，一邊跑，嘴裡還喊著：「盧橫，高飛已是死無葬身之地了，我見你是個人才，與你又相識已久，你不如棄暗投明，跟在我身邊吧，我必然會比高飛待你還要好。」

「大耳賊！放你娘的狗臭屁！我盧橫自從跟隨燕侯那天起，這條命就是燕侯的了，你這個吃裡扒外、忘恩負義的賊子，枉我家侯爺對你不薄，你卻三番四次和我家侯爺做對，今天我不取你首級，我盧橫誓不為人！」盧橫一邊追著劉備，一邊大聲罵道。

劉備不再說話，快馬向前，任憑盧橫帶著五千騎兵在後面追擊。

盧橫追了差不多兩里路，見劉備始終和他保持著一定距離，既不讓他追上，也不甩開他，心中一驚，立刻止住身後騎兵，環顧四周的莊稼地，田裡還長著金燦燦尚未收割的麥子，微風吹來，麥浪層層，竟然出奇的安靜。

「糟了，中了大耳賊的誘敵之計了！」盧橫立刻反應過來，急忙對身後喊道：「快撤退，回南欒縣城保護主公。」

「敵將哪裡走！」

一聲巨吼，道路兩旁的麥田裡現出數千弓箭手，接著，東北方駛來一股騎兵，關羽手持青龍偃月刀一馬當先的殺奔而來，西北方向，張飛則是挺著丈八蛇矛面色陰鬱的奔來。

麥田兩側的弓箭手在田豫、糜芳的帶領下，朝道路中的盧橫所部射箭，箭矢不是射向人，卻是專門瞄準騎兵的座下戰馬。毫無任何遮擋的戰馬紛紛中箭，發出悲鳴的長嘶，轟然倒地，馬背上的騎兵也被掀翻下來，一個個燕軍或被戰馬壓住身體，或翻滾著掉入田中。麥田裡早已準備好的長槍手突然現身，舉著長槍擋在路邊，朝著倒下的騎兵一番亂刺。

劉備身側也湧出糜竺、孫乾、簡雍各帶的數百步兵，和他的五百騎兵合在一起。

「殺！」

劉備的目光中充滿了憤怒，這種怒火是發自內心的，**他還在因為高飛拒絕出兵救徐州而介懷，以至於讓他丟掉了徐州這塊將要到嘴的肥肉**，他固執的認為是高飛毀了他成為一方霸主的希望，也使得這個希望變得破碎不堪。

隨著劉備的一聲令下，五百騎兵和身後的步兵便衝了過去，一時間，盧橫所部傷亡慘重，他看到關羽、張飛正朝這邊會合，想要堵住他的退路，急忙喊道：

「不要戀戰，全軍撤退！」

翻滾下來的騎兵成了步兵，平時訓練精良的騎兵在此時卻因為腿部受傷而無法作戰，只能揮舞著手中的兵刃撥開兩邊射來的箭矢。可是面對密集一波接著一波的箭雨，許多士兵中箭，躺在地上哀叫著，發出淒慘的悲鳴，而等待他們的只有被敵軍的任意屠殺。

五千騎兵已經折損了大半，盧橫一馬當先，帶著剩餘的兩千多騎兵朝後撤退，卻遇到了關羽、張飛所帶著的一千騎兵擋住了去路，後面劉備指著著士兵殺了過來，糜芳、田豫所部也開始追了過來，企圖將盧橫徹底封殺在這裡。

盧橫看到關羽、張飛二人擋住了去路，怒氣衝天，想當初高飛為了拉攏劉、關、張沒少費心思，可是事到如今，他已經無話可說，唯一能做的只有殺出去。

「盧橫，某敬重你是一條漢子，而且和我們兄弟也相識已久，以你的功夫，根本無法和某相提並論，不如早些投降，歸順我大哥麾下。沮授設下了十面埋伏的計策，為的就是將高飛置於死地，如今十三萬大軍將這裡團團包圍，高飛必死無疑，你又何苦跟著高飛一起送命呢？」關羽將青龍偃月刀一橫，策馬而出，苦苦勸道。

「呸！忘恩負義的小人，枉我家侯爺當初竭力提拔你們，你們卻是如此報答侯爺的嗎？」盧橫大怒道：「盧橫的命是侯爺的，就算是死，也要闖一闖。」

關羽看盧橫一身正氣，想起當年對他們三兄弟的種種，突然策馬閃到一邊，對身後的騎兵道：「讓開一條路，放盧將軍過去！」

張飛見狀，也帶著部下閃到了一邊。

盧橫見關羽、張飛要放他過去，他毫不猶豫地選擇了帶兵出去，大喝一聲道：「關雲長，別以為這樣我就會感激你，你們欠我們家侯爺的，一輩子也還不清！」

「駕」一聲大喝，盧橫帶著殘餘的兩千騎兵便從關羽、張飛讓開的一條道路上呼嘯而過。

劉備在後面跟了過來，看到關羽、張飛放走了盧橫，一臉的怒意，喝問道：「看你們做的好事！盧橫是高飛手下的一員大將，你們放走了他，對我們以後大大不利，你們兩個真是氣死我了！」

關羽道：「大哥，高飛、盧橫和我們關係非同尋常，之前高飛放了三弟，這次某放了盧橫，也算是還了高飛的恩情。**某常以忠義為先，如今所做的事就是為了一個『義』字**，何況袁紹和沮授早有定計，只讓我們將燕軍驅趕進包圍圈，並未下死令，我軍現在殺了高飛大約三千人，已經報了上次之仇了。大哥若責罰的話，就責罰我吧，關某毫無怨言。」

「哎，算了！下次再遇到燕軍，一定不要手下留情！現在我們速去按原計劃做，封鎖此地。孫乾，你跟著雲長，簡雍，你跟著翼德，其他人跟我走，切莫再放過燕軍的任何一個人，否則袁紹面前無法交代！」劉備令道。

狼煙乍起，八方驚動，鉅鹿澤東部的平原上發生了巨大的變化，整個平原上到處都是兵，燕、趙兩軍往來奔馳……

大地轟鳴，喊聲震天，以南欒縣城為中心的方圓十里的土地上，埋伏的燕軍將士們幾乎在同一時間遭到趙軍的進攻，除了褚燕首先發現了中計，早早離開之外，趙雲、黃忠、徐晃、龐德、廖化、盧橫、高林七部各有損傷，其中以盧橫所部傷亡最大。

八部人馬一起朝南欒縣城趕了過去，紛紛向高飛靠攏，快接近城池時，眾人看見韓猛、高覽所率領的步兵方陣將高飛團團圍在城裡，八人本想進行突圍，豈料韓猛、高覽主動撤圍，並不與八將交戰。

守在城門的陳到、文聘、周倉等人立刻打開了城門，放趙雲等人進城。小小的南欒縣城裡，頓時變得擁擠不堪。

海東青還在上空盤旋著，用牠銳利的鷹眼俯瞰著大地，發現從四面八方湧來數不清的大軍，海東青尖叫了兩聲，拍打了兩下翅膀，緩緩地飛下低空，停在李玉林的肩膀上，嘰哩咕嚕地叫了一連串的聲音。

李玉林聽完，對高飛道：「主公，袁紹軍隊已經全部出動了，海東青說牠看到四周人山人海，正朝這裡彙聚。」

高飛在等待的這段時間內，一直在閉目養神，聽到李玉林的話後，睜開眼睛，眺望城外，但見城外平原上人頭攢動，馬步軍一起向南欒縣城圍了過來，所過之處，平原上田地裡被踐踏得不成樣子。

趙雲八人登上城樓，齊聲拜道：「參見主公！」

高飛道：「你們回來就好，這次是我疏忽了，為了一個沮授，使我軍被圍在此處，實在是後悔不已。**沮授的計策是將我們圍困在此地，慢慢地消磨我們的士氣，等到我們糧盡的時候再採取攻擊，可真是一條殺人於無形的妙計啊。**」

「那就糟了，我軍到此並未帶糧草輜重，只隨身攜帶一天的乾糧和水而已。主公，末將願意當先鋒，率眾突圍，將主公安全護送著離開這裡。」太史慈道。

高飛眺望了一下面前的趙軍，長長的人牆堵在第一道防線上，而後面湧現出來的人則結成了第二道防線，尚有第三道防線是由步騎兵組成的，後面集結的士兵似乎還在組成第四道、第五道防線，包圍得十分緊密，可謂是密不透風。

高林拱手道：「主公，趁著現在趙軍尚未集結完畢，我軍應該迅速展開突圍，否則的話，等趙軍集結完畢了，我們再想突圍就會變得困難了。」

高飛點點頭，吩咐道：「剛才你們八個人是怎麼來的，還給我怎麼回去，向不同的方向展開突圍，集中攻擊敵人一點，突圍出去後，再回殺過來，在周邊和敵軍打游擊。趙軍的騎兵多用長槍，我軍的騎兵多是弓箭和鋼刀，一定要利用弓箭，跟趙軍展開廝殺，遵循游擊戰術，讓敵軍無法摸清我軍到底是何意圖！」

眾將道：「諾！」

吩咐完畢，高飛叫來陳到、文聘、周倉、胡彧、鮮于輔、田疇、王文君、施傑等人，讓周倉替換下廖化，陳到替換下盧橫，文聘替換下高林，將他們帶回來的三萬六千騎兵分成九隊，每隊四千人，讓太史慈、盧橫、高林、廖化四人共同帶領一隊，集結在北門。又讓胡彧帶領鮮于輔、田疇、王文君、蹋頓四人集結城中的五千騎兵，也彙集在北門，準備實施突圍計畫，而他則親自帶領兩萬步兵和白宇、施傑、李玉林三人堅守城池。

第五章

上上之策

文醜道：「國相大人說得有理，應該立刻發兵全力攻打高飛，讓燕軍沒有喘息的機會。」

劉備也附和道：「國相大人的話乃是上上之策，而且一定要攻擊燕軍騎兵的下半身，只有如此，才可以抑制住燕軍騎兵的猛攻。」

午後的陽光漸漸變得黯淡下來，烈日被厚厚的雲層給遮擋住，雲層中，一條條猶如銀蛇游動的閃電飛快的劃過，隨即傳來如同嘆息聲一般的雷鳴。

曠野上，袁紹在十騎精甲騎士的簇擁下，急速奔馳而來，路旁有一個約莫兩三米高的土坡。

袁紹猛然抽了胯下戰馬一鞭子，飛奔上土坡，朝著遠處望去。一看前方陣容強大的士兵將高飛團團包圍在南欒縣城裡，他就顯得很興奮，抬起馬鞭指著南欒縣城道：「這次我看你怎麼逃出去。」

袁紹身後的顏良、文醜、劉備、關羽、張飛等十將一字排開，看到前方已經設下了層層堵截，所有的人無不感慨軍容的強大。

張飛皺起了眉頭，眺望遠處曾經放了他一次的高飛，**他有一種說不出的感受，不知道高飛如果真的被殺了，他是該喜還是該憂。**

突然，南欒縣城的大門洞然打開，徐晃率領四千騎兵最先出了城門，帶領著軍隊開始向前衝鋒，呼聲震天動地。四千名鋼甲騎士衝出城門，就像從袋子裡滾出許多豆子，在趙軍嘶鳴的箭雨中飛奔。

緊接著，文聘也帶著四千名鋼甲騎兵衝出了城門，和徐晃一左一右，朝著不同的方向衝了過去。

文聘的胸甲映著閃電的寒光，如同一道流光飛馳而過。守衛在第一道防線的弓箭隊剛剛射出兩撥箭矢，文聘就已經衝到陣前。白馬和他一樣瞪圓了眼睛，鼻子裡噴著白氣，只顧全力衝鋒，馬尾幾乎飄成了橫線。

文聘緊握長槍，躍馬向前，長槍所到之處，猶入無人之地，凡是前來阻擋的，都會在身上留下幾個窟窿，防守嚴密的第一道線就這樣被文聘不堪一擊的衝破了。

馬蹄踐踏著巨盾，長槍刺殺著人群，在他的身後留下一條灑滿血跡的通路，每隔幾尺就有一兩個躺倒的士兵，捂著胸口或是小腹大聲哀嚎，在地上翻滾喘息，立即又被後來的騎兵們踐踏而過，頭顱崩裂，白色的腦漿混著鮮血滲進泥土，立刻變成一片片泥漿。

趙軍的陣形迅速混亂，士兵們紛紛在英勇的燕軍騎兵面前退卻。

另外一邊，徐晃手中的鎏金大斧揮舞成團，口中不停發出吶喊，讓這個臉上帶有胎記的將軍變得如同鬼魅一般。趙軍的士兵聽到他如雷的巨吼，都聞風喪膽。

徐晃也猶如一把利劍一樣，直接刺進了趙軍的骨髓，再加上那大斧揮舞的風聲，士兵們在幾十尺外就開始閃避。即使這樣，仍然有跑得慢的士兵死在他的大斧和馬蹄下。到後來，徐晃只憑藉著這吼聲，就在趙軍的軍隊中開出一條路來。

「這兩個人是誰？」站在土坡上的袁紹看到這一幕後，揚鞭指著徐晃、文聘問道。

「啟稟主公，這兩個人就是高飛帳下十八驃騎之一的徐晃和文聘！」文醜很是欣賞地道。

袁紹道：「何人敢去擋住他們？」

「末將願往！」顏良立刻答道。

「殺雞焉用牛刀，你是我軍中大將，豈可隨意出戰？關雲長，我聽說你有萬夫不當之勇，你去將徐晃人頭提來如何？」

關羽無法推辭，只能硬著頭皮答應下來，提著青龍偃月刀便下了土坡。

趙軍防線雖多，可排在第一線的始終是步兵，這些步兵基本上都是去年招募的，論起作戰能力，肯定不如燕軍久經沙場的精銳士卒，更何況這些燕軍騎兵中，烏桓人占了絕大一部分，烏桓突騎本來就天下馳名，加上被高飛經常訓練，就如同一頭頭猛虎一樣。

徐晃突破了第一道防線，轉頭望去，趙軍的陣形已經被他撕開一個V字形缺口。在它的尖端，那一點銀光仍然在急速突進，帶著騎兵們向前直衝，就像鋼刀砍開肉塊。

眨眼間，那點銀光已經衝到趙軍的第二堵防線上，這回徐晃收起了大斧，拴在馬項上，取出了弓箭，和所有的部下一起向著趙軍射擊。

與眾不同的是，徐晃的衝鋒變成了隊伍的集結，在第一道防線和第二道防線之間迅速集結成一個騎兵陣形，面向兩側射擊，徐晃帶領著部下從兩道防線間的縫隙裡開始橫向奔馳，利用騎兵的機動力對兩側的敵人進行奔跑射擊。

鋒利的箭頭穿破了趙軍士兵的衣甲，兩道防線上的趙軍士兵遭受打擊，很快便從嚴陣以待變成了一陣慌亂。

徐晃、文聘如同兩隻猛虎一樣撲入了趙軍的羊群，身後各自率領的四千騎兵也都如同一群惡狼，一陣猛打猛衝之後便攪亂了趙軍士兵的防線，弄得趙軍士兵驚慌不已。

土坡上，袁紹看著徐晃、文聘這兩員猛將猶如進入無人之地，額頭上現出冷汗，不禁失聲道：「**難道這才是燕軍的真正實力嗎？實在是太可怕了……**」

「主公勿憂，有末將在此，容不得那些人猖狂，末將請求帶領三千騎兵前去支援，否則前面兩道防線肯定頂不住了。」顏良一臉焦急，看到徐晃、文聘將趙軍的士兵任意踐踏，心裡早已充滿一腔怒火。

文醜眺望著戰場，見西北方向也是一片大亂，似乎理解了什麼，當即對袁紹拱手道：「主公，請把國相大人叫到這裡來吧，如今我軍最前面的兩道防線顯然不是燕軍的對手，如果敵軍一旦突圍成功，那我軍再設下什麼十重之圍就顯得迂腐了。」

袁紹道：「去將沮授叫過來，顏良迎戰文聘！」

「諾！」

關羽單刀匹馬，掄著青龍偃月刀，發出低沉的吼聲，目光緊盯著前方的徐晃，叫道：「徐晃！」

徐晃正在開弓射箭，猛然聽見關羽的一聲大喝，回過頭，一看是關羽，尋思道：「關雲長有萬夫不當之勇，我若擊敗他，必然能使得敵軍士氣大落，增強我軍士氣。」

一想到這裡，徐晃便將部下委託給手下幾個軍司馬，讓他們繼續帶著騎兵進行奔射，他自己則棄弓換斧，掄著鎏金大斧，和身後十餘名精挑細選的親隨一起迎戰關羽。

關羽見徐晃帶著十餘騎衝了過來，將青龍偃月刀在胸前一橫，一手拽著馬韁，一手舉著大刀，迎著最先衝來的兩名騎兵便是兩刀揮砍。

刀鋒所過，兩名騎兵被攔腰砍斷，上身從馬背上掉落下來，而下身還騎坐在馬背上，鮮血噴湧而出，灑滿一地。

徐晃心中猛然一驚，沒想到關羽如此厲害，只輕描淡寫的兩刀，便將兩個不同方向衝去的士兵攔腰砍斷，而刀鋒劃過身體後，那寒光逼人的冷豔鋸上竟然只帶著絲絲血滴，當血滴完全滴落後，刀頭便又恢復了寒光閃閃的樣子。

「好快的刀！」徐晃稱讚著關羽，同時舉起了手中的鎏金大斧，一斧頭便劈了下去。

關羽用刀架住，冷笑一聲：「徐晃，你不是某的對手，快去叫高飛出來受死，只要他一死，這場仗就用不著打了！」

徐晃臉上顯出猙獰之色，轉動了一下手中大斧，劈向關羽的肋骨。「噹」的一聲響，青龍偃月刀和鎏金大斧發出了轟鳴般的聲音，兩把武器皆是通身發顫，那強勁的顫抖將二人的手掌都震得微微發麻。

「好大的力氣！」關羽暗自讚嘆道。

兩馬相交後，關羽並沒有閒著，青龍刀還在不斷揮舞著，連續斬殺了徐晃背後的三名騎兵。

徐晃的虎口早已震得發麻，只一個簡單招式的比拼，他便知道了關羽的實力，他雙手握斧，而關羽只是單手，實力已經遠在他之上。

他覺得硬拼下去也不是辦法，唯一的方法就是不理睬關羽，可是憑關羽的武力，如果放任自流，只能損失更多的士兵。他尋思了一下，斜眼看到東南方向來回奔馳的趙雲，二話不說，拍馬掉頭就走。

關羽見徐晃走了，也不去追趕，只顧著向前衝，單刀、匹馬，遇到燕軍士兵就殺，一刀一個，像砍瓜切菜般簡單，弄得燕軍士兵人皆避之。

徐晃向趙雲那邊快速奔馳而去，見趙雲殺得酣暢淋漓，急忙對趙雲喊道：「趙將軍，南門附近遇到了厲害人物，我打不過他，請你去與之一會，否則我軍將受到重創。」

趙雲一聽這話，那還了得，當即對徐晃道：「你率領我的部下，我過去率領你的部下，務必要拖延下去，給主公充足的時間準備。」

徐晃點點頭，便和趙雲一分為二，替換下了趙雲。

趙雲單槍匹馬，策馬狂奔，來到南門外，見關羽正在一個人追殺燕軍士兵，所到之處猶如無人之境，他握緊手中長槍，拍馬直取關羽。

關羽剛剛斬殺一顆人頭，只覺得背後一陣凌厲的涼風，急忙低下頭，一桿長槍從背脊上掠過，當真好險。

他一個蹬裡藏身，青龍刀刺斜裡揮了出去，但見騎在白馬上的是趙雲，不禁吃了一驚：「子龍？」

「雲長兄，我來會你，請全力出招吧。」趙雲掠過關羽的身邊道。

關羽見趙雲鐵了心的要和自己打，也抖擻了精神，哈哈笑道：「也好，關某早就想領教子龍高招了，只是一直沒有機會而已，此次既然子龍誠心想打，那關某也就恭敬不如從命了。」

二人寒暄了兩句，當即便拉開架勢，在四周都是燕、趙士兵的陣營裡展開了殊死搏鬥。

關羽、趙雲兩人直接進入了白熱化的纏鬥，刀槍往來，殺意逼人，周圍十米範圍內沒有一個人，雙方士兵不敢近前，也不敢圍觀，生怕被對方偷襲，只能遠遠離這兩人遠些。

關羽、趙雲你來我往，互鬥了二三十合不分勝負，兩人卻越鬥越勇，廝殺不止。

文聘帶著四千騎兵在敵陣中往來衝突，將袁紹的士兵踐踏得無處藏身，正殺得興起時，卻聽到背後有人大叫一聲，扭頭看去，是袁紹帳下的大將顏良。

顏良持著大刀，帶著三千騎兵呼嘯而來，拍馬直取文聘。文聘見顏良來勢洶洶，遵循高飛的話，並不與其直接交戰，而是帶著騎兵邊退邊打，繼續利用他騎兵的優勢來和顏良進行軍團作戰。

海東青再一次落在李玉林的肩膀上，報告在空中看到的情況，然後由李玉林轉述給高飛。

高飛望著南門外的戰場，見趙雲和關羽正在憨鬥，而文聘和顏良進行交戰，同時得知其他六將的兵馬進展順利，臉上露出笑容，對身邊的斥候道：「吩咐胡彧、太史慈，讓他做好準備，隨時進行突圍。」

土坡上，沮授得到袁紹的命令，快馬奔馳過來，看到自己布置的十重之圍竟然沒有成功，頗感到意外，也帶著一絲惋惜。

「參見主公！」沮授拱手道。

袁紹道：「你來得正好，你看這前方的戰場，已經混戰不堪了，我軍該如何是好？」

沮授大致掃視了一下戰場，對袁紹道：「此時十重之圍已經無法結成，唯一的辦法就是全兵壓境，利用我軍的兵力優勢，騎兵和步兵同時攻擊南欒縣城外的騎兵。高飛所依仗的無非是騎兵而已，只要將騎兵牢牢地控制住了，那麼高飛就等於缺少了走路的雙腿，就算他還有步兵，也已經是無法抵擋我軍的攻勢了。」

文醜道：「屬下覺得國相大人說得有理，應該立刻發兵全力攻打高飛，讓燕軍沒有喘息的機會。」

劉備也附和道：「國相大人的話乃是上上之策，而且一定要告訴士兵，專攻擊燕軍騎兵的下半身，他們上半身披著的都是鋼製的戰甲，對一般刀劍和弓弩有著極好的防禦效果，只有如此，才可以抑制住燕軍騎兵的猛攻。」

沮授聽後，當即道：「主公，應該派遣數員猛將扼守南欒縣城的北門，以防止高飛趁亂突圍。」

袁紹聽後，當即吩咐道：「文醜、張飛、蔣義渠，你們三人迅速帶領部下趕赴北門，聯合韓猛、高覽二將務必死守北門，千萬不要放過一兵一卒，否則的話，殺無赦。」

「諾！」

張飛有點不太情願，可是見劉備朝他使了一個眼色，便沒有反對，和文醜、蔣義渠各自帶著部將離開了土坡，每人帶領一萬馬步分別開向了南欒縣城的北門。

縣城裡，高飛已經下了城樓，帶著白宇、李玉林等聚集在北門門外。

太史慈、胡彧、高林、廖化、盧橫五個人各自帶著部將等候在這裡，一見到高飛來了，便齊聲道：「參見主公！」

高飛道：「城外什麼情況？」

「啟稟主公，陳到已經率領騎兵衝破了第一和第二道防線，並且按照主公的命令在進行游擊戰，利用弓箭和騎兵的優勢對敵人的防線往來衝突。」高林答道。

高飛道：「你們都準備好了，現在是該突圍的時候了。」

眾人齊聲答道：「請主公下令！」

高飛道：「打開城門，全軍開始突圍！」

偌大的南欒縣城外面已經亂做一團，趙雲和關羽憨鬥不下，文聘、徐晃、黃忠、褚燕、陳到、龐德、周倉借用騎兵的優勢，迅速突破了趙軍的第一、二道防線，並且將燕軍的威風全部打了出去。

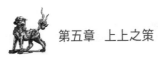

當南欒縣城的北門被打開之後，陳到、褚燕在北門外廝殺不停，騎兵所到之處，趙軍士兵無處可躲，城外橫七豎八的躺著屍體，而這些屍體又被燕軍的騎兵往來衝突踐踏得血肉模糊，地上一片狼藉，血腥味也瀰漫著整個大地。

太史慈、胡彧、高林、廖化、盧橫各自帶領著一千騎兵從北門魚貫而出，高飛在白宇、李玉林二人所帶著的輕、重步兵的護衛下湧出了城門。

陳到、褚燕見高飛出城了，便將兵馬聚集在一起，集中所有騎兵開始猛衝趙軍的第三道防線，二人帶著七千多騎兵，以迅雷不及掩耳之勢奔馳了出去。

防守在第三道防線的趙軍步兵突然紛紛撤退，不再進行抵抗，大概退了五十米左右，所有人便一起回轉身子，巨盾立在地上，長槍架在巨盾之間的縫隙上，弓箭手、弩手全部分散在兩翼，立刻形成一個防守嚴密的陣形。

嚴密的陣營裡，韓猛提著一把長劍在萬軍的簇擁下站了出來，見陳到、褚燕的騎兵就要衝到了，臉上露出一絲喜悅，同時大聲喊道：「放箭！」

「嗖……」箭矢如雨，在灰暗的天空下，看不清楚到底飛出去了多少。

燕軍的騎兵毫不畏懼的向前猛衝，可是沒有等到敵軍箭矢落下，衝在最前面的陳到、褚燕二人頓時感到馬失前蹄，身體連同馬的身體一起向下墜落，面前出現一個大大的深坑，深坑裡還插著無數被削尖的木樁，人畜要是墜落下去的話，只有死路一條。

陳到、褚燕都是馬上的精英，遇到這種情況，想都沒想，立刻用雙手撐起馬背，雙腳站立了起來，縱身向前一躍，躍到了深坑對面的土壁上，身體緊緊貼著土壁，但聽背後人畜盡皆落入深坑的聲音，一回過頭，便看見燕軍騎兵一個個人仰馬翻，尖銳的木樁穿透了戰馬的身體。

那些衝在最前面的一兩千騎沒有絲毫的防備，也不像他們這樣反應迅速，在落入深坑的一剎那，即使不被木樁插死，也被後面勒不住馬韁的士兵給活活的壓死。

深坑內血流成河，鮮紅的血液染透了整個黃土，很快便形成了一個血色的泥沼，一些還沒有死透的人瞪著驚恐的眼睛看著倖免於難的陳到和褚燕，用盡最後一口氣喊著「將軍快走」。

太史慈、胡彧、廖化、高林、盧橫見前面負責衝鋒的陳到和褚燕掉進趙軍布置的陷馬坑裡，剩餘的五千騎兵面對那一道又長又寬的深坑也無可奈何，他們根本無法縱馬向前跳躍過去，見後面太史慈等人跟來了，便合兵一處，一萬騎兵排開在一道長長的陷馬坑面前，只能望著對面的平地興嘆。

烏黑的天空中突然射來密密麻麻的箭矢，一支支箭矢穿透不少士兵沒有被鋼甲覆蓋的要害，立刻又有一片人倒在了敵軍的箭雨中。

高飛從後面趕了上來，看到前面的動靜，整個人都懵了。他親率大軍從此地經過，**那時候北面的地面一切正常，為什麼此刻卻突然現出一個陷馬坑，他百思不得其解。**

弧形的陷馬坑形成了一個月牙狀，一被陳到、褚燕觸發之後，陷馬坑便全部塌陷了，圍著南欒縣城的北門形成了一個包圍狀。如果無法突破陷馬坑，就無法順利突圍。

「主公，陳到、褚燕兩人都掉進陷馬坑裡了，生死未卜！」盧橫回報道。

高飛變得異常冷靜起來，心裡想道：「我不能慌，**我要冷靜，一定有什麼辦法，**我不該被堵在這裡，我要冷靜，冷靜……」

「放箭！」

陷馬坑對面排列著陣形的趙軍，在韓猛的一聲大喊中，又密密麻麻的射出大量的箭矢，從布滿密雲的天空中飛落下來，又射倒了一片騎兵，想要迫使靠近陷馬坑的騎兵後退！

太史慈、胡彧、廖化、高林分開指揮部隊，從背上取下弓箭和對面的敵人對射，可是對射的結果，騎兵弓遠不如步兵弓的射程遠，何況冀州強弓硬弩也是出了名的，能射出大約二三百步遠，而達到同等射程的貊弓在燕軍的部隊中只配備給極少數人，根本無法和早就準備就緒的趙軍弓弩手相抗衡，在敵軍強大的箭陣的威脅下，眾人只能暫時後撤到敵軍弓箭手的射程範圍以外。

燕軍的一萬騎兵和兩萬步兵全部被堵在了北門，面對三面無法跨越的陷馬坑，眾人都不知所措，一開始高昂的衝鋒士氣此時逐漸低落了下來。

眾將全部圍在高飛身邊，齊聲道：「主公，我等無能，請主公責罰！」

高飛臉上帶著一絲悲傷，緩緩地道：「**此戰的錯都在我**，和你們沒有一點關係，你們拼死護送我，我又怎麼會責怪你們呢。這個陷馬坑應該是早就設置好的，我們來的時候走的是官道，官道上一切正常，使我忽略了地下還可能埋藏著陷阱。**我現在終於知道沮授為什麼一開始圍而不攻了，他是在給挖掘這條陷馬坑準備充足的時間**，只是……陳到和褚燕他們……」

「主公，陳到、褚燕一定會吉人天相的，請主公放心好了。現在最重要的是護送主公逃出這個險地，這一仗我們雖然敗了，但是我們並沒有受多大損傷，趙雲、黃忠等人還在浴血奮戰，我們現在應該立刻返回去，從其他門突圍出去。」太史慈朗聲道。

高飛決斷如流道：「撤回城裡，從西門突圍。」

西門外。

黃忠、周倉兩人正在浴血奮戰，袁紹派遣文醜、張飛、蔣義渠增兵北門的兵力在這裡被他們兩個率部給攔了下來，兩個人加一起只有八千騎兵，本來對付西門外陳列著的五萬步兵，現在又多了三萬馬步軍，導致兩人被大軍包圍，八千騎兵經過一番廝殺之後，也已經所剩不多了，只有不到三千人而已。

黃忠掄著鳳嘴刀衝在敵軍陣營裡瘋狂的砍殺，所經之地就會有一堆頭顱落下，硬是一個人在敵軍的陣營裡殺出一番天地。

周倉也毫不示弱，摩拳擦掌許久的他奮力砍殺，手中鋼製大刀的刃上已經被砍捲了，可周倉還是一如既往的進行戰鬥，利用那把大刀砍死了不少敵人。

黃忠、周倉和三千騎兵，正被文醜、呂威璜等袁紹的將領率軍圍攻。

高飛帶著眾將一出西門，看到這一幕，便立刻道：「太史慈、高林、盧横、胡彧、廖化，火速率領騎兵支援黃忠、周倉！」

眾將齊聲答應，太史慈帶著部下的王門、單經、田楷、鄒丹四將便直接撲了上去；胡彧帶著部下的王文君、施傑二將領著騎兵也緊隨其後。兩撥人馬一左一右，猶如兩把尖銳的利刃，直接從趙軍的背後插了進去。

太史慈、胡彧兩桿大戟開路，王文君、施傑、王門、田楷、單經、鄒丹六將緊隨其後，後面數千騎兵都各個展現出凶猛的一面，直接撲了過去。盧橫、高林、廖化三人則在左、中、右三面掩護，兩戟、三槍，五位十八驃騎的將軍們在此刻展現出從未有過的武勇。

白宇跟在高飛的背後，看到前面混亂的戰場，急忙對高飛道：「主公，這時候應該是重步兵參戰的時候，請允許我帶著一支重步兵前去支援。」

高飛道：「好，給你五千重步兵，一定要結成一個嚴密的陣形，以防止敵人入侵。」

白宇抱了下拳，朝高飛道：「主公，我是白起之後，此時正是表現給主公看的時候，我一定會保護好主公的。」

李玉林一直想上戰場，此時也急了，急忙對高飛道：「主公，末將也願意領兵出戰。」

高飛道：「不，你不能走，你走了，我怎麼瞭解這周圍的形勢？迅速傳令到東門和南門，讓徐晃、文聘、趙雲、龐德全部帶兵到西門來，我軍現在就從這裡殺出去，爭取一口氣突破敵人的防備。」

李玉林無奈下，立刻去傳話了。

高飛這次出來沒有攜帶遊龍槍，當即從腰中抽出鋼刀，大喝一聲之後，便帶著身後的一萬五千步兵全部衝了上去，企圖減輕黃忠、周倉的壓力。可是，讓他沒有想到的是，**他的一舉一動都被沮授看在了眼裡。**

沮授看到高飛改變突圍路線，也隨之做出了調整，讓所有士兵全部聚集在西門，企圖再次將高飛圍在平原上。

整個大地都在咆哮著，燕、趙兩軍的兵力一下子全部彙聚在南欒縣城的西門，空曠的原野上也顯得擁擠不堪，到處都是嘶吼著的士兵，兵器的碰撞聲、淒慘的哀叫聲，以及那代表著勇氣的吶喊聲，在這一刻都擰在一起，亂作一團。

黃忠、周倉尚在坎心浴血拼殺，太史慈、胡彧、盧橫、廖化、高林帶著一萬騎兵，從趙軍的背後殺進重圍，順利地和黃忠、周倉會合在一起。

白宇緊隨其後，帶著五千重步兵結成的方陣，依靠著覆蓋全身的鋼甲，手持著鋼槍、鋼刀一起殺了過去，宛如一方滾動的巨石，走到哪裡就壓到哪裡，無論是敵方的騎兵還是步兵，都被這股新上陣的鋼鐵戰士所踐踏。

高飛帶著另外的五千重步兵開道，一萬輕步兵緊隨其後，一萬五千人宛如一條扭動的巨蟒，扭動著牠巨大的身軀，在高飛帶領的五千重步兵的開道下張開了血盆大口，吞向了趙軍進行抵擋的士兵。

文醜正在指揮士兵廝殺，登時看到燕軍孤注一擲，將所有的兵力全部押在這裡，立刻怒吼道：「殺！」

一聲吶喊過後，文醜當先一騎衝了出去，手持一桿精鋼長槍，身披連環重鎧，領著身後的五千騎兵便衝著燕軍的士兵殺了過去。

從中午起，天氣就熱得人透不過氣來，遠處隆隆的雷聲不絕；大片濃密的黑雲早先就橫在遠遠的天邊，像鉛色的幕布一樣，現在它開始擴大了，而且刮起了風，吹得樹葉發出沙沙的聲音。

雨點落了下來，閃電突然間亮起一道紅光，雷聲憤怒地滾滾而來。

曠野裡一片黑暗，天地融合在一起，什麼也看不見。遼闊的平原上，沒有一星燈光，大地似乎是沉沉地入睡了。然而，雷卻在隆隆滾動著，好像被密密層層的濃雲緊緊地圍住，掙扎不出來似地，聲音沉悶而又遲鈍。

西門外還在不停的廝殺著，東門外的徐晃、龐德接到李玉林的傳話，開始往城裡撤，準備穿城而過直出西門。

負責指揮趙軍戰鬥的眭元進、韓莒子二人看到徐晃、龐德要走，便用剩下僅有的一萬兩千人開始猛撲徐晃、龐德。

眭元進、韓莒子兩人一馬當先，揮舞著手中的兵刃，嘴裡大叫著「賊將休走」的話語，直接追了過去。

徐晃凝視著這兩員趙軍的戰將，心中極大的不忿，衝鋒陷陣時遠遠地躲在後面，可是一到追擊了就跑在前面，扭頭對龐德道：「你先走，追兵我自擋之。」

龐德點點頭，帶著剩餘的三千多騎兵魚貫入了東門。

徐晃舉著大斧，身後帶著三百騎兵，當道堵住眭元進、韓莒子的去路，見眭元進、韓莒子二人即將靠近，徐晃暴喝一聲，率領著三百騎兵便衝了出去。

眭元進、韓莒子見徐晃兵少，不以為然，紛紛操著兵刃要去攻擊徐晃。

要知道，袁紹不單下了取高飛人頭封侯千戶的獎賞，更下了取燕雲十八驃騎人頭者的也一併有不菲的封賞，所以二人才躲在後面指揮士兵圍著徐晃、龐德打，想把二人活活累死。

徐晃更不答話，掄著鎏金大斧在眭元進、韓莒子二人攻擊過來的時候，便快速出招，以一擊必殺的招式猛然砍出了兩斧，可憐眭元進、韓莒子二人還沒有反應過來，便已經人頭落地，只剩下頭部以下的身子從馬背上墜落下來。

主將一死，其餘的追兵都不敢近前，加上前部衝過去的士兵都被徐晃背後的騎兵所斬殺，其餘的趙軍士兵都急忙停了下來，畏懼的看著徐晃和那三百騎兵。

這時一道閃電橫空劈下，「哧啦」一聲，閃電直接劈在擋住東門的徐晃和趙軍士兵中間的空地上，在地上劈出一個大大的深坑，深坑的周圍一片焦黑，泥土上還冒著白煙。

趙軍士兵在閃電劈下的那一剎那，看見徐晃猙獰而又恐怖的臉龐，那張臉龐猶如鬼魅一樣，讓人一看就心生畏懼，都不由自主的向後退了好幾步，面面相覷下，誰也不敢貿然進攻。

徐晃見趙軍害怕了，急忙吼道：「前進者死！」

吼聲如雷，震耳欲聾，讓本來就有了畏懼心理的趙軍士兵更加恐懼起來，雖然還守在那裡，卻沒有一個人敢以身犯險。

徐晃見狀，帶著身後的三百騎兵緩緩後退，退入東門之後，便將城門緊閉，然後帶著三百騎兵朝西門而去。

東門外的士兵卻都鬆了一口氣，愣在那裡無所作為，也不敢攻擊東門。

南門外，文聘全身是血，說不清是他自己的還是敵人的，只見他已經成了一個血人。

他所帶的部下在和顏良帶領的趙軍騎兵混戰，從最開始的拉鋸戰變成近身搏鬥，他的部下一個接一個的倒下去，四千騎兵所剩無幾，而且顏良的勇猛也超乎了他的想像。

看到顏良在戰場上成為一個嗜血的狂魔，任何前去攻擊的人都喪生在顏良的刀鋒之下，文聘抖擻精神和顏良交手了幾個回合，可是卻被顏良的刀給砍傷了左臂，使得他無法雙手持槍，只能以鋼刀代替。

顏良同樣也是血人，只不過他身上的血是敵人的，自己毫髮無損。他手持大刀任意在燕軍士兵中揮砍，加上身後還帶著一百精銳的親隨騎兵，使得他往來衝突所向無前。

每每他砍掉一顆人頭的時候，都會親自縱馬到血液噴湧而出的敵軍脖頸前，接受著血的洗禮，並且張開嘴巴品嘗每一個被他斬首的敵軍將士的血。

文聘害怕了，他從未見過這樣的人物，手持鋼刀率領著五百親隨遠遠地躲避著顏良，可是顏良卻形如鬼魅一般，總是陰魂不散的跟著他，讓他躲都躲不掉，無奈之下只能迎戰。

同樣的，南門戰場。

趙雲和關羽兩個人正在進行著拼死較量，兩個人一槍、一刀，往來衝突間已經交手了五六十回合了，卻始終勝負未分。但是在交戰的過程中，兩個人都是驚險萬分，因為對方都是一等一的高手，出手便是克敵制勝的殺招。

天空中的雨點慢慢地由小變大，趙雲氣喘吁吁的綽槍騎在馬背上，望著不遠處同樣氣喘吁吁的關羽，心中暗道：「關雲長果然名不虛傳，刀法精湛毫無任何漏洞，而且尚有幾次險些砍到了我，此等厲害人物若是不儘早除去，只怕會危害到主公的性命。」

關羽也是大口大口的喘著氣，座下戰馬也和趙雲一樣，已經累得不行了，人還可以進行七八十回合的戰鬥，可是座下戰馬早已經吃不消了，只能暫時歇息一番。

他注視著面前的趙雲，心中慨然道：「子龍真是一個很好的對手，槍法精湛毫無破綻，與三弟不相上下，就是不知道燕雲十八驃騎裡面，如他這等身手的尚有幾人？」

四目相望許久，任憑雨點滴在兩個人的鎧甲上，任憑雙方士兵在身邊廝打著，兩人就那樣的對望著。

突然，兩人共同笑了起來，爽朗的笑聲中夾雜著惺惺相惜，發自內心的笑容中給予了對方的肯定，兩人什麼話都沒說，分別轉身朝各自的軍隊中走去。

李玉林單馬出了南門，徑直奔到趙雲身邊，喊道：「主公有令，全軍移往西門突圍。」

趙雲聽到這句話後，橫掃了一眼戰場，見文聘被顏良緊緊相逼，便對李玉林道：「你帶著這三千多騎兵先走，我去幫助文聘。」

李玉林「諾」了一聲，便帶著趙雲所剩下的部下退入城中，趙雲則單槍匹馬的奔到文聘的軍隊裡，一邊怒吼道：「顏良，休得猖狂，常山趙子龍前來會你！」

關羽迅速地離開戰場，登上土坡，向袁紹拱手道：「侯爺，關某無能，未能將敵方大將斬獲，趙雲有萬夫不當之勇，實在是一個勁敵。」

袁紹沒有理會關羽，因為他的視線全部集中在西門，關羽和趙雲的打鬥他看都沒看。

他遠遠地眺望過去，見燕軍開始彙聚在一起了，急忙問道：「國相，高飛似乎將所有兵馬都彙聚在西門了。」

沮授聞言道：「一定是韓猛在北門外的陷馬坑起到作用了，主公應該火速傳令全軍，讓所有士兵都一起集結到西門，務必將燕軍驅趕到靠近鉅鹿澤沿岸的地帶上。」

袁紹言聽計從，當即吩咐斥候去傳令。

南欒縣城的南門外，趙雲單騎奔馳而來，見顏良率部緊逼已經受傷的文聘，他舉起手中的望月槍立刻從側面殺了出來，所過之處，凡是抵擋的人都被挑死倒在地上。

趙雲單槍匹馬截住顏良的追擊，橫在顏良和文聘之間的空檔位置，稍微側了一下臉，對文聘道：「你快率領部下到西門去！」

文聘驚詫地道：「趙將軍，你想一個人擋住顏良？」

趙雲沒有回答，扭頭看著顏良，口中喊道：「文聘，速速撤退，遲則生變。我不會有事的，不要為我擔心！」

文聘點點頭，對身後騎兵道：「汝等百騎留下保護趙將軍……」

「全部帶走，一個不留，快走，進城時緊閉城門！」趙雲直接打斷了文聘的話，話語中帶著不可抗拒的命令。

文聘將心一橫，道：「趙將軍保重！」便帶著剩下的一千多殘餘的騎兵回到南門，一咬牙，將南門緊閉起來。

顏良立在馬背上，舉著一把帶血的大刀，伸出猩紅的舌頭舔了一下嘴角邊的鮮血，見對面趙雲擋住了去路，他也不著急，畢竟文聘對他來說太沒有挑戰性了。

他剛才見關羽和趙雲打得難解難分，早就把目標鎖定在趙雲身上。他嘿嘿笑了笑，對趙雲道：「你放走了我的獵物，那麼，你就要留下性命。」

趙雲見顏良不可一世的神情，冷笑一聲，淡淡地道：「要殺我，還要看你有沒有那個本事！」

顏良不可置否地笑道：「死到臨頭了還嘴硬？」

趙雲沒有回答，「駕」的一聲大喝，突然策馬狂奔，舉著望月槍俯身在馬背上，和衝鋒的白馬形成了一個完美的合體，衝著顏良便殺了過去。

「放……」顏良身後的一個偏將高高抬起手，手向下一落，大聲地喊道。

顏良立刻叫道：「放你娘的放！誰敢放箭，老子第一個殺了他，這麼好的獵物，老子要好好的享受一番，都給我退下！」

一聲令下，顏良背後的大軍便都朝後退了兩步。

顏良抖擻了一下精神，扭動一下脖頸，發出喀喀的骨頭脆響的聲音，緊握手中的大刀看著朝他衝來的趙雲，準備迎戰。

哪知，趙雲的戰馬奔馳到一半距離，突然向西而去。

趙雲貼在馬背上，用譏諷的眼神望著顏良，朗聲道：「好漢不吃眼前虧，下次有機會，我一定和你單打獨鬥，顏良，**請記住我的姓名，我叫趙雲。**」

顏良整個人傻眼，感覺自己被趙雲耍了，心中氣血翻湧，揮舞著手中的大刀便向後猛然劈了出去，一道血鋒飄過，顏良背後的三顆人頭落地，噴湧而出的鮮血澆灌著顏良的身軀，使得他的身上變得更加血腥。

其餘的部眾都是一臉的驚恐，他們深知顏良的脾氣和嗜殺，紛紛不由自主的退後好幾步，遠離顏良大刀所能砍到的範圍。

顏良臉上青筋暴起，猙獰的面孔變得更加猙獰，加上他身上布滿了鮮血，使得他整個人猶如地獄來的惡鬼。

他調轉馬頭，看到趙雲相去不遠，身後的騎兵都驚恐地站在那裡，大聲吼道：「還愣在那裡幹什麼？還快給我追，今天殺不了趙雲，你們誰也別想活。」

話音一落，顏良便一馬當先的衝了出去，他身後的騎兵都明白事情的嚴重性，爭先恐後地跟著顏良向前追擊趙雲而去。

此時的戰場已經發生了極大的變化，原本圍城的兵力此時全部聚集在西門外，以至於其他地方都是無人之地，只有零星幾個裝死的趙軍士兵從死人堆裡爬出來，左顧右盼了一番，便慌忙離開戰場。

趙雲單槍匹馬，快速地從城外向西門奔馳而去，見到裝死的趙軍士兵擋路，便大聲喊道：「不想死的都閃開！」

擋道的趙軍士兵急忙讓開道路，趙雲從他們面前呼嘯而過。

可是，讓他們始料不及的是，趙雲的背後居然還跟著已經成為血人的顏良，當他們看到這個嗜血惡魔時，嚇得渾身哆嗦起來。

顏良追著趙雲，橫刀而去，見裝死的士兵站在前面，便將一腔憤怒發洩到這幾個士兵身上，手起刀落間，便砍掉那些士兵的頭顱。

第六章

河北雄獅

八千馬步在燕軍的快速衝擊下慌不擇路，燕軍的將士們保護著高飛向北迅速撤去。

韓猛重重地嘆了一口氣：「國相計謀雖好，奈何燕軍實力太強，身陷重圍之中，士氣不見低落，陣形還能保持正常，燕軍真河北雄獅也！」

雨越下越大了，深深的黑暗籠罩著人聲鼎沸的平原，陣陣猛烈的霹靂，有時照亮了黑暗的原野。暴雨的聲音，狂風的怒號，這些從大自然中解放出來的元素，在南欒縣城頭上施威，彷彿天塌地陷了一般。

雨水沖刷著已經被鮮血染紅的大地，在地上匯聚成許多條支流，最後擰成一股流淌的水流，向著西邊的鉅鹿澤裡流去，鮮紅的血液混合著黃色的泥漿，滾滾西去。

南欒縣城的西門外，高飛、白宇所指揮的步兵全部集結在一起，重步兵在外，輕步兵在內，兩萬人的大型方陣逐漸在平原上立住了陣腳，面對不斷聚攏和增多的趙軍士兵，這個步兵方陣從未退縮，像一塊堅硬的鐵石一樣矗立在那裡。

黃忠、周倉、太史慈、胡彧等人也將所有騎兵匯合在一起，原本四萬多騎兵現在只剩下兩萬三千人，分別依附在高飛、白宇所指揮的步兵方陣邊上，連同步兵方陣一起向北一點一點的挪動。

可是，北方的大地上，韓猛、高覽率領的馬步軍到了，直接堵住北退的道路上，在強弓硬弩的攻擊下，又有許多騎兵被射死。

趙軍士兵似乎是得到了對付燕軍騎兵的訣竅，不管是近戰還是遠程射擊，所有的人都將目標瞄準了騎兵的座下戰馬，一時間，許多騎兵盡皆成了步兵。

文醜帶領著張南、焦觸、呂威璜、趙睿、呂曠、呂翔、尹楷、馮禮等將，以及部下最為精銳的一萬騎兵開始猛衝燕軍的步兵方陣，可是連續衝了幾次，硬是無法將敵軍衝散，燕軍全身覆甲的重裝步兵儼然成了一道結實的鋼鐵之牆。

遠在土坡上的袁紹、沮授、劉備、關羽等人見了這種陣勢，都不禁對燕軍的作戰實力重新有了一次估算。

「可惡！沒想到除了騎兵，高飛的步兵也是同等的厲害，文醜帶著眾多精英將領衝陣，連續衝了三四次，居然無法衝破敵陣，實在是太可惡了。國相，速速想辦法。」

袁紹氣得直跺腳，看到他的十三萬大軍如今只剩下八萬多了，雖然將高飛剩餘的四萬馬步軍圍在了裡面，卻無法進行突破，反而被那巨型的方陣一直在牽動著整個戰場的局勢，他就氣憤不已。

沮授一直在關注著戰場上的變化，從中午到現在，已經差不多有兩個多時辰了，兩個多時辰裡，不管是趙軍還是燕軍，在奮力拼殺的基礎上，體力差不多都要到極限了。

他見袁紹如此著急，而高飛的防守又如此嚴密，想要把這鋼鐵組成的牆壁驅趕到鉅鹿澤裡已經是萬萬不可能了，便道：

「是我太低估了燕軍的實力，以為燕軍只有騎兵才厲害，沒想到重步兵相互配合的竟然如此默契。主公，屬下以為，到了這個時候，就沒有必要進行包圍了，不如撤去包圍，也省得燕軍做困獸之鬥。」

「撤圍？你說得輕巧，我軍五萬將士難道就這樣白白陣亡了嗎？」袁紹驚訝中帶著一絲憤怒。

沮授急道：「主公勿憂，屬下有辦法抓到高飛。」

「什麼辦法？快說！」

沮授道：「我軍顏良、文醜、韓猛、高覽四將皆是勇不可擋的猛將，劉備義弟關羽、張飛也都有萬夫不當之勇，如果主公集結這六人以及張南、焦觸等將，在高飛向北撤退的路上埋下伏兵，層層堵截，必然能夠抓到高飛。」

「一定能？」

「我軍將士多數的體力還很充沛，而敵軍已經進入了困獸之鬥，加上這大雨滂沱的夜裡，道路泥濘，騎兵也無法迅速奔跑，與其在這裡和高飛硬拼，不如在撤圍之前抽調一部分兵力在高飛北退的路上沿途攔截，就算高飛僥倖逃跑，也必然能夠重創高飛軍，亦或是斬殺掉高飛數員大將。」

袁紹聽後，皺著的眉頭突然鬆開了，哈哈大笑道：「如此妙計，為何國相不早說？早知道能這樣，我軍還包圍高飛幹什麼？」

沮授臉上一陣苦笑，心中想道：「如果不是你一定要全殲高飛的軍隊，我早就說出這個計策了。」

袁紹猛然扭頭，對劉備道：「玄德，你來我帳下也有些時日了吧，這次和高飛的戰鬥，就看你的了，你帶領關羽、張飛，聽從國相安排，並且去通知眾將進行埋伏，殺掉高飛之後，我必然重重賞賜於你。」

劉備「諾」了一聲，便不再說話了，而是看著沮授。

沮授隨即吩咐了一番話，然後劉備帶著關羽朝戰場上奔去。

滾雷隆隆，閃電道道，滂沱的雨夜裡廝殺一直在延續。

南欒縣城西門外的土地上，袁紹的趙軍將高飛的燕軍圍的水泄不通，已經廝殺了一個下午的士兵盡皆顯露了疲憊之狀，尤其是騎兵，連續的奔馳已經讓許多人的體力透支了。

趙軍步兵居多，弓弩手、長槍手、刀盾手一擁而上，將高飛的燕軍圍在了偌大的一個地帶上，並且專門對付燕軍的騎兵，用手中的兵刃以屠殺戰馬為任務，企圖徹底摧毀燕軍的騎兵。

燕軍的騎兵也毫不示弱，高飛在指揮步兵方陣的同時還不忘記給帶領騎兵的將軍們下達命令，讓他們集中一點，向北猛攻。

韓猛、高覽帶領的馬步軍堵在燕軍北歸的路線上，起初的強弓硬弩還能壓制住燕軍的騎兵，可是燕軍騎兵在黃忠、太史慈、徐晃、龐德等人的帶領下，一陣猛衝便直接突破了韓猛、高覽的防線。

防線一被撕出一個口子，燕軍的騎兵就如同一個切割機一樣，將堵在北歸道路上的防線給切開了，開始肆無忌憚的踐踏趙軍。

韓猛、高覽一見情況不妙，立刻帶兵撤開包圍，任由燕軍騎兵向北逃遁。

高飛還在指揮步兵方陣組成嚴密的防守，盾牌架在前方，其餘的兵種相互配合，硬是又一次抵擋住了文醜率領的騎兵的衝鋒。

李玉林單馬奔馳到高飛的身邊，彙報道：「主公，已經成功突破防線，黃將軍、太史慈將軍正在維持退路的暢通，請主公火速離開此地。」

高飛遙望見前方人山人海的趙軍，他明白，如果組成嚴密防守的步兵方陣一撤退的話，趙軍的洪流就無法阻擋了，而**這個時候需要的，就是一個可以殿後的大將**。

他沒有立刻回答，正在思索該如何處理此事的時候，卻見胡彧帶著一小股騎兵奔馳了過來。

胡彧策馬來到高飛的身邊，來不及下馬，就在馬背上抱拳道：「請主公速速離開此地，黃忠、太史慈、徐晃、龐德四位將軍正在浴血奮戰，盧橫、高林、廖化、文聘、周倉等人正在維持退路，末將願意留下來殿後！」

高飛看了眼胡彧，眼裡露出一分哀傷，他知道殿後意味著什麼，可是他又不知道該如何說。

胡彧似乎看出了高飛的擔憂，急忙道：「主公快走，晚了只怕來不及了。」

高飛心中一橫，道：「請多保重！」

「王文君、施傑、白宇、李玉林，保護主公！」胡彧當即大聲喊道。

「諾！將軍保重！」四個人齊聲回答道。

話音一落，高飛留下胡彧從東夷帶來的兩千士兵以及一千重步兵和三百騎兵歸胡彧指揮，其他的步兵都跟著高飛一起徐徐撤退。

胡彧帶領著王門、田楷、單經、鄒丹四將，以及三百騎兵，迅速拉開架勢。在一聲尖銳的哨聲之後，不再堅守，而是以攻代守，向前攻擊文醜所部的騎兵。

三千三百名馬步兵在胡彧的一聲令下後，頓時加快速度向前奔馳。

文醜見高飛撤退了，正準備追趕，卻見一名斥候來到自己的身邊，對他耳語幾句之後，他的臉上變了顏色，扭頭對斥候道：「請你回去轉告主公，我軍已經提前被高飛的部下突破，我等已經無法再去設伏，就請交給劉備吧。」

斥候聽後，轉身便走，卻遇到張飛帶著一千騎兵擋住了去路。

張飛急忙詢問那斥候：「你剛才說我大哥、二哥去哪裡？」

斥候急忙將沮授的計謀說給張飛聽。張飛聽後，二話不說，騎著座下的烏雲踏雪急速離開戰場，在人群中往來穿梭一番後，便消失得無影無蹤。

在夜色的掩護下，只能看見四個發白的蹄子在地上移動，卻無法看清白蹄子上面的是什麼東西。

文醜率領著張南、焦觸、呂曠、呂翔等人一起迎上胡彧殺來的兵馬，不過一箭的距離，雙方的騎兵又是在對衝，幾乎只是眨眼的功夫，曠野上，兩股鐵流迎面衝撞在一起。

兩道鋼鐵洪流在前端交錯的地方，頓時激蕩起一片耀眼的金屬光芒來，如雷的馬蹄聲，將所有的慘叫驚呼全部壓了下去，只聽見一片片讓人驚心動魄的悶響聲，跑在最前面的騎兵們在撞在一起的第一波裡，就有無數人落馬。

胡彧的騎兵雖然少，可是先頭的隊列依然保持了完整，即便是落馬，也是趙軍的騎兵從馬背上被他們砍了下來。

此時，從東南方向殺出一個單騎，那人長槍鋼甲，胯下是一匹白馬，就連長相也是一等的一的美男子，正手握長槍從周邊殺進來。

胡彧一看那將軍模樣，雖然夜色難辨，但是功夫他認識，除了趙雲，別人無法將槍法耍得如此精湛，更不會有如此神勇。

他一面迎戰，一邊大叫道：「子龍！」

趙雲單槍匹馬，從文醜帶領的騎兵背後殺來，屁股後面還跟著一個顏良，他用最迅猛的攻擊殺出了文醜的陣營，直接朝胡彧那邊跑了過去，一到胡彧跟前，便大聲喝問道：「主公何在？」

胡彧道：「主公已經撤退了，黃忠、太史慈等人在前，主公率領步兵在後，正在返回瓔陶城的路上。」

趙雲一看胡彧帶領少數的士兵在這裡奮戰，就明白了一切，對胡彧道：「胡將軍，一切拜託你了，千萬別讓趙軍突破了防線，小心顏良、文醜。」

胡彧嘿嘿笑道：「趙將軍多保重！」

趙雲立刻離開這裡，朝後面趕了過去。

胡彧帶領著騎兵，伏在馬背上，握著兵刃，紅著眼睛朝著前方奔馳，身後的重步兵防護著輕步兵。

文醜看見胡彧拼死抵抗，而高飛所帶領的步兵則越走越遠，心中氣憤不過，正準備親手結果了胡彧的性命，哪知顏良突然從背後冒了出來，先他一步衝了上去。

胡彧帶領小股騎兵在步兵方陣周圍往來衝突，逼迫趙軍士兵不敢近前，突然見到顏良舞著大刀，面色猙獰的朝他殺了過來，抖擻了一下精神，便帶著身後的騎兵向顏良衝殺了過去。

文醜怕顏良有失，也迅速帶領眾將衝了過去。

顏良衝到胡彧面前時，突然大喝一聲，大刀猛然劈了出去，直接朝胡彧的腦門砍去。胡彧急忙用大戟架住，卻發現顏良的力道灌輸在他的大戟上面，擊得他的大戟不住顫抖，震發著麻意。

一個回合過去，顏良手中大刀亂舞，接二連三地砍翻了胡彧身後數名騎兵。可是胡彧沒有停留，看見文醜率領張南、焦觸、呂曠、呂翔等將領和百餘名騎兵一起衝殺過來，便大聲喊道：「殺過去！」

「砰」的一聲巨響，在兩軍剛碰撞在一起的時候，最前排還勉強保持了完整衝鋒隊列的燕軍騎兵，勉強把趙軍騎兵的衝鋒勢頭擋了一下，可不過是在這股鐵流中丟下了一塊石子，無非是濺起一點浪花而已。

文醜冷不丁的一槍刺傷了胡彧的胳膊，嘴角上帶著笑意，隨後刺死了胡彧背後的王門。

胡彧和文醜分開之後，大戟一揮，刺死了呂威璜，算是扯平了。可是胡彧卻掉入了文醜的圈套當中，當他突破文醜的前部後，後面嚴陣以待的馬步軍便迅速將他包圍了起來。

蔣義渠、趙睿、尹楷、馮禮四將一同湧出，朝著胡彧衝了過去。

胡彧迎戰蔣義渠，田楷、鄒丹、單經迎戰趙睿、尹楷、馮禮三將，八個人轉圈的廝打，同時趙軍的弓箭手開始瞄準騎兵射擊，只一通亂箭，胡彧背後的騎兵全部轟然倒地，發出了悲慘的叫聲，戰馬也發出了悲壯的嘶鳴。

胡彧見狀，揮著大戟朝趙睿、尹楷、馮禮三將衝了過去，三個人正和田楷、鄒丹、單經打鬥，突然見胡彧衝殺過來，猝不及防之下，接二連三的被胡彧給刺落馬下。

「啊——」隨著連續三聲慘叫，趙睿、尹楷、馮禮盡皆身亡，蔣義渠也突然從田楷、鄒丹、單經背後殺出，收起一槍便刺死了田楷，鄒丹、單經二人皆驚，迅速朝一邊跑開，豈料顏良、文醜一起殺到，直接結果了鄒丹、單經。

胡或所帶的騎兵都死光了，遙望張南、焦觸、呂曠、呂翔四將正在帶著士兵圍攻他帶領的步兵，而自己又被顏良、文醜、蔣義渠給包圍住了，他猜測到自己將要面臨的結局，憤然挺戟，縱馬狂奔，欲和顏良、文醜一較高下。

哪知道未等他座下的馬匹奔馳到，便立刻從四面八方射來一撥撥的亂箭，他的大腿、小腿上盡皆中箭，就連座下馬匹也都中箭身亡，轟然倒地。

胡或重重地摔在地上，一條腿被馬匹壓著，他顧不上自己的疼痛，將腿硬拉了出來，勉強站了起來，揮舞著大戟刺殺圍上來的長槍手，奈何寡不敵眾，被亂槍插死，臨死前還不忘記將大戟擲出，又殺了一個士兵。

大雨滂沱，地上的積水沖刷著血腥的大地，南欒縣城北門外，雨水已經將整個陷馬坑填滿，屍體也隨著水位的升高而漂浮在水面上。

陳到、褚燕借著水的浮力，好不容易爬到了地面上，整個人躺在地上，大口大口的喘著氣。

陳到乾咳了兩聲，剛才在深坑裡不小心喝了兩口污水，嗆得他十分的難受。

褚燕喘著粗氣，看到四周一片黑暗，靜寂異常，兩邊除了屍體還是屍體，那些浮上來的屍體被沖刷到了地面上，有的則一直在水面上飄蕩。

他雙手撐地，緩緩地坐了起來，扭頭看了一眼身邊的陳到，重重地道：「我們兩個作為先鋒大將，居然輕易的掉入別人布置好的陷馬坑裡，如果就這樣死了，實在太不值了。現在大難不死，必有後福，如今也不知道主公到底怎麼樣了，我們應該儘快去尋找主公才是。」

陳到點點頭，撐地而起，脫去了身上披著的沉重鋼甲，取出背上所背的鴛鴦雙刀，對褚燕道：「就算拼了這條命，也要把主公救出去。這一次我們都太大意了，也都太低估趙軍的實力了。」

褚燕沒有什麼慣用兵器，隨手在地上抓起數把長槍，直接插在後腰帶上，手中還抄起了兩把長刀，對陳到道：「主公有太史慈等人保護，絕對不會有事，現在四周都靜下來了，主公一定是殺出重圍了，我們現在就回癭陶城，興許能夠趕上主公。」

陳到扭頭看了看從陷馬坑裡漂起來的眾多屍體，當即跪在地上，朝著陷馬坑裡的屍體拜道：「你們等著，這個仇我一定會替你們報的，不把袁紹殺了，我陳到就自刎謝罪！」

褚燕抹了一下不住打向臉上的雨水，對陳到道：「走，此地不可久留。」

陳到站起身子，和褚燕一起快速離開了這裡，朝癭陶城方向跑去。

燕軍已經成功突破了重圍，黃忠、太史慈、徐晃、龐德四將在前開道，盧橫、周倉、廖化、高林、鮮于輔、田疇、蹋頓等人緊隨其後，高飛在文聘、王文君、白宇、施傑、李玉林等人的保護下帶著數十騎兵和步兵隨後奔馳。

韓猛、高覽雖然因為抵擋不住燕軍的攻勢而撤開了包圍，但是二人並未就此放棄，步兵列在兩邊，繼續刺殺著從中間穿梭的戰馬，使得燕軍的騎兵一個接一個的變成了步兵，從馬鞍上滾落下來之後，趙軍的士兵立刻舉槍一陣亂刺，大多刺在沒有覆甲的面門和下身，一個個燕軍的士兵哀叫著痛苦的死去。

高覽率領千餘騎兵，挺槍奔馳到燕軍撤退的道路上，韓猛也帶著千餘騎兵從另外一邊奔馳過來，兩個人率領著從未參戰的騎兵開始逐漸地合圍在一起，在燕軍衝出五六里後又再次擋住了燕軍的去路。

黃忠衝在最前面，一馬當先，緊握著的鳳嘴刀向前一招，身後的百騎親隨便隨他一同向韓猛、高覽衝了過去，那布滿滄桑的臉上變得扭曲起來，被雨水打濕的鬍鬚緊緊地貼在胸前，嘴巴張得碩大，從口腔裡發出了一聲聲大喝。

暴喝聲夾雜天空中的滾雷，每暴喝一聲，滾雷就會隨之而起，讓人不由得覺得這個人正在操控著雷聲，一些趙軍的騎兵也開始不自覺地發怵起來。

高覽看見一個老將衝了過來，撇了撇嘴，綽槍向前衝去，大聲叫道：「兀那老卒，大將高覽特來取你首級！」

黃忠更不答話，在和高覽兩馬相交的時候，舉起鳳嘴刀便朝高覽的肩膀上砍去。

高覽沒想到黃忠出手是如此的快，急忙舉槍招架，哪知槍是舉起來了，可是他那鐵質的長槍竟然一刀被黃忠以滿貫的力道活生生地劈斷了。

他一驚，還沒有反應過來，便感到冰冷透骨的刀鋒直接從左肩劈了下去，左臂上的骨頭、筋肉硬生生地被刀鋒劈斷，一條手臂就此脫落了高覽的身體，從臂膀上噴湧出許多鮮血來。

「啊——」高覽慘叫一聲，右手急忙去捂受傷的左臂，可是令他感到更意外的是，黃忠的刀沒有順勢而下，而是突然停在了他的腰間，刀口猛然一轉，對準了他的腰部。

但聽見黃忠一聲暴喝，一聲滾雷在天空中響起，鋒利冰冷的刀鋒從他的腰部直接劃過，將他整個身體攔腰截斷，上身從馬背上掉落下來，眼睜睜地看著自己的下身坐在馬背上奔跑出去。

黃忠的刀沒有停留，一氣呵成的動作開始再次展現神威，刀鋒突然插進高覽的上半身裡，然後將高覽的上半身挑了起來，拋入高空中之後，刀鋒迅速從高覽的身體中抽出來，然後以極大的猛力劈向上半身還在半空中沒有墜地的高覽的頭顱上，同時大喝道：

「挑斬！」

「啊——」

高覽發出了最後一聲慘叫，刀鋒從他的頭顱劈下，彷彿鋼刀切入柔軟的奶油一般，勢如破竹，他的身體再次被劈成了兩半，直接墜落在地上，被黃忠帶來的騎兵踐踏成一堆血肉。

跟隨高覽衝出去的騎兵見到這一幕，都震驚不已，同時心裡也蒙上了一層陰影，臉上露出極大的恐懼，看到黃忠向他們衝來，每個人都急忙勒住馬匹，掉頭就跑，向四周散開。

韓猛看到黃忠在一個回合內一招三式，以一記漂亮的「挑斬」將高覽斬殺，心中也生出了一絲懼意。

他劍法雖然超群，可惜馬戰不行，在和長兵器的交戰中肯定會吃虧，一想到自己很有可能被黃忠斬殺，臉上便現出一陣鐵青，對急速向他衝來的黃忠，**他感到這不是人，而是一個來自九幽的厲鬼，是索取性命的厲鬼。**

「撤！快撤！」韓猛雙腿一夾馬肚，同時將韁繩一轉，立刻朝一邊的田野裡跑去，而他身後的騎兵來不及撤走，便被黃忠帶領的百騎直接衝撞了過去，不是人頭落地，就是人仰馬翻。

趙軍的騎兵很快就崩潰了，被黃忠帶領的百騎直接鑿穿隊伍後，黃忠帶領的騎兵那冷酷凶狠的眼神，揮舞起來的馬刀，盡情的收割著趙軍騎兵的頭顱，那些第一波就被從馬上撞下去的趙軍騎兵，連翻身逃命的機會都沒有，就被隨後衝過來的太史慈帶領的大隊騎兵的無數馬蹄踐踏成肉泥。

人命在這一刻絲毫不值錢！隊伍崩潰中，趙軍的騎兵再也沒有之前的勇氣，也不知道是誰第一個發了聲喊，所有人開始朝四面八方潰散，甚至有的直接丟棄了兵器，下馬跪地求饒，反而被後面衝上來不知情的己方騎兵給踐踏而死。

黃忠、太史慈帶領的燕軍騎兵們輕易的將敵人的隊伍鑿穿後，立刻靈巧的從兩翼分開，騎兵們揮舞著馬刀盡情的驅趕著潰散的敵騎，慘呼聲從四面八方傳來，頭顱滾滾，斷裂的肢體飛舞。

一時間，韓猛、高覽帶領的兩千騎兵不但沒有堵住燕軍，反而盡皆喪命，並且使整個士氣低落不堪，影響到步兵，剩餘的八千多趙軍馬步軍彷彿失去了主將一樣，紛紛四散逃竄，卻被高飛帶領的輕重步兵給任意斬殺。

韓猛帶著十幾個騎兵跑到路邊，一道道閃電在天空中發亮，伴隨著隆隆的雷聲，他的內心感到極大的恐懼。

當又一道閃電短暫的照亮了大地時，他赫然看見正在重重人群保護下的高飛，心中一驚，不禁失聲道：「他不是奉高縣裡遇到的那個小子嘛？難道他就是燕侯高飛？」

身後一個騎兵立刻回答了韓猛的疑問：「啟稟將軍，那人正是燕侯高飛。」

韓猛注視著高飛，見他手持鋼刀騎在一匹戰馬上，周圍是受傷的文聘和十餘名騎兵以及那全身裹著鋼甲的重裝步兵，心裡嘆道：「連敗退都如此神勇，燕侯果然不愧是一方霸主……」

包圍圈已經徹底被燕軍衝開了，高覽戰死，韓猛逃遁，餘下的八千馬步在燕軍的快速衝擊下慌不擇路，能逃走的都散開，沒逃走的頓時成了燕軍的刀下亡魂，眾位燕軍的將士們保護著高飛向北迅速撤去。

韓猛見燕軍一下子逃走了差不多四萬人，重重地嘆了一口氣：「國相計謀雖好，奈何**燕軍實力太強，身陷重圍之中，士氣不見低落，陣形還能保持正常，燕軍真河北雄獅也！**」

突然，一匹白馬從黑夜中閃過，順著高飛向北撤退的路線追了過去，馬上的人兒英姿颯爽，在閃電的照亮下顯得異常神駿。

韓猛等候在路邊，看著自己殘餘四散的士兵，開始下令將其聚攏並且準備打掃戰場。

這時，南方的道路上突然傳來了一片喊聲聲，燕軍大約兩千餘的步兵正在急速後退，一員身披重甲的小將正在率領千餘重步兵抵擋住後面顏良、文醜帶領的追兵。

韓猛已經沒有了戰心，士兵也都對燕軍感到一陣陣恐懼，一見到又有燕軍出現，剛聚攏在一起的士兵又四散開來。他無奈之下，只有待在曠野上觀看。

「撤！快撤！趁現在沒人，你們火速後撤，追兵我自擋之！」

那員身披重鎧的小將手持長槍、盾牌一面抵擋趙軍騎兵的攻殺，一面衝後面的輕步兵大聲喊道。

文醜、顏良、蔣義渠、張南、焦觸、呂曠、呂翔等將率領著數百騎兵為前部，後面數萬馬步軍緊緊跟隨，妄圖將這一支由胡或指揮殿後的軍隊給侵吞掉。

然而當胡或被殺的那一剎那，胡彧的侄子鍾離牧便以都尉的身分擔起了這支軍隊的指揮。

鍾離牧見勢不妙，迅速撤退。以重步兵為牆，依靠全身厚重的戰甲抵擋住了趙軍的騎兵，掩護著輕步兵撤退。

顏良這個嗜血的漢子發出了聲聲暴喝，面對這支刀砍不動，槍刺不穿，箭射不進的重裝步兵，他惱火的不得了，除了剛開始騎兵衝刺時踐踏了百餘個重步兵外，其餘的都毫髮無損，近戰之後，死的最多的反而是趙軍的騎兵了。

「殺，給我殺！」

文醜也是一陣惱羞成怒，見重步兵在前為牆，輕步兵在後為劍，相互配合之下，他們帶來的兩千騎兵經過五六里的追趕竟然只剩下數百騎兵，真是傷亡慘重。

鍾離牧是胡彧本家的侄子，胡彧本是鍾離昧之後，後來為了避亂便改姓胡，但尚有一脈依然以鍾離為姓。胡彧為樂浪太守時，便寫信給自己本家的分支，邀請到幽州共謀大業，於是鍾離氏趨之若鶩，紛紛渡海到了樂浪郡，加入胡彧的軍隊。

在征討東夷的戰爭中，鍾離氏沒少拋頭顱灑熱血，最後鍾離氏只剩下鍾離牧一人。高飛知道後，便提拔鍾離牧為都尉，從胡彧手下調離到薊城，成為軍隊在一員小將，歸屬在重步兵裡面。

鍾離牧正指揮著重步兵抵擋住顏良、文醜等人的去路，輕步兵則在後面配合著利用弓箭射殺趙軍，顯得十分默契。

顏良看到韓猛停靠在路邊，曠野上散布著許多士兵，便大聲地衝韓猛喊道：「快帶兵從背後掩殺！」

韓猛不理睬顏良，看著自己部下的士兵都驚魂未定，文醜、顏良等人又無法突破那鋼鐵打造的牆壁，他也無心戀戰，竟然什麼都沒說，扭頭就走了，同時下令軍士撤退。

顏良看到後，心中怒氣衝天，大罵道：「韓猛這個王八蛋，回去以後我一定要好好收拾他……」

顏良正在謾罵，不料從黑暗的曠野上先後飛來了數根長槍，直接插死他身側的六名騎兵，他驚恐之下，扭頭看到從黑暗中殺出一個人來。

那人有著巨型的身高，手持兩把長刀，輕身躍便跳得老高，直接砍死了兩個騎兵，同時一腳踹下去一個騎兵，他自己竟然騎坐在馬背上，長臂一揮，雙刀看走，所過之處人頭盡皆落地。

顏良大吃一驚，還沒有反應過來，便感覺兩道凌厲的力道從戰馬下面傳來，他大叫不好，立刻從馬背上翻滾下來，在空中保持一個後空翻，落在背後一名騎兵的馬背上，而他也意外地看到一個身材魁梧的漢子手持一長一短的鴛鴦雙刀跳上了馬背。

文醜也是大吃一驚，顏良本來和他並肩策馬慢行，突然見身邊換了一個滿臉猙獰的漢子，他一驚之下。急忙挺出長槍，虛晃一槍。

那人手持雙刀直接架住，同時順勢平削了過去，想要沿著長槍的槍桿削掉文醜握著長槍的手。文醜大驚，立刻抖動了一下長槍，宛如一條長蛇向那人喉頭探去，力求以攻為守化解那人的刀法。

那人冷笑一聲，只將頭顱微微一側，避過文醜的一槍，雙刀絲毫不減力道，向文醜硬生生地砍了過去。文醜急忙丟下長槍，同時勒住了馬匹，停在了路邊，這才算安全了下來。

鍾離牧定睛看到這兩個剛出現的身影，臉上一陣大喜，大聲喊道：「陳將軍、褚將軍，原來你們沒死？」

這兩個漢子正是陳到和褚燕，二人一路向北趕去，行走了三四里路後，聽見前方人聲鼎沸，打鬥聲不絕於耳，便小心翼翼的潛伏了過去。

哪知道他們到的時候，人聲已散，正好看見顏良、文醜在追逐鍾離牧率領的步兵，兩個人計議已定，便決定偷襲顏良、文醜，就算不成功，也能奪下幾匹戰馬。

陳到策馬向前，見鍾離牧放開了一個口子，便直接挺了進去，褚燕則大喝一聲，驅趕著幾匹馱著死屍的戰馬也奔馳進去，馬背上的死屍紛紛墜地。

鍾離牧見陳到、褚燕都進來了，立刻合上缺口，朝陳到、褚燕二人拜道：

「參見二位將軍！」

陳到急忙問道：「主公何在？」

鍾離牧答道：「主公已經安全離開，二位將軍勿憂。」

陳到、褚燕這才稍稍鬆了口氣，定睛看見趙軍騎兵因為顏良、文醜二人的舉動而停止了前進，對視一眼，便互相朝對方點了點頭。

「鍾離牧，你帶輕步兵先行離開，剩餘的重步兵全部留下，不把這夥追兵殺散，主公無法安全離開。」陳到厲聲道。

鍾離牧「諾」了一聲，便立刻帶領輕步兵先行離開，騎上褚燕掠來的馬匹便離開了。

陳到、褚燕兩人數了數剩餘的重步兵，差不多有八百人，對方也差不多有八百騎，兩個人同時翻身下馬，一分為二，開始向文醜、顏良所帶領的人衝了過去。

文醜、顏良二將驚魂未定，突然看到陳到、褚燕二將向他們進攻，都大吃一驚。

在他們的眼裡，向來是騎兵克制步兵，可是今天卻反過來了，這支由鋼鐵組成的軍隊，每一個士兵都成了密不透風的牆，就連他們戴著頭盔，也被一片面甲覆蓋著，除了從細小的空洞裡看見眼睛外，其餘都被鋼甲裹覆，雖然知道用弓箭射對方的眼睛，可是箭法真正能這樣精準的人卻少之又少。

「殺！」陳到、褚燕同時暴喝一聲，分別帶領著重步兵朝不遠處的趙軍騎兵衝了過去。

「將軍，敵軍幾乎沒有死角，我軍再這樣耗下去，只怕會耽誤主公的大事，後面的數萬騎兵和步兵已經趕到，這裡可以交給偏將處理，我等應該繞過他們迅速追擊高飛，否則高飛一跑掉，我軍就等於前功盡棄了，何況劉備等人已經在前面設下了重兵堵截，高飛應該跑不遠。」張南對文醜道。

文醜和顏良的最大區別，就是顏良是個典型的戰士，一味的衝殺，而文醜考慮的事卻相對全面。

他聽完張南的話，認為很有道理，不能為了芝麻丟掉了西瓜，隨即吩咐道：「呂曠、呂翔，你們兩兄弟率部三千步兵圍住他們，其餘人全部跟我走！」

一聲令下，大軍迅速分開，後面剛剛趕過來的大軍分成了兩列，一隊跟著顏良、文醜從曠野上走，一隊則留下來歸呂曠、呂翔指揮，負責拖住陳到、褚燕。

陳到、褚燕見敵軍分兵了，兩個人便立刻停住了腳步，心下擔心高飛的安危，便下令撤退。

可是文醜、顏良帶領的都是騎兵，跑得賊快，後面的步兵也都是生力軍，體力消耗的很少，而陳到、褚燕所帶的都是重步兵，行走十分的緩慢，而且體力也大多都消耗得差不多了，根本無法趕上趙軍的騎兵。

呂曠、呂翔兩個人帶領著三千步兵，只和陳到、褚燕保持一定的距離，卻不進攻，這兩個人對這支鋼鐵軍根本沒有一點辦法，與其去送死，還不如就這樣牽制著，至少可以使得陳到、褚燕的重步兵擔心被偷襲而放慢腳步。

黃忠、太史慈、徐晃、龐德等人率領騎兵在前開道，好不容易衝破了趙軍的防線後，才發現已經是人困馬乏。

所幸的是，突破韓猛、高覽的防線後，道路一直很暢通，所以行走了幾里路也沒有遇到什麼危險，每個人的警惕心也就自然鬆懈了下來。

暴雨還在下，電閃雷鳴一直沒有停歇，高飛騎在馬背上，看著這支敗退的大軍，心中生起了極大的自責。

趙雲已經追趕上來，此時正護衛在高飛的身旁，看到高飛一臉的哀傷，便勸慰道：「主公，勝負乃兵家常事，不可因為這次失敗而氣餒，我軍實力猶在，趙軍已經是拿出了全部實力，這次兵敗對我軍來說，未必是一件壞事，至少可以讓軍中驕傲自滿的態度得以改變。」

高飛自省道：「我為了沮授一人，使得眾位將士陷入險境，也冷落了賈詡、郭嘉、荀攸等人，我千不該萬不該，不該為了一個外人而放棄自己的部眾。我現在後悔不已，如果不是為了沮授，我軍也不至於會如此大敗，我對不起死去的兩萬多將士。」

趙雲勸道：「主公，此戰我軍並不一定是敗，相比之下，我軍雖然損失了兩萬多將士，可袁紹的趙軍為了這次行動已經付出了差不多六萬大軍的代價，此戰之後，我軍實力還在，而袁紹卻是元氣大傷，必然會龜縮到鄴城，不敢再進行大規模的會戰，只要我軍稍微休養一段時間，然後從癭陶城南下，必然能夠再次勢如破竹，一舉攻克鄴城。」

高飛聽完趙雲的勸慰，心情稍微好些，但是他還是在深深的自責當中，也暗暗地發誓，**再也不會輕易相信敵方謀士的隻言片語**，不管對方是誰，如果要收服，就打到他們自動畏服。

風雨夜，雷霆變，燕軍數萬馬步都已經疲憊不堪。

燕軍又繼續行走了不到三里，高飛所在的中軍位置，突然遭受一陣箭鏃猛烈的攻擊，一支支從兩邊道路上射來的羽箭奪取了百餘名輕步兵的性命，無數個輕步兵受傷。

趙雲用槍撥開幾支箭矢，喊道：「敵襲！保護主公。」

道路兩邊的曠野裡突然殺出一支趙軍的士兵，劉備親率糜芳、田豫兩人夾擊高飛所在的中軍位置，疲憊不堪的燕軍遭到襲擊後，立刻做出迎戰的姿態，在王文君、白宇、施傑、李玉林以及受傷的文聘的指揮下開始向兩邊反攻。

刀劍轟鳴，箭矢如雨。

劉備騎著戰馬遠遠地在後面，拉開弓箭，瞄準高飛的頭部，嘴邊露出笑容，心中暗道：「高飛，**你害我失去的，我一定要你還回來，今天就是你的末日！**」

只聽一聲弦響，劉備的羽箭便飛了出去，筆直地朝著高飛的面門飛去，穿梭過十幾個人的縫隙，以迅雷不及掩耳之勢飛到高飛的身邊。

高飛只覺得自己側面有點異樣，扭頭過去，便看到一支箭矢向著自己飛來，他沒有受驚，看到被暴雨淋著的箭矢已經失去了準頭，箭頭彎曲下降，飛到他的胸前，在還有大約三十公分的距離突然墜落了下去。

他順著箭矢射來的方向看去，一道閃電橫空劈下，照亮了整個夜空，他看見劉備的臉上布滿了疑問，那惡毒的眼神裡也帶著一絲異樣。

他冷笑一聲，衝劉備喊道：「大耳賊！你忘了這是雨天，暴雨如瀑，你的箭能有多大威力？」

劉備的臉上冒出青筋，這麼好的一個機會居然沒有殺死高飛，他惱羞不已。看到高飛身邊的趙雲衝了過來，他二話不說，掉頭就跑，一邊跑一邊回頭看著趙雲的颯爽英姿，想道：「如果不是高飛當初阻擋了我，趙雲應該是我的，攻打下曲陽的功勞也應該是我的，如果不是高飛安排周慎好好照顧我，周慎又怎麼會把我當成高飛的心腹一樣排擠，如果不是高飛收服了烏桓人，我跟著公孫瓚應該能夠謀取一個好功名，如果不是高飛不發兵解救我的徐州，我又怎麼會寄人籬下到了袁紹帳下……」

往事一點一點地湧上心頭，**劉備把一切的不如意都歸到了高飛的頭上，把一切的恨也加到了高飛的身上**，他覺得高飛的存在就是對他的威脅。

「撤！快撤！」

劉備一邊大聲喊著撤退，一邊沒命似的奔跑，他偷襲高飛不成，見趙雲單槍匹馬衝自己而來，心中懼意連連，不由得不戰自退。

襲擾沒有引起什麼騷亂，燕軍的反擊斬殺了數百名趙軍的騎兵，糜芳、田豫帶著殘餘的士兵跑了，趙雲追了劉備不到一里路便回來了。

高飛騎在馬背上，看著劉備遁去的身影，長嘆道：「可憐的大耳朵，如果當初你選擇跟隨我，又何苦會落得如此田地？子龍，傳令下去，全軍加強戒備，劉備都跑到這裡了，想必關羽、張飛也在此不遠。」

「諾！」

第七章

困獸之鬥

騎兵們都是從身經百戰的士卒裡精挑細選的，這些人一見到趙軍的異常舉動，立刻明白過來了，他們無需太多的指揮，便已經更換了陣形，主動撤開一個口子，不給趙軍騎兵做困獸之鬥的機會。

命令下達後，騎兵依然在前，步兵依然在後，緩緩退卻，只是戒備加強了一點。

向前行不到三里，道路兩旁的一道土梁上，關羽率領著袁紹給的五千精銳騎兵分散在兩邊，眉頭緊皺，心中還在想著劉備向他說的話，看到道路中央黃忠、太史慈等將迤邐而過，而高飛所在的中軍又越來越近，他的心裡也是一陣惆悵。

「**如果不殺掉高飛，我等將死無葬身之地**，我等兄弟三人自從桃園結義以來，同甘共苦，如果不是高飛，我們不會淪落到如此田地，你務必要親手結果了高飛，一旦高飛一死，袁紹必然會帶兵入幽州，我等兄弟便可趁機奪取冀州，襲擊袁紹背後，冀州、幽州就都會歸到我們的手中，到時候迎回陛下，匡扶漢室就指日可待了。」

腦海中回想起劉備對自己說的話語，關羽重重地嘆了一口氣，輕聲道：「大哥，為了你心中的大業，關某就算豁出去這條性命，也要親手斬殺高飛。」

又過了一會兒，一萬九千多燕軍的騎兵走了過去，步兵開始在關羽的眼皮子底下晃動，他靜靜地等待，等待著高飛的出現。

「將軍，是高飛！」關羽身邊一個趙軍的都尉指著土梁下面的人，興奮地喊道。

關羽摸了摸自己的青龍刀，緩緩地騎上在土梁後面的馬匹，大聲喊道：「趙侯有令，斬殺高飛者，封侯千戶，賞千金，兄弟們衝啊！」

一聲令下，埋伏在土梁兩邊的騎兵便一湧而下，從高處向高飛所在的位置衝了過去。

趙雲等人警惕性很高，發現有埋伏後，立刻準備好戰鬥隊形。

關羽一馬當先，青龍偃月刀揮舞之處人頭落地，借用馬匹的衝撞力，狠狠地撞飛護衛在高飛身邊的步兵，他自己一個人殺進了陣營，眼看戴著鋼盔穿著鋼甲的高飛就在眼前，趙雲又在另外一邊，心中大喜，舉刀便朝高飛的頭顱砍了過去。

眼看關羽的刀鋒就要到了，哪知道突然刺斜裡殺出來一桿丈八蛇矛，直接架住了關羽的青龍偃月刀，而**那個帶著鋼盔穿著鋼甲的高飛，一扭臉竟然成了豹頭環眼，滿臉虬髯的張飛。**

「三……三弟？」關羽大吃一驚，簡直不敢相信自己的眼睛，驚呼道。

張飛舉著丈八蛇矛便將關羽的青龍偃月刀給撥開了，橫矛立馬，臉上帶著一絲羞愧，也帶著一絲羞憤，朗聲對關羽道：「二哥，高飛曾經放過俺一條性命，俺說什麼也要將這條性命還給他，對不起了二哥。」

關羽見張飛穿著高飛的戰甲，胯下騎著的戰馬也變成了普通的戰馬，他不用想也知道，張飛一定是把那匹烏雲踏雪馬給了高飛，混在前面的騎兵隊伍裡了。

他重重地嘆了一口氣，看著面前騎在馬背上的張飛，一臉沮喪地道：「看來高飛命不該絕，也罷也罷……」

聲音落下，關羽收起了青龍偃月刀，調轉馬頭，深吸一口氣，猛然發出一聲巨大的吼聲，大聲道：「都給我退下，放燕軍過去！」

這聲巨喊，一點也不亞於張飛的咆哮，曠野上每一個人都聽得清清楚楚，如滾雷般鑽進每個人的耳裡，有一種不可抗拒的魔力，讓原本交戰的雙方緩緩地退開了，燕軍的步兵開始向前緩緩退去。

趙雲馳馬到張飛身邊，看了張飛一眼，臉上露出淡淡的微笑：「張翼德，但願下次我們相見不是在戰場上，否則幾年前的那場大戰，還要繼續比試下去。我家主公讓我好好謝謝你，說那匹烏雲踏雪馬，以後會還你的。張將軍，後會有期。」

張飛什麼都沒說，只是朝趙雲拱了拱手。

趙雲一聲令下，帶領著所有的燕軍撤退，徒留張飛一人在官道中央。

張飛看著燕軍離去的身影，扭頭看到關羽的眼裡流出眼淚。他翻身下馬，抱拳道：「二哥，你殺了俺吧，大哥那裡你也好有個交代。」

眼淚混合著雨水沿著關羽的長髯飄落，分不清是雨水還是淚水。他仰望夜空，看到那電閃雷鳴的天空中落下的雨點，心裡極度的難受。

張飛見關羽沒說話，什麼也沒動，將丈八蛇矛朝地上一插，便插入了混著泥漿的土地上，他自己則撲通一聲跪在滿是積水的地面上，朗聲道：「二哥……」

關羽看著跪在地上的張飛，臉上的表情十分僵硬，打斷張飛的話：「三弟，你知不知道這樣做，將置我們三兄弟為何地？」

張飛低下頭，緩緩地道：「罪只在俺一人，俺放走了高飛，就是違抗了袁紹的命令，只有死路一條而已，但此事絕對和二哥還有大哥無關，袁紹如果要殺的話，俺老張伸頭就讓他砍好了。高飛對俺仁至義盡，南皮城裡放了俺一條生路不說，還送俺一匹千里馬，怎麼說俺都應該還給高飛一命。

「**俺沒讀過什麼書，但是俺知道什麼是忠義**。俺對大哥不敢違背，可俺也不願意看著高飛死，**唯一的辦法只有讓俺代替高飛死**，這樣的話，忠義就能無雙了。可是二哥，你不該下令主動讓開道路，哪怕進行一點點的抵抗，也不會將這個罪全攬到自己的身上，俺老張一人做事一人當，不會連累二哥的，俺這就去找袁紹，讓他砍了俺的腦袋。」

關羽翻身下馬，將青龍偃月刀插在地上，一把扶起張飛，兩兄弟緊緊地抱在一起，泣不成聲。

此時，劉備帶著糜芳、田豫趕了過來，看到關羽、張飛抱在一起哭泣，急忙問道：「怎麼回事？高飛呢？」

關羽、張飛這才分開，同時跪在地上，朝劉備叩頭道：「大哥！」

劉備看見張飛出現在這裡，心裡就明白了，一定是張飛、關羽放走了高飛，氣得胸中氣血翻騰，可是面對面前的兩個兄弟，他也無法去責備，便對關羽、張飛道：「二弟、三弟快上馬，跟我走，去投曹操！」

關羽、張飛二人一臉的迷茫，想他們流落到此種地步，還不都是那曹操給害的，現在聽到劉備要投靠曹操，兩人都震驚不已。

劉備看到關羽、張飛的模樣，大聲道：「快上馬，顏良、文醜正在朝這裡趕來，被他知道我們放走了高飛，不把我們生吃活吞了才怪，趁現在趕緊離開這裡，折道去兗州，投靠曹操。」

「大膽劉備，居然敢擅自私逃，來人啊，把劉備、關羽、張飛一干人等全部包圍起來，沒有我的命令，誰也不准放走他們任何一個人。」身為副將的趙軍都尉聽到劉備三人要逃，立刻下令道。

袁紹的趙軍立刻將劉備、關羽、張飛、糜芳、田豫等數百人包圍起來，圍得水泄不通。

關羽、張飛見形勢發生逆轉，立刻翻身上馬，生怕這幫人害了他們的大哥，各自提起兵器便策馬來到劉備的身邊，同時吼道：「擋路者死，都閃開！」

一道閃電橫空劈下，直接劈在土梁上的一棵大樹上，將那棵被雨水沖刷得濕漉漉的大樹直接劈成了兩半，伴隨著關羽、張飛的吼聲，響雷也落了下來，彷彿是上天發怒一樣，震懾著趙軍的騎兵都不由自主地向後退卻，就連座下馬也都驚慌不已。

就在這時，顏良、文醜帶領的騎兵部隊從南邊奔馳而來，在電閃雷鳴之下，遠遠地看見自己的騎兵將一夥人圍在坎心，臉上便是一陣大喜，以為是抓到了高飛。

馬蹄混著積水，不住地奔馳著，臨近包圍圈之後，看見被圍的卻是劉備一夥人，都很好奇。

文醜當先馳了過去，問道：「什麼情況？高飛呢？」

給關羽做副將指揮騎兵的都尉來到文醜的身邊將關羽、張飛放走了高飛、劉備準備投靠曹操的事情說了出來。

文醜、顏良聽後，皆是憤怒道：「大膽劉備，我家主公待你不薄，你們兄弟卻想著背叛我家主公，今日若不拿你們三兄弟的人頭獻給主公，主公面前我等如何交代？蔣義渠、張南、焦觸！」

「末將在！」蔣義渠、張南、焦觸三人齊聲答道。

「取劉備首級者，同樣封千戶侯，主公面前我來擔保！」文醜大聲道。

關羽、張飛兩個人卡在劉備的前面，見顏良、文醜來了，便對劉備道：「大哥，一會兒我們抵擋住顏良、文醜，大哥請率部向東突圍。」

劉備點點頭道：「二弟、三弟多多保重，顏良、文醜絕不是你們的對手。」

話音一落，劉備便帶著田豫、糜芳二人，以及數百騎兵和關羽、張飛分開，朝著不同的方向衝了過去。

關羽、張飛單人單騎，朝顏良、文醜衝去。顏良、文醜倒還算公平，沒有讓人放冷箭，而是下令讓部眾讓開，兩個人各自迎戰關羽、張飛。在他們的心裡，早就想和關羽、張飛打了，也很想知道到底是誰厲害。

關羽迎戰文醜，張飛迎戰顏良，四人一經接觸便展開了攻擊，直接混戰在一起。

蔣義渠、張南、焦觸見劉備要跑，便率部抵擋，張南迎戰田豫、焦觸迎戰糜芳，蔣義渠直接朝劉備殺去，身後的士兵也一起掩殺了過去，將劉備堵在想衝出突圍的道路上。

要說顏良、文醜的武力確實不是蓋的，兩個人自幼為伍，同拜名師，分別學的刀法和槍法，一出山便直接被袁紹徵召，成為袁紹的貼身大將，遇到對手從未有過敗績，就連在虎牢關下和呂布對戰時，兩人也不曾有絲毫懼意，此時碰見關羽、張飛，就更加不害怕了。

關羽、張飛也是精通槍法和刀法的人，兩人經常切磋武藝，此時槓上了顏良、文醜，正好派上用場。

四將一出手都是殺招，一個回合過後，顏良、文醜才深知關羽、張飛之強，但是面對這麼多部下的眼睛，他們還是不能輸。

顏良手持大刀，再次和張飛打在一起，他吐著猩紅的舌頭，將大刀砍向張飛的頭顱，眼睛裡帶著一絲的驚喜，舌頭突然舔了舔嘴唇，就像是一會兒要品嘗到鮮血一般。

他興奮地道：「張飛，你的血一定很好喝，我渴望的不得了啦。」

張飛知道顏良有喝血的習慣，他很瞧不起顏良，丈八蛇矛不斷地抖了出來，一招接著一招，彷彿是一條靈蛇盤旋在顏良的大刀上，矛頭直指向顏良胸下軟肋，企圖從那裡一矛便刺穿顏良的身體。

顏良連躲都不躲，嘿嘿地笑了笑，大刀以極大的貫力劈了下去。

張飛長矛向前一刺，矛頭直接頂到顏良的戰甲上，矛頭刺穿了戰甲，可是再往裡面，他就刺不動了，彷彿有什麼東西防護著顏良一般。

「奇怪嗎？」顏良突然哈哈笑道。

張飛急忙抽出丈八蛇矛，架在自己的頭頂上，雙臂高高舉起，接住顏良的那一劈，不禁讚嘆道：「好大的力氣……」

張飛用力格擋下顏良的大刀，眼睛卻斜視著剛才被他一矛捅破的戰甲，見顏良的那個鐵甲窟窿裡露出一片銀色的光芒，他雖然不知道顏良穿的是什麼，但是可以肯定，顏良的上身裹著比鐵甲還要堅硬的東西，而且是貼身穿的。

抬起手臂，張飛撥開顏良的大刀，丈八蛇矛一記橫掃，矛頭直指顏良的喉頭，欲一矛戳死顏良。

顏良的瞳孔放大，看到張飛這看似不經意的一矛刺來，大刀急忙舉起，剛要去格擋，卻發現那矛頭如同靈蛇一般的從他面前閃過，一晃便刺向了他的左臂。

他大吃一驚，這才知道張飛用的是虛招，他只覺得左臂上被鋒利的金屬劃了過去，一道長長的血痕登時流出，鮮血向外直冒，混著雨水滴落到地上。

兩個人一閃而過，顏良咬緊牙根，吭都沒吭一聲，在張飛從他面前閃過去的那一剎那，他急忙橫住手中大刀，猛然向後揮出。

冰冷的刀鋒朝著張飛的後腰橫劈過去，但見張飛身體後仰，整個人的背部緊緊地貼著座下戰馬的背部，那冰冷的刀鋒從他面前削過。

刀鋒一過，張飛身體迅速挺起，扭轉身子，手中緊握的丈八蛇矛便刺了出去，同時大喝一聲「回馬槍」。

只聽鐵甲被丈八蛇矛刺穿的銳利聲，矛頭明明已經刺進了顏良的後背，卻卡在那裡，任張飛再怎麼用力，他那精鋼打造的丈八蛇矛硬是被堅硬的東西給擋住了。

顏良後背中招，冷笑一聲，策馬狂奔，迅速地和張飛分開，可是他的背部卻被張飛的丈八蛇矛頂得十分生疼，雖然沒有刺進去，但是那鋒利無比的矛頭還是讓他感到有一絲的異樣，看著對面的張飛，心中居然生出懼怕之意。

「奶奶的，你他娘的穿的什麼東西，俺連續刺了兩次都沒有刺穿，太他娘的窩心了。」張飛罵罵咧咧地道。

顏良身上穿著一個束身的銀甲，一般都是貼著衣服穿，外面罩著一層鐵甲，就算是鐵甲被穿透了，他的束身銀甲也不會被刺穿，可以幫他擋下不少箭矢和殺招。

他就是憑藉著自己的武藝以及束身銀甲，至今不知道殺過多少人了，每次衝鋒，總是會一馬當先。

張飛扭頭看了眼關羽，見關羽刀法耍得異常凌厲，和文醜在轉著圈的廝殺，那縝密的精湛刀法將文醜逼得沒有還手的餘地。他看了，痛快地叫道：「好！二哥，殺了他！」

文醜聽到張飛的暴喝，心中極為不服，抖擻了一下精神，綽槍出招，本想給關羽一個下馬威，以扭轉現在的戰局，可是長槍剛出手，便見關羽的大刀猛然從空中劈來，那巨大又鋒利的刀頭上雕刻著一條青龍，整個刀身呈現出鐵青的顏色，映到他的臉上也成了一片鐵青。

他心中膽寒，眼看刀鋒就要落在自己的頭顱上，情急之下，身體一轉，一個蹬裡藏身，便伏在馬肚下面，同時脫離戰馬，提著長槍便朝一邊跑去，他的背後則傳來一聲戰馬悲壯的嘶鳴聲。

他扭頭看了一眼，見關羽用青龍偃月刀直接從戰馬的頭部劈了下去，借助關羽座下戰馬的行動力，那刀鋒就如同裁紙一樣順利，硬生生地將一匹上等的戰馬從頭到尾給劈成了兩半，並且追著他而來。

他的臉上現出極大的恐懼感，看到這個面色通紅，長髯及胸、身長九尺的大漢，臉上一陣抽搐，雙腳快速地朝趙軍的騎兵隊伍裡跑去，而且褲襠裡不覺湧出了一股暖流，倒提著手中的鋼槍在地上拖拽著擠進了人群，逃得甚是狼狽。

「放箭，放箭，快放箭！」文醜還從未遇到過如此的對手，這才知道關羽非一般人能勝，急忙大聲喊道。

大雨傾盆，弓箭手射出的箭矢在雨水的沖刷中早已經失去了威力，而且關羽又是一等一的武將，青龍刀隨意撥弄了幾下，射來的箭鏃便直接被他給斬斷了，斷裂成無數小支墜落在積水的地上，順著溪流漂淌而走。

趙軍騎兵立刻堵住了關羽的去路，在後面文醜的下令下，數十騎兵一起朝關羽圍了過去，將關羽圍得水泄不通。

關羽面無表情，丹鳳眼瞪得賊大，那眼珠子彷彿就要從眼眶裡跳出來一樣，深邃的眸子裡射出來的更是令人不寒而慄的目光。

青龍刀起，人頭落地，關羽單手持著青龍偃月刀，左手卻拔出了佩劍，所過之處盡情地收割著敵人的腦袋，只片刻功夫，那幾十名騎兵便已經灰飛煙滅了。

趙軍的騎兵都嚇得不清，紛紛向後倒退，誰也不敢向前半步。

「不想死的閃開，某只殺文醜！」關羽一聲大喝，面前的騎兵便四處逃竄。

文醜這會兒早已經跑到後面的步兵方陣裡面了，讓前面數千名步兵替他擋道，並且指揮前部的數百名騎兵將關羽團團圍住，大聲地喊道：「主公有令，斬殺劉備、關羽、張飛三人者，皆賞千金，封千戶侯！」

重賞之下必有勇夫，士兵們開始一擁而上。

張飛見關羽打得精彩，看得十分起勁，可是一回頭去尋顏良，早已不見了蹤影。他見關羽孤軍奮戰，便策馬來援，對關羽小聲道：「二哥，趙軍士兵眾多，你快到大哥身邊，保護著大哥突圍吧，這裡交給俺就可以了。」

關羽道：「三弟，你去保護大哥，我在這裡抵擋住顏良、文醜。」

張飛道：「禍是俺闖的，俺必須……」

不等張飛把話說完，但聽見田豫、糜芳二人同時大叫了起來：

「主公——」

關羽、張飛二人急忙回頭，遙遙望見劉備身上插著數根箭矢，其中一根還直接穿進了劉備的心窩，而與劉備憨鬥的蔣義渠更是落井下石，收起一槍刺中了劉備腹部要害。

兩個人都是一臉的驚恐，同時喊道：「大哥——」

劉備身上中了六支箭矢，要害更是中了蔣義渠一槍，他手持著雙股劍，借用他長臂的優勢，雙劍向前砍了出去。

蔣義渠正在一陣暗喜，還沒有來得及拔出插在劉備身上的長槍，便見劉備劍鋒朝自己襲了過來，情急之下，立刻拔出長槍，身體朝後仰躺，避過了劉備垂死前的一擊。

劉備的腹部鮮血直冒，身子一歪，直接從馬背上墜落下來，重重地摔在了泥潭裡，濺得全身都是泥濘。

他用盡全身力氣將雙股劍插在地上，借助雙股劍的力量緩慢地撐起了上半身，跪在泥潭裡，望著關羽、張飛從不遠處衝殺過來，又見糜芳、田豫從一邊退了過來，他抬頭看著不斷落著暴雨的夜空，仰天發出了一聲長嘯：

「老天爺啊，為什麼你要這樣對我，我堂堂的漢景帝閣下玄孫中山靖王之後，為什麼會淪落到這種地步，我死不甘心……死不瞑目……咳咳……」

他話都沒喊完，便猛烈地咳嗽了起來，從嘴裡吐出一大口鮮血，用盡最後一絲力氣，使自己緩緩地站起來。

他顫巍巍的身體在風雨中發抖，扭臉看著拼命朝這邊跑來的關羽和張飛，嘴角露出淡淡的微笑，輕聲道：

「二弟、三弟，我們來生……」

電閃雷鳴，狂風暴雨，烏雲蓋頂，整個天空彷彿是要塌陷下來一樣，伴隨著劉備嘴角那一抹淡淡的笑容以及他那腔未竟的壯志，鋪天蓋地地任意肆虐著，**在劉備的身體倒下的那一瞬間，老天爺像是讀懂了他的心一樣，用它能夠支配的一切自然力量為劉備做最後的洗禮。**

「大哥——」

關羽、張飛眼睜睜地看著劉備倒了下去，就在他們兩個人的面前幾乎觸手能及的地方。

當二人的手伸過去想去接住劉備時，卻發現為時已晚，劉備帶著那一抹淡淡的笑容，以及最後那壯志未酬的目光倒下了，重重地摔在泥潭裡。

「主公——」田豫、麋芳也一起圍了過來，同時痛心疾首地大聲喊道。

關羽、張飛急忙翻身下馬，將劉備的屍體緊緊地抱在懷裡，仰天發出了最為悲憫的巨吼，那巨吼中帶著一腔憤怒，夾雜著電閃雷鳴，讓人看了心碎不已。

雙方的士兵都停止了戰鬥，劉備的部下都彙聚了過來，而趙軍的士兵則幸災樂禍的看著，臉上還散發著譏諷的笑容。

關羽、張飛眼淚縱橫，腦海中想起桃園結義時的情景來，心碎的兩人異口同聲地道：「**不求同年同月同日生，但求同年同月同日死**，大哥，兄弟來和你做伴了……」

話音一落，關羽手中的青龍偃月刀猛然一揮，便架在了張飛的脖子上，而張飛手中的丈八蛇矛則挺在了關羽的心窩外，兩個人相視而笑，莫逆於心。

「二哥……」

「三弟……」

「我們來生再見……」關羽、張飛異口同聲地道。

話音還在空氣中打轉，田豫從地上撿起了劉備的雙股劍，分別架在青龍偃月刀和丈八蛇矛上，用憤怒的聲音大聲喊道：

「懦夫！主公身亡，大仇未報，二爺、三爺就這樣自盡了，你們對得起主公的在天之靈嗎？」

「……」關羽、張飛扭頭看著年紀輕輕的田豫，見田豫的臉上浮現出極大的悲傷，誰也沒有吭聲。

「糜芳，快將二爺、三爺拉開，抬起主公的屍體，我們殺出重圍，留得青山在，不愁沒柴燒，君子報仇十年不晚，不斬殺袁紹為主公報仇，我們就算死了，也死不瞑目！」

田豫一改往日奶油小生的模樣，說出的話竟然是字字珠璣，而且那種氣勢，也帶著極大的不可抗拒的力量。

關羽、張飛聽完田豫的一番話後，心中燃起了復仇的種子，兩人止住了淚水，眼裡充滿了怒火，掃視著袁紹的趙軍，將所有在場的人的身形外貌都記在心裡。兩人同時撤去了架在對方要害上的兵器，一起將劉備的屍體攙扶起來，擱在一匹戰馬上。

「田豫！」關羽橫眉怒對，仇恨的目光使得他的面目變得極為猙獰。

「末將在！」田豫立刻將雙股劍入鞘，抱拳道。

「帶人保護好主公屍體，其他人全部向北突圍。」關羽朗聲道。

田豫「諾」了一聲，夥同糜芳一起上馬，兩個人一左一右，護送著劉備的屍體，身邊跟著五十名騎兵。

關羽、張飛翻身上馬，兩人怒火衝天，瞪著已經鑽入人群的蔣義渠以及顏良、文醜等人，掉頭便向北衝殺過去，嘴裡發出陣陣吶喊，其餘的三百多騎跟隨著田豫、糜芳一起護送劉備的屍體。

「擋住！擋住！絕對不能放跑了劉備的殘軍！」顏良在一邊大聲地喊道。

關羽、張飛一同衝陣，兩個人都是當世猛將，兩頭憤怒的猛虎撲進一群孱弱的羊群裡，羊群也只有被獵殺的份。

關羽、張飛二人聲聲暴喝，嚇得攔住去路的士兵都心驚膽顫，沒有一個不讓路的。於是，一條通道就此被打開了，關羽、張飛在前，田豫、糜芳護送劉備屍體帶著三百殘餘騎兵在後，一股腦的從趙軍士兵讓出的道路上奔馳了過去。

「追！不可放過關羽、張飛！」文醜這會兒來了精神，從後面弄來一匹戰馬，將手中的長槍向前一招，大聲喊道。

顏良也在呼嘯著，劉備已死，關羽、張飛二人心碎，認為此時正是斬殺他們的時候，便一起帶著士兵向前衝去，也不顧自己左臂受傷的事。

顏良、文醜帶著蔣義渠、張南、焦觸以及萬餘騎兵在前，餘下的步兵在後，大軍迤邐而進，很快騎兵和步兵便拉開了距離，騎兵緊緊追著關羽、張飛不放，步兵卻越撇越遠。

關羽在前奔走，見後面追兵咬得很緊，便對張飛道：「三弟，我去擋住追兵，你帶著其他人去瓔陶城投靠高飛吧。」

張飛怔了一下，急忙道：「二哥，你若不去，俺也不去。」

關羽道：「三弟，如果沒有人斷後的話，我們很可能會全軍覆沒，到時候別說給大哥報仇了，就連自身都難保。趙軍有萬餘騎兵，就算我們再怎麼厲害，也有力氣用盡的時候，你能明白我的意思嗎？」

「二哥，我明白，俺還是那句話，要去一起去！俺就不信，顏良、文醜還真敢踏進夔陶城。」

關羽皺起眉頭，他和張飛的心裡很清楚，雖然劉備生前對高飛頗有微詞，但是論交情，**論現在的形勢，能夠幫助他們給劉備報仇的，也就只有高飛了**，至少高飛沒有公然和他們為敵，一切的因果都是因為他們處在袁紹的陣營裡而已。

「好吧，那咱們一起去，到了夔陶，暫時拜入到高飛的帳下聽用，替大哥報完仇之後，我們再自盡，以告慰大哥的在天之靈。」關羽道。

張飛重重地點點頭，回頭望了一眼背後緊緊跟著的顏良、文醜，內心裡恨不得將這兩個人碎屍萬段。狠狠地啐了一口，再次扭過頭看著前方的時候，卻見黑暗中駛來一堵厚厚的牆。

他好奇之下，急忙勒住馬匹，對關羽道：「二哥，前面有埋伏！」

關羽也注意到了，急時停了下來，和張飛一起向前看去。

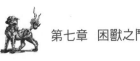

映著閃電的光亮，兩個人終於看清楚對面駛來的並不是一堵牆，而是全身都裹著鎧甲的騎士，所有的騎士都拄著長達三米的武器，那武器前面呈現出尖形，後面越來越粗，還有長長的一截突出肘部。

不僅如此，就連騎士的座下馬也是裹著一層鎧甲，只露出兩隻馬眼，和馬上的騎士一樣，完全被鋼鐵覆蓋住。

關羽、張飛還從未見過這種騎兵，想不出到底是誰的兵馬。當又一道閃電劈下的時候，他們的眼前豁然開朗，同時看到並排的戰馬是用鐵鍊鎖起來的，而且並排的十匹戰馬之間都插著一根根長槍，長槍超出馬頭半米，鋒利而尖銳。

「這是……這是什麼？」關羽、張飛驚奇地問道。

這時，走在第一排的一個人大聲喝令道：「全軍停止前進！」

轟鳴般的步伐聲頓時停了下來，所有的馬匹步調起落有致，看來是沒少下一番功夫進行訓練，一排排被鐵鍊鎖起來的戰馬向後不斷地排開，整個隊形都是一條直線。

「關將軍、張將軍！」剛才下令停止前進的漢子突然掀開了頭盔上的面甲，露出了一張非常熟悉的臉龐。

「管亥？」關羽、張飛驚呼道。

來人正是管亥，當南欒縣城的戰鬥打響之後，斥候就已經將高飛被圍的消息火速傳到了癭陶城。遠在癭陶城的賈詡、荀攸、郭嘉、歐陽茵櫻、管亥等人立刻出兵解救高飛。

賈詡以全軍總軍師的名義迅疾的做出了部署，他讓李鐵帶領兩萬降兵鼓噪而進，一路上鑼鼓喧天，聲稱要攻打鄴城，偷襲袁紹老窩，另一方面讓管亥火速率領僅有的五千連環馬軍馳援高飛，他則和荀攸、郭嘉、歐陽茵櫻等候在癭陶城裡。

管亥接到命令後，隨即出發，怎奈連環馬軍太過笨重，人、馬全身覆甲，行走緩慢，直到入夜才趕到這裡，並且遇到了安全歸來的高飛。

高飛讓擔心殘部無法退回來，便讓管亥帶著連環馬軍一路向前。管亥率領著五千連環馬軍徐徐而進，一路上沒有遇到殘軍，正在向前搜尋，卻不想遇到了關羽、張飛帶著兩三百騎兵狼狽的奔來，便停了下來。

他見關羽、張飛一臉的驚詫，目光朝後面望了一眼，但見田豫、糜芳的兩匹馬中間馱著一個人，那人背上插著箭矢毫無生氣，看起來像是一具屍體，再仔細看了看眾人的表情，驚喜想道：「莫非劉備死了？」

「管亥，燕侯在哪裡，我們要見燕侯。」關羽既然要暫時投靠高飛替劉備報仇，便直接開門見山地道。

管亥問道：「不知道關將軍見燕侯有何要事？」

張飛朗聲道：「俺們要投靠燕侯，和燕侯一起打袁紹，替俺大哥報仇！」

「劉備果然死了……」管亥心裡喜道：「關羽、張飛一直是主公朝思暮想的萬人敵，如果能夠得到他們兩個人的投靠，那主公就是如虎添翼了，實在是太好了。」

張飛見管亥不回答，怒道：「管亥，你到底聽見俺二哥的話沒，俺們要見燕侯。」

管亥歡喜道：「主公這會兒應該到了癭陶城，你們火速從道路兩旁過去，我還要去支援胡彧，尋找陳到、褚燕，就不和你們一起回去了，請！」

關羽朝管亥抱了一下拳，朗聲道：「管將軍，多謝了！後面顏良、文醜緊緊相逼，還請管將軍擋下來。」

管亥將面甲合上，只從兩個空空的黑洞裡射出兩道銳利的目光，朗聲道：「關將軍、張將軍，你們趕緊走吧，追兵就交給我管亥對付，正好我也想砍掉顏良、文醜的腦袋。」

關羽、張飛大喝一聲，便帶著殘餘的三百多騎兵，從路旁的麥田裡穿梭而去。

管亥見關羽、張飛等人走了，便下令道：「全軍散開，排開一字長蛇陣，橫向前行，不得放過任何一個趙軍士兵，勢必要將所有的追兵全部擋下！」

「諾！」

一聲令下，只見五千連人帶馬都被包裹在鋼鐵之內的重騎兵以十人一隊橫向排開，排成一個長長的隊形，綿延出好遠，形成了一堵真正的鋼鐵之牆。

「前進！」管亥見陣形排好後，便大聲地道。

「前進……前進……前進……」

聲音不斷從中間向兩邊傳開，五千連環馬軍邁著統一的馬蹄向前開道，每匹戰馬頭部兩側都插著兩根長槍，乍看之下，彷彿是鋼鐵之牆上長出了如林的利刃，在向前奔跑。

顏良、文醜率領著萬餘騎兵蜂擁而至，在閃電的映照下，突然看見對面駛來一排奇形怪狀的騎兵隊伍，騎士、馬匹全身覆甲，槍林如海，正向他們衝了過來。

「這是……這是什麼東西？」顏良驚慌地問道。

文醜定睛仔細看了看，急道：「是燕軍，是和重步兵一樣的燕軍重騎兵，他娘的，真棘手，都是一些鋼鐵疙瘩，根本砍不動他們……」

不等文醜的話語說完，燕軍連環馬軍突然加快了速度，朝著顏良、文醜便衝了過來。

管亥從連環馬軍裡喊話道：「來人可是顏良、文醜嗎？」

顏良、文醜面面相覷，剛才他們兩個被關羽、張飛嚇怕了，這個時候又遇到了這樣的騎兵隊伍，雖然有點膽怯，可是也不能失了面子，便異口同聲地答道：

「正是，來者何人？」

管亥朗聲答道：「我乃燕侯帳下，燕雲十八驃騎之一的威遠將軍管亥，今日特來取汝等的項上人頭。」

顏良、文醜再次面面相覷，二人壓根沒聽過這個名字，他們只聽過趙雲、太史慈、龐德、黃忠、徐晃、陳到之流，管亥之名還是頭一次聽說，但是兩人不敢大意，看著管亥驅動重騎兵來了，排成長長的一排，抖擻了一下精神，同聲叫道：「哼！大言不慚！」

管亥沒有回答，吹了一個響哨，哨音響起，只見連環馬軍有了微妙的變動，原本一字散開的騎兵，兩翼開始逐漸合圍，緩緩地形成一個弧形，一起向著趙軍騎兵衝了過去。

顏良、文醜二將根本不知道管亥帶了多少人，只知道看見的是一排插著長槍，身披重甲一字排開的騎兵，可到底排多遠，他們誰都不知道，加上黑夜難辨，四周都是平原，更無法估算敵人的戰力了。

「放箭！」文醜看了，立刻下達命令。

無數的箭矢從騎兵的隊伍裡放了出去，可是那鐵質的箭頭碰到了鋼製的戰甲，除了發出聲聲脆響之外，根本傷害不了任何人，就連馬匹也是一樣。

文醜的眼睛瞪得賊大，腦海中忽然想起他讓呂曠、呂翔拖住的陳到、褚燕的重步兵來，同樣也是箭射不穿的鋼甲。

「殺啊！」

管亥嘴角上揚起一絲笑容，他的整個身體都被鋼甲裹著，可算是密不透風，除非是箭法精準之人才能通過面甲上的兩個洞射進眼睛，但是這樣的箭神就算有，遇到這樣的雨夜也會大打一個折扣。

「撤！撤！快撤！」顏良急忙喊道。

可是撤退已經來不及了，就在趙軍試圖放出第二波箭矢的時候，分散在兩翼的連環馬軍早已經形成合圍，硬是用五千人將這萬餘騎兵包圍在一個狹長的地帶內，一經接觸便猛撞了上去。

「殺啊！」所有的連環馬軍都爆發著同樣的吶喊聲，這吶喊聲是為了死去的人報仇的。

「啊——」

一聲聲吶喊斬斷了一聲聲的慘叫，趙軍的騎兵人仰馬翻，死的死，傷的傷，在燕軍連環馬軍的浪潮席捲下，只能任意被屠殺。

管亥指揮著連環馬軍，所有的士兵配合的都很默契，這裡既不需要逞英雄，也不需要展現個人能力，唯一需要的就是配合，因為十匹戰馬是鎖在一起的，共同前進，共同後退，加上馬背上的人舉著的都是長達三米的標槍，所以所有人只管讓座下馬前進，舉槍刺殺即可，穩抓穩打才能徹底地消滅敵軍。

顏良、文醜早已經退入了人群中，眼睜睜地看著自己的部下一個接一個死去，只短短的一個衝鋒，便陣亡了一大半人，心中對這種奇形怪狀的騎兵隊伍很是恐懼。

文醜見對方是十匹馬鎖在一起的，就算他手中的鋼槍能夠刺死一匹戰馬，可是另外九匹戰馬也會肆無忌憚地拉著向前跑，並不能從根本解決問題。

慘叫聲不絕於耳，文醜根本沒有時間去思考，驚恐之下，他唯一想到的就是趕緊逃走，不能死在這裡，燕軍給他的感覺實在太可怕了。

顏良一向勇猛，從未有過什麼懼意，可是今天例外，他先是被張飛連續刺了兩次，若不是他身上銀甲的幫助，他就死了兩次了。

他見這股鋼鐵洪流勢不可擋，急忙對文醜道：「撤吧，再不撤就來不及了。」

文醜道：「你以為我不想撤？可是也要撤得出去啊。」

蔣義渠、張南、焦觸三將也一起靠了過來，都來央求文醜趕緊想辦法。

文醜左思右想，可是現在哪裡是想辦法的時候，正躊躇間，突然看到燕軍騎兵的馬腿上尚有一截在外面露著，靈機一動，立刻喊道：「砍馬腿！砍馬腿！快砍馬腿……」

趙軍士兵受到了啟發，立刻按照吩咐去做。可是要砍馬腿談何容易，馬背上的騎士都舉著長長的標槍，沒等你靠近就把人給刺死了。

不過還真有幾個身手敏捷的在地上打了一個滾，跑到馬腿前，揮刀砍下了一條馬腿。連環馬的戰馬突然斷掉了一條馬腿，發出一聲長嘶，直接側翻在地，連帶著將馬背上的騎士也摔了下來。可是連環馬並未停止進攻，其他九匹戰馬一直在拖拽著那匹斷腿的戰馬向前走。

文醜見收效甚微，靈機一動，便對顏良、蔣義渠、張南、焦觸四將道：「命令全軍，一起朝一個方向衝撞，一定要撞出一條路來，不然我們要全軍覆沒。」

於是趙軍一起向南展開猛撞，在最前面的不是被刺死就是被後面的踩踏而死。

這是連環馬軍的第一次衝鋒，騎兵們都是從身經百戰的士卒裡精挑細選的，這些人一見到趙軍的異常舉動，便立刻明白對方的意圖，他們無需太多的指揮，便迅速更換陣形，主動撤開一個口子，不給趙軍騎兵做困獸之鬥的機會。

破口一經打開，所有趙軍將士立刻爭先恐後的湧了出去，卻又不得不面對開口兩邊胡亂刺殺的標槍，但是為了活命，也只好豁出去了。

顏良、文醜比誰跑得都快，他們一見有了缺口，便一馬當先地飛馳了出去，憑藉著自身的武藝，躲避過如林的標槍。蔣義渠、張南，連帶著他們的數百親隨也跟著顏良、文醜一起逃了出去。

可是焦觸就沒有那麼幸運了，一個不經意便被長標刺穿心臟，直接從馬背上給挑了下來。

趙軍潰敗，衝出的騎兵所剩無幾，剛才還是雄壯的一萬多騎的趙軍，如今只狼狽逃走了一千多騎，迎著後面追擊來的步兵，便合兵一處，直接向南退走，不敢再北追擊。

管亥收拾了一下部眾，只不過損失了五匹戰馬而已，騎兵倒是一個沒傷，而且斬殺了趙軍九千多的騎兵，**是連環馬軍出戰的第一次大勝利**。

他沒有高興，繼續帶著連環馬軍向前搜索，還要繼續尋找殘軍。

……

袁紹在土坡上搭起了一個大帳，算是有了遮風擋雨的場所，看到外面風雨飄搖，電閃雷鳴，他也不知道到底抓沒抓到高飛，但是**他對燕軍的實力實在是不敢小覷，這一戰他付出的代價太大了**。

沮授、沮鵠立在大帳裡，看著袁紹坐立不安，也不敢多說。

「國相，你說真的能夠抓住高飛嗎？」袁紹問道。

沮授道：「如果不出意外應該是的，關羽、張飛都是萬人敵，又有顏良、文醜率領重兵追擊，想跑是幾乎不可能的，不過……」

「不過什麼？」

「不過要是有人故意放走高飛的話，那就另當別論了……」

「報——」沮授的話還沒說完，斥候便進了大帳，道：「啟稟主公，文將軍說劉備、關羽、張飛放走了高飛，還準備去投靠曹操，被文將軍給包圍了。」

「大耳賊怎敢如此？」袁紹大怒道：「我一定要殺了大耳賊！」

「報——」又一個斥候跑了進來，「劉備已經被蔣義渠將軍一槍刺死，文將軍正帶領軍隊追擊關羽、張飛等人。」

「太好了，大耳賊死有餘辜！」袁紹高興地道。

「報……主公……燕軍大將張郃……張郃……」第三個斥候氣喘吁吁地道：「張郃已經攻入了左營，正迅速向主公這裡移動。」

「你說什麼？張郃……張郃是從哪裡冒出來的？」袁紹震驚不已。

第八章

驅狼吞虎

荀攸稱讚道：「主公是放眼天下的人，這個策略要是成功了，必然會成為河北之雄。」

郭嘉、歐陽茵櫻面面相覷，不解地道：「到底是什麼策略？」

「驅狼吞虎！」荀攸答道。

「驅狼吞虎？」郭嘉、歐陽茵櫻齊聲問道。

袁紹話音剛落，便聽見帳外一陣噪雜的聲音，慘叫聲夾雜其中。他驚慌之下，急忙走到大帳外，定睛看見大約五百騎兵在一員燕軍將領的帶領下在帳外往來衝突，那些守營的士兵在燕軍騎兵的鐵蹄之下簡直是不堪一擊。

沮授適時來到袁紹的身邊，朝寨中望了一眼，拱手道：「主公，領頭的大將便是張郃，此人武藝超群，諳曉兵法，確實是一員不可多得的大將，如果能夠就此活抓的話，再加上屬下三寸不爛之舌的勸說，張郃或許能夠歸順到主公帳下。」

袁紹聽後，立刻便問道：「比之高覽如何？」

「遠在高覽之上，若論用兵，不亞於主公帳下任何一員良將！」沮授稱讚道。

袁紹帳下五大虎將之一的高覽已經死了，冀州五虎少了一虎總是不太完美。他尋思了一下，又問道：「國相，張郃之才真的遠高出顏良、文醜、韓猛、鞠義等將？」

沮授重重地點了點頭，拱手道：「當初高飛到遼東赴任，經過冀州時，一眼就看出來張郃是員得力的大將，便竭力的拉攏張郃，使得冀州失去了一員良將。今日張郃只率領了五百騎兵殺來，想必是高飛差遣他從背後襲擊營寨，趁亂營救走屬下，此時對我軍有利，只要大軍圍住張郃，慢慢地就可以將張郃逼降，還請主公早早定奪。」

袁紹道：「既然國相如此推崇張郃，想必張郃必然有其大將之才。來人啊，傳令下去，生擒張郃，不許放冷箭！」

沮授看著張郃在浴血拼殺，心中想道：「數年不見，張雋乂竟然成為一員虎將了，如果果真抓到了張郃，或許說服他歸降就應該不成問題了。」

中軍的營地裡，張郃手持一桿鋼槍，率領著五百精銳的輕騎兵在趙軍的重圍之下往來衝突，所過之處無人敢擋，簡直像一頭猛虎跳進了羊圈。

張郃手起一槍便刺死了一員都尉，緊接著槍法抖動，若舞梨花，那三寸長的銀色槍尖在黑夜中極為耀眼，接二連三地刺死了前來阻擋他的趙軍士兵。

他老遠便望見了袁紹的中軍主帳，見沮授站在袁紹身邊，他便已經清楚了一切。他暗暗地想道：「既然來了，就要帶點什麼回去，主公面前，也好有個交代。」

「兄弟們，袁紹就在那邊不遠，跟我一起衝過去，斬殺袁紹者，主公必然重重有賞，跟我一起殺啊！」張郃將長槍向前一招，大聲地對身後的騎兵喊道。

五百騎兵跟隨著張郃長途跋涉的從癭陶城繞道而來，本來是要救沮授出去的，可是現在計畫有變，五百騎兵也就自然聽從張郃的命令了。

張郃一聲令下，五百騎兵便紛紛跟了過去，直接排成錐形，縱馬向在土坡上的袁紹營帳攻了過去。

袁紹早已經將精兵強將全部派到前線去了，此時留下來保護他的，都是一些普通的士兵。

他一見張郃改變方向，朝他這邊攻了過來，立刻驚恐地喊道：「攔住張郃，快攔住張郃……」

士兵都是弱兵，在張郃率軍突入左營肆無忌憚的時候，他們的威風早就煙消雲散。此時聽到袁紹的大喊，除了臨近的數百步兵要去阻擋外，其餘的都顯得麻木不仁，連動都不動，只眼睜睜地看著張郃帶著五百騎兵朝袁紹奔馳而去。

張郃一馬當先，見有步兵前來阻擋，便大聲喝道：「擋我者死，快快閃開！」他一邊暴喝著，一邊舉起手中鋼槍，凡是擋在他面前的人，不管是誰都盡皆殺之。

趙軍的步兵面對張郃的猛攻，根本擋不住，加上張郃身後還有五百騎兵，讓他顯得更加肆無忌憚了。張郃就如同一把利刃，一個人殺出一條血路後，背後五百騎兵就把那條血路擴大，整個擊垮了趙軍的步兵。

慘叫聲不絕於耳，看到張郃如同猛虎出籠一般朝自己殺來，袁紹第一個想到的就是逃跑。

他急忙讓人弄來自己平時穿戴的金盔、金甲，穿戴上以後，便慌忙出了大帳，翻身騎上一匹青栗色戰馬，在幾十個親隨的騎兵護衛下朝帳後跑了過去，一邊跑還一邊大聲喊道：「殺了張郃，殺了他！」

沮鵠來到沮授面前，見袁紹驚慌失措地逃跑了，對沮授道：「父親，我們也走吧，張郃一會兒就會殺到的。」

沮授重重地嘆了一口氣，緩緩地道：「可惜了一員良將啊！」

話音一落，沮授便在沮鵠的護衛下騎著馬朝另一個方向跑了過去，走的時候，眼裡露出對張郃的依依不捨。

張郃遙見袁紹、沮授都跑了，將馬頭一轉，朝著袁紹跑的方向追了過去。

一支守護在中軍主帳兩翼的強弩兵突然出現在張郃的面前，一個個端著弩機的士兵將目標全部鎖定在張郃身上，開始對張郃執行射殺。

張郃見狀，立刻來了一個蹬裡藏身，但見無數支弩箭從自己的頭頂上飛過，心中便是一陣竊喜。

可是跟隨張郃的五百騎兵便沒有那麼幸運了，他們有的躲閃不及，直接中箭身亡，紛紛從馬背上摔了下來，卻被後面趕來的自家騎兵給踐踏的血肉模糊。

也只是一通箭矢的距離，張郃便一馬當先地奔馳了過來，從馬肚子下面挺身上了馬背，手中鋼槍立刻刺了出去，借助馬匹的衝撞力，張郃成功地衝進了強弩兵的陣營，長槍所到之處，士兵盡皆被刺死。

張郃身後的騎兵也以千鈞之勢猛烈地向前衝去，直接將強弩兵撕開了一個大大的口子。

燕軍的騎兵在張郃的帶領下停都沒有停，而是直接穿梭過去，朝著袁紹逃跑的方向追擊了過去。袁紹和張郃沒有隔太遠，張郃能在黑夜中看見前面袁紹戴著的金盔，便大聲喊道：「袁紹休走！」

張郃快馬加鞭，見袁紹只帶了數十騎倉皇逃竄，便決心一定要抓到袁紹。

袁紹此時心驚膽戰，面對張郃的苦苦追擊，他身邊連一員可以阻擋的將領都沒有，他後悔自己沒有把鞠義一起帶來，害他現在連喘口氣的機會都沒有。

情急之下，立刻讓部下擋在他背後，然後他脫去金甲、金盔，讓一個士兵穿著騎在馬背上向別的地方跑去，並且讓所有的騎兵都跟著那個士兵跑，他則一個人朝其他地方奔跑。

很快，袁紹便偷偷離開了本隊。

「將軍，跑了一個！」士兵對張郃喊道。

張郃見是一個雜兵逃走了，便沒有在意，而是將目光鎖定在戴著金盔的那個人，見他還留在騎兵隊伍裡，便對部下道：「不要管其他人，只要跟著袁紹跑，抓住以後我們便是大功一件。」

「諾！」

繼續向前追了不到三里路，張郃便帶著部隊超越了趙軍的士兵，從趙軍士兵的前面截住了他們的歸路，大聲喝道：「袁紹哪裡逃？」

戴著金盔穿著金甲的騎兵突然取下了頭上的金盔，朝地上一扔，翻身下馬，大聲道：「將軍饒命啊……」

張郃定睛一看，登時傻眼，四下巡視了一番，見被他們包圍住的騎兵裡，壓根就沒有袁紹的影子，這才想起那個逃走的士兵來。他後悔地道：「唉！到嘴的鴨子竟讓牠給跑了，真是遺憾！」

幾十個趙軍的騎兵跪在地上求饒，嚷著要投降。張郃准其降，帶著袁紹的金盔金甲和降兵，一起朝瘿陶城而去。

數百名騎兵在官道上奔馳，經過南欒縣城的時候，張郃看到地上一片死屍，其中以燕軍較多，心中十分的難受。

張郃重重地嘆了一口氣，環視了一下地上的屍體，發現胡彧倒在地上，急忙走了過去，伸手一探胡彧的鼻息，感覺不到有一絲微弱的呼吸，看上去已經是死去多時了。

「將胡將軍的屍體抬走！」張郃站起了身子，當即吩咐道。

忙完這件事後，張郃再次翻身上馬，帶著騎兵向前走。

走不到二里，便遇到從前方退下來的趙軍，他帶著騎兵就是一陣衝殺。原本就對燕軍有恐懼感的趙軍士兵，此時一遇到燕軍的士兵，都「轟」的一聲作鳥獸散，爭先恐後地朝田野中跑了過去。

張郃也不戀戰，直接帶著騎兵向北退，接二連三地遇到趙軍退下來的士兵，他都是領著騎兵一陣衝殺，那些驚慌失措的趙軍皆是慌不擇路，基本上沒有遇到什麼危險。

越往前走，遇到的殘兵越多，此時風雨停了，東方也漸漸地出現了魚肚白。

張郃又向前走了不到兩里路，赫然看見前方有己方的重裝步兵正迤邐而退，帶領步兵的兩員大將是陳到和褚燕，歡喜之下，朝陳到、褚燕喊道：「陳將軍、褚將軍！」

與此同時，從正北方向奔來一支重裝騎兵，管亥帶領著五千連環馬軍浩浩蕩蕩地奔馳過來，見張郃、陳到、褚燕都在，心裡無限的歡喜，朗聲道：

「太好了，終於找到他們了。」

天亮了，太陽也從雲層裡爬出來，將它萬丈的光芒照射到大地上，使得整個大地變得一片光明。

昨夜的電閃雷鳴和狂風暴雨已經不在了，換來的是一個陽光明媚的清晨，霧氣在陽光的穿透下漸漸淡化開來，整個大地呈現一片祥和的氣氛。

瘻陶城東南五十里外官道的路邊上，關羽、張飛垂頭喪氣地跪在地上，身後站著的是糜芳、田豫等三百多騎兵，臉上都是一陣的陰鬱。

一棵大樹下，劉備的屍體平躺在地上，身上插著六支箭矢，而且腹部上還一片血紅，面色十分的蒼白。

「大哥，我們桃園結義，共立盟約，就是想在這亂世中創出一番天地來，為什麼大哥會先我和三弟而去？」關羽滿臉的哀傷，眼眶中飽含著淚水，聲嘶力竭地道。

張飛也是一臉的哀傷，他的內心裡很自責，如果他不放走高飛的話，或許就不會牽連關羽和劉備了。

他雙手按在劉備的肩膀上，不斷地地搖曳著劉備的雙肩，哭道：「大哥……是俺害了你啊……俺對不起你啊……」

突然，**劉備的屍體張開了雙眼，發出一陣輕咳**，聲音極為細弱地道：「咳咳咳……三弟，你要是再這樣晃下去，大哥可就真的要沒命了……」

「大……大哥？」

張飛嚇得不輕，急忙停住，定睛一看，劉備正一臉蒼白地看著他，眼睛卻是一樣的炯炯有神。

關羽見**劉備死而復活**，臉上大喜，急忙一把抱住劉備，緊緊地摟在懷裡，歡喜地道：「大哥，原來你沒死，太好了，哈哈哈……」

張飛也是喜極而泣，一把將劉備、關羽都抱住，道：「大哥沒死，大哥沒死……」

在場的糜芳和其他三百多騎兵都異常的興奮，可是興奮之餘，也感到很是震驚，他們親眼看見劉備身中六箭，後來又被蔣義渠一槍捅死的，而且臨死前悲壯的場面也足以讓任何人相信他是死了。

片刻之後，劉備推開關羽和張飛，像個沒事人一樣，從地上爬了起來，當著眾人的面，將身上所中的六根箭矢一根一根的拔除下來。

眾人看到劉備拔掉的箭矢都感到很意外，每支箭矢都是斷成兩截，綁縛在劉備的戰甲上面，而六支箭矢所中箭的位置幾乎都在心臟那一片，中間被鐵絲所牽動，被劉備牢牢地夾在腋下。

當劉備去除所有的箭矢後，整個人便覺得輕鬆多了，就連他被蔣義渠刺中的那一槍，也是他刻意演繹的。

當時蔣義渠一槍向他刺來，雖然刺穿了他的戰甲，卻未傷著皮肉，而是將早就綁在戰甲上的血囊給刺破，所以乍看之下流了許多血，卻都是他騙人的把戲，很容易地便矇騙過蔣義渠的眼睛，使蔣義渠沒有繼續將長槍刺進去，這才給他的裝死帶來了絕好的良機。

田豫走到劉備的身後，對著所有人道：「其實主公早知道袁紹遲早要殺他，這身行頭早就準備好了，為的就是能夠在合適的時機裝死，給人以假亂真的感覺。」

關羽、張飛是劉備的結拜兄弟，可是如此機密的事，他們居然一點不知道，看到這個站在他們面前的人，突然覺得**劉備城府很深**。二人回想起田豫制止他們自刎的事，此時真相大白之後，才知道**田豫是唯一知道劉備詐死的人**。

糜芳是劉備的小舅子，他的哥哥糜竺將妹妹嫁給了劉備，怎麼說也都是親戚了，看到自己的妹夫用詐死之計，他卻毫不知情，心中有著一絲不被劉備所信任的感慨，看了一眼經常待在劉備身邊的田豫，心裡不禁起了嫉妒之心。

劉備脫去戰甲，看到眾人從悲傷中緩解過來，便道：「今天我大難不死，必定會有後福。你們都是在危急關頭和我患難與共的人，從今天起，我劉備對天發誓，一定不會辜負你們對我的期望，會擁有一片屬於我劉備的天地。現在燕、趙交兵，河北局勢不穩，而我又無立錐之地，不如暫時離開這裡，向南方發展。兗州曹操正在招賢納士，**我準備帶你們去投靠曹操**，願意跟我走的就跟著我，不願意跟著我走的，可以選擇另投他處，我劉備絕不強人所難！」

關羽、張飛、糜芳、田豫等人都異口同聲地道：「我等誓死追隨主公左右！」

劉備聽後心裡感動不已，正所謂患難見真情，他仰望蒼天，但見天空中白雲朵朵，蔚藍而又深邃，心裡再次燃起了鬥志，朝眾人鞠躬道：

「我劉備不才，沒什麼大韜略，能夠有你們這幫忠心耿耿的人追隨，我劉備何愁不能一展宏圖?!等待時機一到，我必然會一鳴驚人，成為匡扶這大漢天下的唯一一人。」

話說完，劉備向西北看了看離他們不遠的癭陶城，又向西南看了看鄴城方向，燕趙之地已經不是他的久留之地了，他翻身上馬，從田豫的手中接過自己的雙股劍，將手一招，大聲喝道：

「上馬，離開河北，去兗州！」

關羽、張飛等人雖然不清楚為什麼劉備一定要去投靠把他們從徐州趕跑的曹操，但是他們堅信，這個帶著他們到處流浪的大耳朵，遲早有一天會實現心中的願望，成為唯一一個能夠匡扶漢室的最佳人選，並且會帶領他們傲立在天地之間。

三百多騎兵跟著劉備，沿著鉅鹿澤的邊緣向南前行，而且儘量走人煙稀少的地帶，生怕遇到燕趙兩軍的任何一方。

天色大亮，金燦燦的陽光普照著大地，鉅鹿澤方圓百里內毫無生氣，到處都是戰死的士兵和馬匹，屍體橫七豎八地躺在鉅鹿澤東部的南欒縣城一帶，迤邐數十里，任誰也不會想到昨天的一場大戰有多麼的激烈。

張飛跟著劉備走了不到十里，臉上就越發顯得陰鬱起來，他扭頭看了一眼廮陶城方向，心中默默想道：「高飛，俺欠你的已經還清了，下次再見面的時候，希望我們不會再是敵人了……」

「大哥……」張飛叫道：「大哥，俺對不起你，差點害死了你……高飛……高飛以後我會親手替大哥殺掉的。」

劉備心裡很清楚，自己的兩位結拜兄弟都是情深義重的人，他們和高飛之間存在著一絲的羈絆，**他必須無情地斬斷這種羈絆**，而這次他的假死可以證明關羽、張飛的心還是向著他的，扭頭看了眼張飛，露出從未有過的燦爛笑容。

關羽的嘴角也露出淡淡的笑容，心裡默默地想道：「三弟，高飛實在太可怕了，差一點就拆散了我們兄弟三人……」

癭陶城。

昨天的一場激戰使得士兵疲憊不堪，高飛雖然回到了癭陶城，可是心情卻從未好過，獨自坐在大廳裡，手裡抱著一罈美酒，喝了兩口之後，便氣得將酒摔得粉碎。

賈詡從外面趕來，看到地上被摔得粉碎的美酒，沒有說任何話，轉身便走。

「既然來了，又何以要走？」高飛見賈詡轉身離開，喊住他。

賈詡再次轉身，徑直走到高飛的身前，拱手道：「屬下怕打擾了主公。」

高飛冷笑一聲：「軍師，我有一句話想問問你，不知道你能否回答我心中的疑問？」

賈詡目光轉動，眼神閃爍，不敢直視高飛，俯身道：「主公有何疑問儘管問便是，屬下一定會儘量解答主公心中疑問。」

高飛抬起手示意賈詡坐下，緩緩地道：「軍師，**沮授父子的計策到底有沒有瞞騙過你？**」

賈詡心中感到一陣震驚，可是臉上卻依然沒有一點起伏，拱手問道：「主公何出此言？」

高飛走到賈詡的面前，兩隻銳利的眼睛緊盯著賈詡那張略帶陰險的老臉上，看著賈詡的額頭上滲出一絲汗水，而且目光也開始有點閃躲，便伸出手，一把抓住賈詡的脖子，嘴角露出詭異的笑容。

賈詡已經是心驚膽寒了，黃豆般大小的汗珠從額頭上滾落下來，這一刻，大廳裡靜謐異常，高飛和賈詡誰都沒有說話，就一直保持著那種姿勢，兩雙眼睛互相對視著。

片刻之後，高飛一把鬆開抓住賈詡的手，走回座椅上，質問道：「軍師，我高飛對你不薄吧？」

賈詡意識到事情的嚴重性，撲通一聲跪在地上，俯首叩頭道：「主公對屬下一直都很好，好過任何一個人……」

「你既然知道，為何還要做出如此事情？」高飛暴喝道。

賈詡全身顫抖不已，他還是第一次從高飛身上感到從未有過的恐懼感。

「郭嘉、歐陽茵櫻年紀尚輕，也缺少歷練，未能看出端倪。荀攸的謀略多在軍事上，也可能被沮授的計中計所瞞騙過去。這三人和你比起來，都不夠陰毒狠辣，**你閱歷豐富，智略過人，當在沮授之上，我不信你看不出一點問題。賈詡！今天你一定要給我一個交代，你到底為何要這樣做？」**

高飛回到癭陶城後，仔細回想這兩天來的一些事情，才發現賈詡的行為有些怪異。

賈詡沒想到高飛會看出他的內心，從涼州開始，就至死不渝的跟著高飛，出謀劃策都是他一人做主，他也習慣了高飛事事都與他商量，讓他體現出自我的存在感。可是，當後來智謀之士逐漸增多時，他的價值也就逐漸減弱，於是他做出了一個異常的決定，硬是忍著沒有戳破沮授的計策。

賈詡不住地叩頭，額頭上早已被磕破了，口中不住說道：「請主公責罰，請主公責罰！」

高飛再次站了起來，走到賈詡的面前，蹲下身子，一把提起賈詡的後背，盯著賈詡的臉，冷冷地問道：「軍師，自打你跟隨我以後，我就以你為師，以你為友，這種亦師亦友的關係可謂是非同尋常。你不好色，也不貪財，我實在想不出你這樣做的原因。軍師，**我只想你親口告訴我，到底是為什麼，讓你做出這個狠毒的決定？**」

賈詡吞了口口水，他的眼睛裡看到的不再是當初的那個高飛，如今的高飛身上散發著一個雄主所具備的所有的條件，堅毅、狠毒、陰險、狡詐，似乎都能在高飛的身上看到，可是讓人感到不同的是，高飛往往又以正面的形象出現在百姓的面前，使得人心彙聚，民心所向。

他緩緩地道：「主公，屬下確實看出沮授的計謀……」

高飛鬆開賈詡，站了起來，哼了聲道：「我果然沒有猜錯。如果我沒有記錯的話，在信都城，我決定出兵前，你問過我一句話，鉅鹿澤是不是非去不可，**那時候，你是不是就已經看穿了沮授的計謀了？**」

賈詡點點頭。

「為什麼？你明明看穿沮授的計謀，為何不告訴我？你可知這一戰我軍損失了兩萬多的將士嗎？你可知道我訓練出來的那些精銳士卒就在你的一念之間陣亡了嗎？」高飛憤怒地喊道。

賈詡伏在地上，道：「事到如今，我就坦白地告訴主公好了，我之所以做出這個決定，只有兩個原因，**一個是為了我自己，另一個則是為了主公**。我從跟隨主公時，便將主公作為我唯一侍奉的人，主公對我來說，是一個非常了不起的人，可是人都是自私的，我也不例外，**我不在乎主公有多少謀士，我只在乎，主公是否將我放在首位……**」

「我讓你做了軍師將軍，作為我的副貳，所有軍政大權都由你一手操辦，難道這點還不夠讓你滿足嗎？」高飛打斷賈詡的話。

賈詡冷笑了一聲：「主公，看來你沒弄明白我賈詡想要的是什麼，**我要的不是權力，我在乎的是我在主公的心中是否是最重要的**。主公這兩年來招攬了不少人才，我也為主公感到高興，並且隨時舉薦有能力的人給主公，可是主公卻忘了當初和我立下的約定，凡事先來問我的次數也越來越少……」

高飛終於明白賈詡的意思了，他的確和賈詡有過這樣的約定，無論以後的謀士有多少，他遇到事情都會第一個問賈詡。

他繼續問道：「你剛才說是為了我，又是什麼意思？」

賈詡道：「得不到的永遠是最好的，大概主公的心裡也是這樣想的，沮授雖然是個大才，可是他始終是袁紹的人，如果他真的想依附主公，早在三年前就跟主公走了，又何必等到現在？荀攸為黃門侍郎，荀諶為議郎，鍾繇為中散大夫，這幾人都是在朝廷中有官職的人，可是他們為了跟隨主公，寧願放棄原有的官職！

「尤其是荀攸，當初主公還是一窮二白時，他就對主公不離不棄了，可是主公卻為了一個得不到的人而冷落自家眾位將士的心。如果以兩萬多將士的代價換取主公以後對自家人的信任，屬下認為這是值得的。屬下也早已做過估算，以我軍的戰力，就算中了沮授的圈套，也絕對不會全軍覆沒，更不會大敗，兩萬多人早在我的預料之中。」

聽完賈詡的話，高飛這才知道**賈詡是用心良苦**，他平息了內心裡的怒火，親手將賈詡拉了起來，深深地鞠躬道：「軍師在上，請受我高飛一拜！」

賈詡急忙道：「這可使不得，主公現在是萬金之軀，只要主公能夠理解屬下的用心就行了。其實，屬下這招確實是毒辣了點，葬送掉自家兩萬多兵馬，就連屬下也覺得有些後悔，可是如果不讓主公親身經歷過一回，主公是無法體會到的。天下之大，人才更是多不勝數，如果現在不能讓主公吃一次虧，以後或許主公會在人才上吃更大的虧。」

高飛還沒來得及發話，便見高林走了進來，抱拳道：「啟稟主公，管亥、張郃、陳到、褚燕都回來了，並且從戰場上帶回所有陣亡將士的屍體，其中安東將軍胡彧……」

「胡彧怎麼了？」高飛急忙問道。

高林哀嘆道：「胡彧已經陣亡了……」

聽到胡彧陣亡的消息，高飛心裡一陣悲傷，斜眼看了賈詡一眼，目光中有種說不出的神情。

賈詡被高飛的目光盯著有點難受，忙對高林道：「將所有陣亡將士的名單報上來，凡是陣亡的人員，都給予三倍的軍餉，以安撫陣亡將士的家屬。」

高林抱拳道：「諾！」

賈詡拱手對高飛道：「主公，屬下有罪，軍師之職已經無法再勝任，請主公免去屬下所有職務，以示懲戒，屬下也願意拿出所有家產獻給陣亡將士的家屬。」

高飛嘆了口氣，道：「罷了！此事只有你我知道，就將這件事永遠的埋葬掉吧，這個黑鍋由我來背。你去給我擬一份罪己狀，另外在瓔陶城東立下一塊烈士紀念碑，刻上所有陣亡將士的名字，然後全軍戴孝，降半旗，為死者默哀，並且準備一個追悼會，祭奠在這場戰鬥中枉死的冤魂！」

賈詡皺起了眉頭，什麼紀念碑、追悼會、降半旗、默哀之類的話，他似懂非懂，可是又不敢問，拱手道：「請主公節哀順變，屬下告退！」

高飛道：「將荀攸、郭嘉、歐陽茵櫻叫來！」

「諾！」

賈詡退出大廳後，高飛又叫人來把地上摔碎的酒罈給清掃了，沒多久，荀攸、郭嘉、歐陽茵櫻便進了大廳。

三人落座後，高飛便開門見山地道：「胡彧為了掩護我軍主力撤退，壯烈犧牲了，作為鎮守東夷的最佳人選，他死了，東夷之地就無人鎮守了。東夷情況複雜，必須要有一位熟悉東夷風俗民情的人前去鎮守，你們心中可有什麼合適的人選嗎？」

郭嘉拱手道：「胡彧帳下的王文君、白宇、施傑、李玉林四將都是久待東夷的人，主公應該從這四人中挑選。」

荀攸道：「主公，眼下正是用人之際，王文君、白宇、施傑、李玉林各有所長，東夷暫時由伊夷模管理，應該不會有什麼大問題。現在當務之急是如何奪取冀州，至於選擇鎮守東夷的人，屬下以為可讓鍾離牧擔任。

「鍾離牧是胡彧的侄子，久隨胡彧在樂浪郡，而且我還聽說胡彧曾經撰寫一卷東夷的風土民情的書，上面記載了整個東夷的風俗習慣。不如就由鍾離牧和伊夷模共同去掌管東夷，主公設立東夷校尉，鍾離牧掌兵，伊夷模掌政，有這兩個人在，東夷方面應該可以無虞。」

高飛聞言，點點頭道：「好，就這樣定了。奉孝，你擬定任命狀，就讓鍾離牧出任東夷校尉，讓伊夷模擔任治中，讓他們兩個人替我鎮守東夷。」

「諾！」

歐陽茵櫻拱手道：「主公，這次戰鬥，我軍陣亡不少將士，如何攻取冀州，還請主公早日定奪。」

「這正是我叫你們來這裡的第二個目的，我軍這次雖然損失慘重，可是袁紹的趙軍也是折損大半，照此情況來看，我軍必然會和袁紹的趙軍形成對峙，南皮有兩萬降兵，臧霸帶領一萬三千人去攻取青州的平原郡，癭陶城內也有三萬降兵，而我軍主力還剩下五萬人，單從兵力上來看，我軍已經多出了袁紹的趙軍。

「以我推算，這次袁紹偷雞不成蝕把米，致使大軍損傷過半，必然會退回鄴城，固守城池。鄴城已經被袁紹發展成為冀州的第一大城，是一座堅城，如果要攻取這座城池，必然會花上很長的一段時間……」

高飛說到這裡停頓下來，若有所思。

郭嘉道：「主公，若是拖延下去，對我軍十分的不利。並州這兩年在呂布的帶領下，成長顯著，常常出兵到塞外，縱橫草原、大漠，鮮卑人送其『飛將軍』的稱號，敬而遠之。我軍這兩年來在代郡一帶和晉軍多少有點摩擦，雖然當時都被趙雲將軍一一化解了，可一旦呂布得知我軍後方空虛，很有可能會率部攻擊我軍。」

荀攸補充道：「代郡雖然有蓋勳擔任太守，以及丘力居、難樓、烏力登的三萬烏桓突騎防守，可是面對呂布或許會略顯不足。我軍現在不能兩線作戰，唯一的辦法就是想法設法讓呂布將攻擊的目標轉到其他方向。」

高飛道：「你們的顧忌也正是我的顧忌，我軍的閃電戰只對公孫瓚起了作用，袁紹兵多將廣，突入冀州之後必然會陷入攻城戰，也會遷延時日。那麼，以你們的意見，該如何應對呂布的潛在威脅呢？」

「呂布是好色貪財之徒，只要主公能夠誘之以利，讓呂布率軍和我軍一起攻打袁紹，呂布好戰，必然會欣然接受。」歐陽茵櫻這兩天從許多地方瞭解到呂布這個人，當即答道。

高飛想了想，對荀攸道：「即刻修書一封，派人送到晉陽，請呂布帶兵來冀州，與我軍一起攻擊袁紹，事成之後，以常山郡、趙郡、魏郡作為答謝之禮，奉送給他。」

荀攸、郭嘉、歐陽茵櫻都愣在那裡，良久才反應過來，齊聲道：「主公三思，我軍攻打袁紹為的就是奪取冀州，如今主公將三郡送給呂布，等於是引狼入室，將冀州一分為二了。」

高飛嘿嘿地笑了笑，道：「**要想取之，必先予之**，我現在開始放長線，釣大魚，**我以三郡之地換取呂布的整個並州，這孰輕孰重，難道你們還看不出來嗎？」**

荀攸聽高飛這麼一說，腦筋迅速地轉了好幾圈，思來想去一番，捋了捋下頷上的青鬚，會心地笑了。

高飛道：「參軍既然已經會意，就趕緊修書吧，最遲兩年，我要將整個黃河以北牢牢地控制在自己的手裡。」

郭嘉、歐陽茵櫻還不太懂，當即問道：「主公，可否示下？」

高飛笑而不答，轉身離開了大廳。

荀攸豎起了大拇指，稱讚道：「主公是放眼天下的人，這個策略要是成功了，必然會成為河北之雄。」

郭嘉、歐陽茵櫻面面相覷，不解地道：「到底是什麼策略？」

「**驅狼吞虎**！」荀攸答道。

「驅狼吞虎？」郭嘉、歐陽茵櫻齊聲問道。

荀攸解釋道：「主公的意思我已經大致明瞭，**讓呂布來攻擊冀州，為的是不讓他對幽州下手**，並且誘之以利，呂布必然會欣然接受。然而，晉軍都是好勇鬥狠的惡狼，這兩年並州在呂布的掌管下，雖然軍事實力增強了不少，但是在內政上卻弄得民不聊生，不然的話，也不會多次出塞去搶奪鮮卑人的牛羊。一旦呂布帶著晉軍進到了冀州，就算給了他三郡之地，他也不會好好利用，反而會激起冀州之民的反感。到時候，只要主公再唆使呂布去占領司隸，一旦呂布遠離河北，並州兵力空虛，我軍只需封鎖黃河沿岸的各個渡口，不讓呂布北歸，以主公在河北的聲望和在百姓心中的民望，只需派遣一支偏軍進入並州，並州自然就會歸附到主公的手裡。」

郭嘉、歐陽茵櫻聽完，都是一陣興奮，讚道：「主公英明神武，實在是天下少有的雄主。」

荀攸笑了笑，心裡暗暗想道：「我猜的應該不會有錯。看來，主公問鼎中原的日子也不遠了。」

高飛回到住處後，接到斥候的彙報，說劉備以詐死之計騙過了燕、趙兩軍，正帶著關羽、張飛等人前往兗州。聽了以後，不得不感嘆劉備的韜晦，生命力居然是如此的頑強。

之後的兩天時間內，癭陶城裡全軍戴孝，軍旗也降至一半，當紀念碑日夜趕工完成並且豎立起來後，胡彧連同那兩萬三千六百一十七個燕軍將士的英魂得到了告慰，全體燕軍一致默哀三分鐘，開創追悼死者的先例，也使得陣亡成為一種榮耀。

鍾離牧攜帶任命狀和胡彧所撰寫的書，離開了冀州，趕赴東夷上任，攜帶書信前往晉陽的斥候，也在馬不停蹄的奔跑中，臧霸傳來好消息，他已經攻取平原郡，並且封鎖了高唐渡口，使得在黃河南岸的袁譚無法渡河。

高飛暫時進入軍隊的休養階段，等待兗州的曹操和並州的呂布的回音，而袁紹也從鉅鹿澤退兵，龜縮到鄴城裡，**燕、趙兩軍在冀州形成了對峙**。

兗州。

昌邑城的北門外，行人絡繹不絕，寬闊的大道上，站著兩個灰頭土臉的人。其中一個三十多歲，身形瘦弱，穿著一件長袍，正大口大口的喘著粗氣，仰望昌邑的城牆上掛著「曹」和「魏」字的大旗迎風飄展，他的臉上浮現出一絲喜悅，長嘆一聲，緩緩地道：「終於到了……」

這人不是別人，正是燕侯高飛帳下謀士許攸。

許攸的身邊還站著一個身形魁梧的漢子，那漢子也是一臉的疲憊，可卻不像許攸那樣喘著粗氣，胸口起伏有致，額頭上只掛著絲絲汗珠，背上背著兩個包袱，遙望前方偌大的昌邑城，什麼表情都沒有。

許攸直起腰桿，對身邊的人道：「文長，我們歷盡千辛萬苦，總算抵達昌邑了，進城之後，我一定要好好的睡上一覺，吃上一頓……」

站在許攸身邊的人是魏延，他不等許攸把話說完，直接打斷許攸的話：「我們哪裡來的錢？盤纏都沒了，進城之後拿什麼吃喝？」

「哼，這還不都怪你，誰讓你去賭錢來著，害我們從濮陽一路風餐露宿，最後不得不把馬匹也賣掉，這事你得負全責！」許攸沒好氣地道。

魏延眼睛一瞪，道：「怪我？怎麼怪到我的頭上了，是你先賭的，錢是你輸掉的，我只賭了一把而已。」

「我們別爭了，既然到了昌邑城，就應該趕緊辦正事，正事辦完，我們趕緊回去就是了。」魏延不想再爭執，反正這一路上和許攸在一起沒少吃苦頭。

許攸「嗯」了聲，拍打了一下身上的灰塵，徑直朝城門口走去，也不管魏延。

魏延明面上是跟班，實際上是想知道許攸有沒有異常的舉動，因為許攸和曹操是發小，高飛擔心許攸會轉投曹操，並且說出燕軍的機密。

許攸來到城門口，走到一個守門的士兵面前，朗聲道：「請你速速去轉告曹孟德，就說南陽許攸來了，讓他出來接我……」

「你說什麼？」士兵抓住許攸的衣襟，暴喝道：「我家主公的名字也是你隨便叫的嗎？」

士兵舉拳便要打，魏延看見，急忙一個箭步跳了過去，握住那個士兵的拳頭，用力一捏，那士兵痛苦不堪，哇哇亂叫，魏延一腳踹向那士兵的腹部，將那士兵給踢飛。

「有奸細……有奸細……」周圍的士兵大叫起來。

附近的行人立刻閃到一邊，城門洞裡湧出一小隊士兵，在一個屯長的帶領下迅速將許攸和魏延給包圍了。

魏延橫眉怒對，環視一圈，絲毫不為這些魏軍的士兵所動容，只把許攸擋在身後。

「怎麼回事？」

城門口的騷動引起城樓上守將的注意，從城牆上探下頭張望，大聲喊道。

被魏延打倒的那個士兵從地上爬了起來，叫道：「啟稟將軍，這兩個人藐視主公，那個漢子還動手打我，他們一定是敵軍派來的奸細。」

守將見魏延身材魁梧，相貌不俗，道：「都別動，我就下來。」

不一會兒，守將便從門洞裡走了出來，他面部稜角分明，兩道重眉之下，是一雙炯炯有神的眼睛，臉上有著短鬚，年紀大約二十七八歲，身形不算魁梧，看上去卻很結實。

他左手握著懸在腰間的劍柄，打量了一下魏延和許攸，朝那個被打的士兵招手問道：「他們是怎樣藐視主公的？」

那士兵指著許攸便道：「那人直呼主公姓名，還大言不慚地讓主公出來迎接他……」

守將抱拳道：「在下樂進，請問兩位姓名？」

許攸一聽說對方叫樂進，便從魏延的背後走了出來，清了清嗓子道：「久聞孟德帳下樂進將軍的大名，在下南陽許攸，這位是……我的僕人，剛才多有冒犯。我想見曹孟德，還請樂將軍去通報一下，就說我南陽許攸來了，讓孟德親自出來迎接我。」

樂進暗道：「燕國的謀士怎麼跑到這裡來了，難道河北有什麼變故？」

想到這裡，樂進便道：「許先生，實在對不起，我家主公公務纏身，甚是繁忙，一刻也離不開侯府。這樣吧，就由我來帶領先生去侯府見我家主公如何？」

許攸想自己和曹操是從小玩到大的，以前還一起偷看過女人洗澡，一起逛過妓院，這等總角之交，關係非比尋常，他來了，曹操就該以禮相待，心裡透著不爽。

他沒有回答，趾高氣揚地站在那裡。

魏延小聲道：「先生，我知道你和曹操交情匪淺，可是現在已經不同往日了，他是魏侯，自然有侯爺的威嚴……」

許攸道：「你懂什麼，他不是那種人，說不定這時候在哪裡嬉戲呢。進城之後，不許隨便插嘴，一切聽我的。」

話音一落，許攸對面前的樂進道：「既然孟德不來，我也不進了，你去告訴他，若想要泰山郡重回兗州的懷抱，就請來見我。」

樂進不知道許攸和曹操是什麼關係，但是見許攸如此不懂時宜，就有點討厭，什麼都沒說，扭頭便走，不再理會許攸。

這時，傳來一陣馬蹄聲，曹操穿著一身勁裝當先馳出城門，扭頭望了一眼被士兵圍住的許攸和魏延，沒有太在意，快馬加鞭帶著身後的典韋、許褚和百餘親隨騎兵向前奔馳。

「阿瞞……曹阿瞞……」許攸見狀，放聲大叫。

聽到有人叫自己的乳名，曹操勒住馬匹，看了眼許攸，一個熟悉的身影從腦海中跳了出來，驚喜之下，指著許攸便道：「攸？」

許攸見曹操認出自己了，畢恭畢敬地道：「正是我許攸！操，你夫人好嗎？」

魏延聽後一陣迷惑，不知道為什麼許攸張口先問候曹操的老婆。

曹操調轉馬頭，見許攸和魏延被包圍，便對站在那裡的樂進道：「文謙，把兵撤下去，許攸是我故交，不可如此對待。」

樂進「諾」了聲，撤去士兵。

曹操翻身下馬，一臉笑意地走向前，一把將許攸抱住，哈哈大笑道：「真沒想到會在這裡見到你。夫人一切很好，你無需多慮。」

許攸心裡稍稍釋懷了，因為許攸和曹操年輕時共同喜歡上一個女子，就是曹操現在的原配夫人，也是他倆當年偷看洗澡的女子。後來那女子嫁給了家世不錯的曹操，許攸才逐漸和曹操疏遠，流落到洛陽官場，混跡多年，成為同為發小的袁紹的食客。

此時許攸見到昔年的情敵曹操，最關心的不是曹操，而是他的初戀情人，所以才會開口便問候曹操夫人。

曹操也不見怪，反正他現在的夫人何止一個，再說當年年少輕狂，加上男兒好強，生怕自己喜歡的女人被許攸搶去了，才將那女人娶回家，早已感情轉淡，所以對許攸的問話也不在意。

許攸道：「孟德，我這次來是有要事……」

「再大的事也要等喝過酒以後再說，走，咱們多年不見，也該好好的敘敘舊了。」曹操不等許攸說完，便將許攸拉進了城。

魏延見許攸和曹操關係確實非同尋常，便跟著許攸身後一起進去。

昌邑城的魏侯府中，曹操擺下酒宴，特別宴請許攸這個多年未見的好友。

酒過三巡，曹操一改往日習氣，看著許攸，問道：「子遠不是在燕侯那裡嗎，為什麼會不遠千里跑到兗州來了？」

許攸早就猜到曹操會這樣問，他嘿嘿笑了兩聲，放下了手中的酒杯，朗聲道：「孟德難道尚不知道嗎？如今河北大亂，燕、趙兩軍正在鉅鹿一帶交兵……」

曹操見許攸話說到一半便停了下來，笑道：「若非子遠兄來，我也無法得知這個消息，難不成子遠兄是到我這裡避難來了？」

許攸道：「非也。我這次前來，可是為了孟德的利益，我家主公和你是至交，差我前來送上賀禮，以表達友好。」

「賀禮？什麼賀禮？」曹操好奇地道。

「我家主公聽聞孟德你喜得一女，**一方面差我前來道賀，另一方面也是想和你結盟，共同對付袁紹**。如今放眼天下，能手握二十多萬兵馬的人，也只有袁紹而已，袁紹虎踞冀州，不僅占領了青州，還準備襲取幽州。我家主公先發制人，先翦滅了作為袁紹羽翼的公孫瓚，**可是袁紹兵多將廣，實在是一個棘手的人物。所以，特地派我來向孟德求助，想請孟德一起發兵攻打袁紹，而青州在大河之南的土地盡數歸魏國所有，這便是我家主公給你的一份大大的賀禮。**」許攸侃侃而談。

曹操聽後不動聲色，只是靜坐在那裡，摸了一下鬍鬚，擺出一番若有所思的樣子。

許攸該吃的吃，該喝的喝，沒有一點見外的表現，而魏延坐在許攸的身旁，可沒有許攸那麼淡定。他見到曹操後，就一直很小心，也一直在觀察，想看看這個其貌不揚、五短身材的曹操到底有什麼魅力，竟然可以坐擁兗州、徐州兩地。

大廳內只有幾個人，典韋、許褚站在曹操背後侍立著，許攸、魏延作為座上賓被宴請著，而曹操作為東道主則一直沒有發話，大廳內一片寂靜。

過了沒多久，只見從帳外進來一個身形消瘦的中年漢子，那漢子面色蠟黃，每向前走一步，手就會不自覺地發抖，而且眼窩深陷，眼珠灰暗，看上去像一個垂死之人。

身上罩著的長袍在他走起路時顯得輕飄飄的，他沒有經過任何人的通報，直接進了大廳，見到曹操時，只微微頓了一下首，便用十分微弱的聲音道：

「主公，剛剛接到河北急報，燕、趙兩軍在鉅鹿澤一帶展開大戰，雙方均傷亡慘重，現在兩軍已經暫時進入對峙階段，燕侯在癭陶城，趙侯退回了鄴城，青州的袁譚本想帶兵北上，奈何被燕軍臧霸所部封鎖了高唐港，袁譚無法渡河，暫時留在了青州。」

曹操聽完，看了一眼許攸，見許攸正在肆無忌憚地吃著酒肉，便相信了許攸的話，同時也感覺到自己的契機來了。

他又看了許攸身邊的魏延一眼，見魏延相貌不俗，雖然穿著極為普通的衣服，卻能彰顯身上的氣息，心中讚道：「**此人威武不凡，定然是高飛手下的一員大將，看來高飛是想讓他來刺探我的實情……**」

「嗯，知道了，軍師請坐下吧，正好我也有事情要詢問你！」曹操示意那個人坐下。

那人「諾」了一聲，便坐在右邊的一個席位上閉目養神。

許攸對這個人很好奇，停下吃喝，看著坐在他面前的人被曹操稱為「軍師」，他很想知道這個人是誰。好奇之下，朝曹操拱手道：「孟德，這位先生是……」

「此乃我的軍師，**潁川戲志才**。」

戲志才很早便跟隨曹操了，比荀彧、程昱、劉曄等人都要早，可是他卻並不引人注目，十分低調，主要是這個人的身體太差了，是個藥罐子，整天喝藥。曹操曾經遍訪名醫，卻始終根治不了戲志才身上的頑疾，以至於戲志才成了今天這副模樣。

許攸聽了，「哦」了一聲，心中暗道：「看戲志才似是病入膏肓，估計沒幾年活頭了，曹阿瞞這裡雖然人才濟濟，可是長於軍事謀略的人卻少之又少，從進入魏國之後，一路上走來，所看到的景象都是一派穩定的景象，如今阿瞞已經占領了兗州和徐州，如果再攻取青州，那他就會成為中原的霸主，前途不可限量。高飛雖然是個雄主，可惜用到我謀略的機會太少了，我許攸堂堂一個智謀超群的軍師，不能就這樣白白浪費掉了，應該找一個能夠發揮我長處的地方。阿瞞是我故交，彼此相知，我如果投靠他，不僅可以一舉成為阿瞞的謀主，還可以天天見到她……」

許攸心中盤算了一番，臉上浮現出一個詭異的笑容，可是笑容轉瞬即逝，任何人都沒有發覺。

他瞄了眼身邊的魏延，見魏延跟個跟屁蟲一樣，又想：「魏延對我形影不離，就連上茅房都要跟著，我此時選擇投靠曹操的話，必然會引來他的殺機，到時候一命嗚呼就划不來了，而且阿瞞似乎對戲志才很信任，戲志才一天不死，我許攸也無法當上謀主，我必須等到時機成熟後才可以投靠阿瞞，還要想辦法把宗族運出薊城才行，否則以高飛的性格，他絕對不會放過我的……」

曹操見許攸若有所思的樣子，便道：「子遠，你想什麼呢，那麼入神？」

「哦，沒什麼，只是在想你到底會不會出兵攻打青州。」許攸回道。

曹操哈哈笑道：「我要取青州的話，簡直是易如反掌，而且也不用別人送什麼賀禮。高飛無非是想讓我牽制住袁紹在青州的兵馬罷了……」

「可是你也別忘了，如果我家主公不攻擊冀州的話，你就算是帶領所有的兵馬去攻打青州，也不一定能夠取得青州。**我家主公需要你牽制青州，你又何嘗不希望我家主公牽制冀州呢？既然是互惠互利的事情，又有什麼好爭論的，**結盟不結盟，只憑你的一句話。」魏延插嘴道。

曹操背後的典韋、許褚都同時瞪著魏延，凌厲的目光足以將魏延殺死一百次，可是他們兩個人沒有曹操的命令，誰也不敢妄動。

魏延初生牛犢不怕虎，他曾和呂布交過手，僥倖沒死後，膽子就變得大了起來，見到任何人都不再害怕。他見典韋、許褚瞪著他，他也瞪著典韋、許褚，大廳裡立刻成為對眼廝殺的戰場。

「咳咳咳……」戲志才緩緩地睜開眼，咳嗽了幾聲，朝曹操拱手道：「主公，既然燕侯一番誠意，還望主公不要拒絕。」

曹操點點頭，直截了當地給了許攸答覆：「你回去之後，可以轉告高飛，就說我曹操答應他結盟的事。不過，要在擊敗袁紹之後，兩人親自會晤才能訂立。」

許攸點點頭，魏延見曹操同意了，也沒說話，繼續用眼神和典韋、許褚廝殺。

又坐了一會兒，基本上是曹操和許攸在敘舊，酒宴也就散了。

看許攸、魏延走出大廳，許褚朗聲道：「主公，那個許攸的跟班也太可恨了，請允許我將其殺掉……」

「不可！兩國交兵，不殺來使。」曹操說完，看著戲志才問道：「軍師，你為什麼答應得那麼快？」

戲志才道：「**當斷不斷，反受其亂**。高飛這次主動和主公結盟，我軍就不能放棄這個機會。兗州雖然穩定，可是徐州的問題卻一直得不到解決，主公屠殺了徐州幾十萬人，這種仇恨沒有個幾年功夫是無法消除的。而且最近袁術也有異常舉動，先鋒大將紀靈已經突入淮南，頗有縱橫淮泗的意思，如果不加強對徐州的治理，很有可能會被袁術利用。

「表面上我們坐擁兩州之地，實際是徐州使得主公深陷泥潭無法自拔，兵力大部分用在鎮守徐州上，沒有多餘的兵力去襲取青州。與徐州相比，主公在青州的聲望要遠遠地高出徐州，加上主公帳下是以青州兵為基礎，那奪取青州就刻不容緩。」

曹操聽完戲志才的分析，道：「你說得很對，只要占領青州，我軍才能不斷地擴大實力，困擾我許久的糧食問題方才得以解決，現在也是時候向袁紹反擊了。」

「主公英明。」戲志才讚道。

曹操對許褚道：「傳令下去，讓樂進、李典、于禁、曹洪四將帶領三千虎豹騎，兩萬青州兵，隨我進攻青州。」

「諾！」

戲志才道：「主公，此戰屬下也一起去，青州之戰必須要速戰速決，否則在豫州的袁術獲得了消息，就會偷襲昌邑。」

曹操道：「軍師，你的身體……吃得消嗎？」

戲志才哈哈笑道：「只是一把枯骨而已，早晚都會死，主公勿憂，屬下只是想多為主公出點力。」

曹操道：「好吧，那就一起去吧。典韋，你去吩咐一下驛站，準備五百金給許攸，讓他回去覆命，我就不去和他道別了。」

「諾！」

第九章

大限將至

「天下紛爭，何處才是淨土？走到哪裡都一樣，不如就於這鄴城共存亡。」袁熙深深地朝沮授鞠了一躬，轉身而去。

沮授嘆道：「大限將至，也無可奈何了，那顆活躍在東北方向的紫微帝星，應該暗指的就是高飛吧……」

曹操下達命令之後，昌邑城裡的兵馬立刻集結起來，調集了曹洪、于禁、李典、樂進四將，以戲志才為軍師，帶著兩萬三千人的大軍開始浩浩蕩蕩地向泰山郡殺奔而去。

一路上曹操馬不停蹄，偃旗息鼓，給人一種內部兵力調動的假象。大軍向東疾行，走了不到百里，曹操便遙遙看見東去的官道上停著一小股兵馬，他見那小股兵馬沒打旗，穿的衣服也是各種各樣，看上去像是一股流寇。可是他的心裡明白，在他的兗州治下，是絕對不會存在流寇的，就算有，也是袁紹的趙軍冒充的。

曹操的眉頭皺了起來，一邊吩咐身後的騎兵加強警惕，一邊快馬揚鞭。

等走近一看，曹操整個人都傻眼了，那為首的三個騎士的模樣太讓他熟悉不過了，一個方面大耳，一個紅臉長髯，另一個則是黑面虬髯。

他急忙勒住馬匹，命令大軍全部停下，在典韋、許褚的陪同下策馬向前走了兩步，朗聲喊道：「劉備，你想攔住我的去路嗎？」

那三個人不是別人，正是從冀州戰場上敗退下來的劉備、關羽、張飛，他們三個的身後則是糜芳、田豫、糜竺、孫乾、簡雍等人，二百多騎兵，三百多步卒，車輛配備皆是殘缺不全，每個人的臉上都帶著疲憊，簡直比流寇還流寇。

劉備帶著關羽、張飛策馬來到曹操的面前，翻身下馬。

劉備畢恭畢敬地向曹操拜道：「敗軍之將劉備，特來拜謁魏侯。」

典韋、許褚策馬擋在曹操的面前，目光凶狠地瞪著關羽、張飛，緊握兵器的手也保持警惕，只要發現任何異常舉動，便會將其擊殺。

關羽手持青龍偃月刀，丹鳳眼似閉非閉，似睜非睜，給人一種孤傲的感覺，似乎不屑和典韋、許褚二人見面。

張飛抱著膀子，瞪著那雙環眼，眼珠子似乎要奪眶而出，目光比典韋、許褚更凶狠十倍，展現出來的是一種十分強烈的氣勢。

曹操透過典韋、許褚兩個人肩膀之間的縫隙，看了眼劉備，見劉備沒有和他在徐州交戰時的氣勢，呈現出來的倒是低聲下氣的姿態，冷笑一聲，問道：「劉備，你不是在袁紹那裡嗎，怎麼會出現在這裡？你來找我，可有什麼事？」

劉備嘆了口氣，略帶悲傷地道：「慚愧慚愧，當日我與魏侯為敵，也只是為了報答陶謙對我的知遇之恩而已，我雖然歸附了袁紹，可惜袁紹聽信讒言不分青紅皂白的要殺我，無奈之下，我只能率部脫離了冀州，前來兗州投靠魏侯帳下，還望魏侯予以收留。」

曹操道：「你是打算來投靠我的？」

劉備道：「正是，而且我還給魏侯帶來一個重大的機密，可以幫助魏侯奪取青州。」

「哦？」曹操來了興趣，問道：「什麼機密？」

「如今高飛和袁紹正在冀州交兵，兩家都傷亡慘重，尤其是袁紹，十三萬大軍只一個晝夜的激戰便戰死了六萬多人，使得袁紹元氣大傷，乖乖地退到鄴城裡。另外，高飛帳下的臧霸所部已經占領了青州的平原郡，封鎖住北渡的渡口，使青州的袁譚無法帶兵馳援，而袁譚小子也將兵馬駐紮在黃河岸邊，正在打造渡船，準備強渡黃河。如此一來，青州各個關隘兵力空虛，正是魏侯奪取泰山郡以及整個青州的時刻，備雖不才，願意甘為侯爺前部，替侯爺奪取青州。」劉備侃侃而談。

曹操聽後面無表情，一雙小眼望了望目光炙熱的劉備，以及劉備身後的五百殘餘馬步兵，便道：「就憑你的這些人？」

劉備道：「我二弟關羽、三弟張飛皆有萬夫不當之勇，而且我和北海國相孔融有舊，孔融雖然依附袁紹，心裡卻不服氣，侯爺能給我一支兵馬，我和侯爺兵分兩路，侯爺去攻打袁譚的主力，我負責勸服孔融歸降，只要孔融一降，以孔融在青州的威望，必然能夠使得大半個青州全部歸附到侯爺帳下。」

曹操聽劉備說得振振有詞，沒有說不答應，也沒說答應，輕描淡寫地道：「帶著你的人馬，跟在隊伍我的隊伍後面，暫時歸樂進調遣，等我攻下了泰山郡，再給你兵馬不遲。」

劉備急忙拜道：「多謝侯爺收留。」

曹操揚鞭策馬，帶著典韋、許褚便向前狂奔而去，戲志才和其他將士緊緊跟隨。

劉備帶著關羽、張飛等人站在路邊，等曹操的兵馬全部走完了，他們才跟著曹操一路朝泰山方向奔去。

關羽、張飛異口同聲地道：「大哥，那曹操分明就沒有收留我們的意思，我們何苦死皮賴臉地跟著？不如離開這裡，另投他處。」

劉備有自己的打算，緩緩地道：「**放眼天下**，**群雄並起**，曹操坐擁兗州、徐州之地，兗州又被他治理得井井有條，與其去投靠其他還在發生戰鬥的諸侯，不如暫且在曹操手底下待著，**一旦曹操奪取了青州，便會成為中原的霸主**，等到高飛奪取冀州之時，這兩個人的所管轄的土地便會接壤，**只要我製造一點點爭端，高飛和曹操必定會發生火拼，到時候無論誰勝誰負，對我們都有利**，我們若是潛心發展，暗中招兵買馬，就一定能夠幹出一番轟轟烈烈地大事業來。」

聽完劉備自信的解釋，關羽、張飛二人的心裡算是稍稍釋懷，便不再問了。

曹操走在隊伍的最前面，典韋、許褚緊隨身後，而戲志才也趕了上來，和曹操並馬而行。

「主公，你真的打算收留劉備嗎？」戲志才問道。

曹操笑而不答。

許褚道：「主公，劉備那小子最無信義了，當初徐州大戰時，專門給主公寫了一封信，說是約期決戰，結果日子到來了，劉備那小子卻跑得無影無蹤了。像這樣一個沒有信義，只會逃跑的人要他何用，不如一刀殺了了事。」

典韋道：「而且……關羽、張飛似乎對主公並不服氣，與其養虎為患，不如先下手為強，有我和許胖子在，牽制住關羽、張飛之後，劉備等人就等於是砧板上的肉了，還不是隨意被人宰割嘛？」

戲志才繼續道：「劉備並非真心投靠，只是勢孤而投，天曉得他是不是因為在冀州打了敗仗，怕袁紹責罰而偷跑出來的。況且劉備此人滿口的仁義道德，一番花言巧語便能騙取不少民心，攻打徐州時，若不是劉備鼓動百姓，那些百姓根本不會擋在軍隊前面，也不會害得主公落上了一個屠殺百姓的罵名，弄得現在徐州人對主公還恨之入骨。劉備有野心，城府也很深，不能不防啊。」

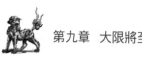

典韋、許褚道：「軍師說得很對，主公只需一聲令下，我們兄弟便去將劉備人頭提來。」

曹操笑道：「劉備勢孤來投靠我，我若將其殺了，那以後誰還敢來投靠我？何況他和孔融確實關係匪淺，如果能夠勸降孔融的話，大半個青州就會不戰而降。**等劉備幫我奪取了青州之後，我自然有辦法對付這個大耳朵**。好了，這事到此為止，傳令全軍，加速前進，必須在明天辰時抵達泰山郡，以迅雷不及掩耳之勢攻取泰山郡，這口惡氣我已經忍很久了。」

戲志才、典韋、許褚道：「諾！」

許攸、魏延完成了高飛交託的使命，成功的讓曹操發兵攻打青州，接受了曹操送的五百金和兩匹戰馬後，便踏上返程的道路。

另一方面，負責聯絡並州呂布的斥候也抵達了晉陽。

晉陽城裡，呂布率領眾將正在演武場操練，看著自己的士卒各個生龍活虎，他的心裡就很滿意。

「主公……」陳宮帶著燕軍的斥候從演武場外徑直走了過來，一邊走一邊大喊道。

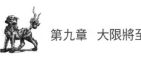

呂布看到是陳宮，迎了上去，道：「是公台啊，有什麼事嗎？」

陳宮拜道：「主公，這位是燕侯派來的斥候，說燕侯有封書信要交給主公，並且請主公親自過目。」

「哦？高飛居然會給我寫信？拿來我看！」

那斥候身材精瘦，為人機敏，乃是卞喜所訓練的一等一的斥候，論起打探消息、刺探軍情的能力也遠遠比一般的斥候要高，加上從小生長於山林之間，在亂石叢生的地方也能如履平地，輕身功夫也是一流。這次事關重大，卞喜傷勢未癒，高飛也只能派他來了。

這斥候叫林楚，右北平無終人。他取出高飛的信後，交給呂布，拜道：「請晉侯過目！」

呂布接過書信，匆匆流覽了一遍之後，臉上立刻現出喜悅之色，朗聲道：「高飛早就該這樣做了，公台，速速集結大軍，準備攻打冀州！」

「攻打冀州？」

陳宮急忙從呂布的手中接過信件，匆匆看了後，見高飛在信上寫到邀請呂布「會獵於冀州」的字樣，並且還許以常山、趙郡、魏郡三地，眉頭便皺了起來。

陳宮將信揉成一團，狠狠地扔在地上，對呂布道：「主公，我軍若要攻城掠地，自己便可以去取，何必他人施捨？這高飛內心奸詐無比，不知道他又在謀劃什麼詭計呢，以屬下看，可以斬殺來使，和高飛決裂，趁著高飛和袁紹在冀州對峙，主公率領精銳晉軍橫掃幽州和冀州，可以一舉平定河北。」

林楚聽到陳宮惡毒的語言，非但沒有變色，反而顯得很冷靜，見呂布的臉上現出殺機，便冷笑道：「侯爺若想這麼做，小的也無話可說，小的甘願以這顆頭顱來見證侯爺的無義。我家主公好心好意的邀請侯爺去攻打冀州，到時候滅了袁紹，自然少不了侯爺的好處。如果侯爺想偷襲我軍的話，那就儘管來吧，我們燕國的百姓、將士都會拼死抵抗，到時候侯爺的軍隊再厲害，也不可能將整個燕國數百萬的人全部殺光吧？」

陳宮急忙對呂布道：「主公，這是一個絕好的時機，只要主公大軍東進，便可以滅掉燕、趙兩國，而一舉成為河北的霸主，那些賤民畏懼我軍實力，必然不敢阻攔，只要以騎兵快速開拔，不出兩個月，整個冀州、幽州就都在主公的掌控之下了。」

林楚哈哈笑道：「未免想得太天真了吧，我家主公早已經做了安排，幽州已經不再當年的幽州了，如今幽州境內包括東夷、烏桓等人，還有少數依附的鮮卑人，烏桓人接近四十萬，不分男女老幼都可騎馬射箭，只烏桓人這一群人，也夠你們打上一兩年的了。想快速襲擊幽州?做夢!」

陳宮還想說些什麼，卻被呂布止住了。

呂布看了眼林楚，問道：「你這番話，足夠讓我殺了你，難道你沒有想過嗎?」

林楚冷哼了一聲：「我這條命早已經交給了我家主公，雖死無憾!」

「張遼!」呂布一扭頭，朝背後的校場上大聲喊道。

校場上，張遼騎著一匹戰馬，手持一張大弓，正在轉著圈的奔馳，將手中暗暗扣住的箭矢射向了靶心，引來了圍觀士兵的一陣歡呼。

呂布一聲大喊，猶如午夜的電話鈴聲，刺激著每一個人的耳朵，十分的尖銳，穿破了眾人圍觀的歡呼聲，直達張遼的耳朵眼裡。

張遼聽到那聲呼喊，立刻策馬朝呂布奔馳過來，馬蹄捲起陣陣灰塵，一溜煙便跑到呂布的身邊，翻身下馬，抱拳欠身：「主公喚我有何吩咐?」

呂布指著被陳宮扔在地上的紙，對張遼道：「這是燕侯高飛給我寫的信，讓我和他一起會獵於冀州，共攻袁紹，你且撿起來看看再說。」

「諾!」

張遼撿起書信，打開看完，拱手道：「主公，這是好事啊，屬下以為可以應允下來。」

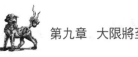

陳宮氣得吹鬍子瞪眼的，急忙道：「不行，此時正是出兵滅掉高飛和袁紹的好機會，讓他們兩家先打，我軍坐收漁人之利，那麼整個河北就等於是主公的了。」

張遼搖搖頭，道：「主公，屬下以為軍師此舉太過危險，並州人口稀少，我軍兵力不足，五萬騎兵，三萬步兵已經是極限了。而且這兩年和鮮卑人打的不可開交，騎兵都在塞外都打慣了，幽州、冀州有平原、有山地、有城池，攻城掠地極為費時費力，和塞外的鮮卑人不一樣。就算我軍真的能夠打下幽州和冀州，到時候估計也已經成了強弩之末，塞外的鮮卑人，周圍的諸侯都會蠢蠢欲動，與其如此冒險的去得罪兩個諸侯，不如應邀去夾攻其中一個，何況我軍只需聲援即可，不會有什麼損失，卻又能不費吹灰之力占領常山、趙郡、魏郡三地，何樂不為呢？」

呂布聽後哈哈大笑道：「文遠說得極是，那好吧，就這樣定啦。」扭過頭對林楚道：「你回去轉告燕侯，就說我呂布不日便會率領並州鐵騎奔赴鄴城城下，與他一道合力夾擊袁紹。不過，**事成之後，我還要加上一地，希望他能把中山也一併作為酬謝之禮送給我。這樣一來，以鉅鹿郡為分界線，鉅鹿以東歸燕國，以西歸我的晉國，大家互惠互利，何樂不為呢？」**

林楚見呂布貪得無厭，心裡雖然氣憤，可是臉上卻沒有發作，而只是朝呂布拱拱手，拜道：「那小的就告辭了，侯爺的話我一定轉告給我家主公。」

呂布道：「不送！」

林楚轉身走了，臨走時還不忘記掃視一眼晉軍正在訓練的士卒，見那些魁梧的漢子各個都如狼似虎的，心裡便暗暗地想道：「晉軍的實力遠在趙軍之上啊……」

呂布見林楚走後，便呵呵笑道：「軍師，你的這個計策實在是太漂亮了，以我看，高飛肯定會拱手將中山送上來。」

陳宮嘿嘿地陰笑道：「趙雲原本駐守代郡，突然換成了蓋勳，並且還有三萬烏桓突騎駐守，我就已經估算到高飛會有所行動了。加上細作從冀州帶回來的消息，我軍只需靜待佳音即可。高飛擔心我們會偷襲他，必然會竭力相邀，這不，終於應驗了。」

呂布哈哈笑道：「軍師之計實在是高，剛才那一番話說的是慷慨激昂，文遠表現的也十分出色，剩下的事情就簡單多了。」

陳宮點點頭，拱手道：「主公，明天便可以出兵，一路上敲鑼打鼓，製造聲勢，張揚可負責守衛並州，主公親自率勁旅馳入常山即可，再分派諸將去先行占領中山，然後一路南下，攻占趙郡、魏郡諸城，等到了鄴城城下時，只可佯攻，不可力戰，把袁紹這根硬骨頭交給高飛去啃！」

呂布道：「張遼，去給高順傳話，讓他帶所有騎兵到校場集結，這次冀州之行，我要占領半個冀州才肯甘休！」

張遼「諾」了一聲，轉身便走，留下陳宮和呂布在那裡一陣陰笑。

「呂布真是這樣說的？」坐在癭陶城裡的高飛親自接見了出使歸來的林楚，面無表情地問道。

林楚重重地點了點頭，對高飛道：「主公，都是陳宮那廝，硬要勸說呂布去攻打我軍後方，若非張遼解圍，只怕這會兒代郡已經發生戰鬥了。而且呂布貪得無厭，硬要加上中山才肯甘休。」

在座的賈詡、荀攸、郭嘉等人聽後，都面面相覷，誰也沒有說話。

高飛擺擺手，對林楚道：「好了，你下去吧，好好休息一下。」

「諾，屬下告退！」

待林楚走出大廳之後，高飛便緩緩地道：「拿地圖來！」

衛兵送上了地圖，高飛打開之後，仔細地翻看了一下，便道：「我準備將中山、常山、趙郡、魏郡、鉅鹿都一併送給呂布，你們覺得如何？」

賈詡、荀攸、郭嘉聽後很是吃驚，他們都知道呂布貪得無厭，可是聽到高飛主動將鉅鹿郡也一併送給呂布，無論如何都想不清楚這到底是為了什麼。

三人一起站了出來，拱手道：「主公，**呂布乃是餵不飽的豺狼**，他執意要中山，無非是想和雁門郡一起包圍代郡，如果為何又要送他鉅鹿郡？」

高飛什麼都沒說，畢竟古代人的思想和他的想法完全是兩碼事，他承認賈詡、荀攸、郭嘉都是智計過人的智謀之士，但是一旦被思想禁錮了，就會徒有虛名。

他笑了笑，過了好一會兒才道：「你們覺得呂布有能力消化這幾個地方嗎？」

賈詡、荀攸、郭嘉三人面面相覷，都是一臉的迷茫，道：「請主公示下！」

高飛招了招手，道：「你們都過來看！」

賈詡、荀攸、郭嘉三人來到高飛的身邊，看了一下高飛的手在地圖上畫出的弧形，便問道：「如此一來，我軍就只剩下半個冀州了，難道我軍費了那麼大的功夫，就只是為了半個冀州？」

高飛道：「你們應該都已經知道我把呂布引到冀州的目的吧？」

荀攸道：「**主公是想用驅狼吞虎之計，占領整個河北。**」

「不錯！我現在正是朝這個方向去努力。呂布的兵力不多，只有八萬人，五萬騎兵，三萬步兵，守備並州足夠了，但是如果再給他這麼大的一塊地方，他們的兵力就會分散，而且呂布窮兵黷武，這兩年來沒少禍害當地百姓。相比之下，冀州相對寬鬆許多，國相沮授推行屯田，興修水利，做了不少造福百姓的事情，如果呂布一來，百姓肯定會反感。我軍只需要河間、安平、清河、渤海四地即可，將冀州西部全部給呂布，也省得麻煩了。」

賈詡的目光稅利，看了一下地圖下方的司隸，便急忙道：「**主公是想蠱惑呂布去占領司隸？**」

高飛點點頭，道：「洛陽自從被袁術一把火燒了之後，百姓大多都流落到了其他郡縣，而司隸的東部也成了無主之地。投靠馬騰的張濟、樊稠屯兵在弘農，據悉受到馬騰授意有出兵洛陽、重新修復城池的打算。馬騰這兩年不斷地緩和了關東諸侯，取得了一定的成效，**如果張濟、樊稠真的占領了洛陽，那我就可以蠱惑呂布去爭奪洛陽。**」

「可是這主動讓給半個冀州給呂布，是不是太過了？」郭嘉道。

高飛笑道：「一點都不為過，呂布的戰線拉得越長越好，**他的戰線越長，兵力就越分散，我軍就更容易對付。**」

「主公，那是否調集丘力居等人的烏桓突騎馳援冀州？」郭嘉問道。

「不用了，把南皮的兩萬降兵和這座城裡的三萬降兵一起拉上，包圍鄴城足夠了。你們要記住，**城池不重要，重要的是殲滅敵人的有生力量**，只要將敵人的有生力量殲滅之後，什麼樣的堅城都不在話下。」高飛開解道。

賈詡、荀攸、郭嘉三個人齊聲道：「吾等受教了！」

「恩，傳令下去，集結全軍，向鄴城進發！」高飛吩咐道。

「諾！」

鄴城。

趙侯府大廳裡，袁紹悶悶不樂地喝著小酒，懷中抱著一個姬妾，臉上帶著一陣的陰鬱。

美女的歡聲笑語沒有勾引起袁紹的一絲欲望，對他來說，鉅鹿之戰雖勝猶敗，他的十三萬大軍竟然損失了一半，不僅沒有抓到高飛，反而弄得自己的軍隊士氣低落，不得不退回鄴城休養。

一個英俊的白面少年穿著一身銀甲，戴著一頂銀盔跨進大廳，看到袁紹悶悶不樂地抱著姬妾喝酒，憤怒地吼道：「都給我滾下去！」

姬妾見那少年來了，都一哄而散，靡靡之音也停了下來，大廳裡的人全部都退了下去，霎時間便只剩下滿臉通紅斜躺臥榻上的袁紹和那個少年。

袁紹神情恍惚，見那少年走了過來，便喊道：「顯奕，你這是幹什麼？」

這少年不是別人，正是袁紹的第二個兒子袁熙！

袁熙年紀輕輕，人不但長得俊美，也很有氣度，比大哥袁譚要謙遜，比三弟袁尚要有肚量，可惜卻因為長相太過俊美而讓人覺得有點陰柔，身上絲毫看不出一點陽剛之氣。

袁熙徑直走到微醉的袁紹身邊，朗聲道：「父親，如今全城士氣低落，父親不但不去鼓舞士氣，反而在這裡飲酒，萬一燕軍打來了，我們拿什麼迎敵？大哥遠在青州，三弟年少輕狂，眾位謀士又互相爭權奪利，唯一一個以大局為重的沮授一回到鄴城就被父親關入了大牢，顏良、文醜、韓猛、鞠義互相不服，鄴城雖有八萬多將士，卻不過是一盤散沙而已！」

袁紹已經微醉了，聽袁熙說著這些話，失笑道：「我袁本初南踞河，**北阻燕代，兼沙漠之眾，南向以爭天下**，小小的鉅鹿之戰只不過死了五六萬人而已，何足掛齒？我現在只是暫時休養，等我休養過來以後，定然親率大軍北擊幽州、西攻並州，據青、冀、幽、並四州之地，天下誰敢不從？」

聽到袁紹的話語，袁熙只有一陣冷笑而已，看到父親的模樣，他感覺自己真的好悲哀。他定睛看見袁紹腰間的兵符露了出來，靈機一動，便走到了袁紹的身邊，假裝扶起袁紹，順手將兵符給拿了過來，緊緊地握在手裡。

拿到兵符之後，袁熙欠身拜道：「父親慢用，孩兒告辭。」

轉身離開時，他聽到袁紹說了句什麼，可是他沒有回答，徑直朝外面走去，然後對等候在門外的樂師、姬妾道：「都進去好好的伺候好侯爺，有什麼閃失，小心人頭落地！」

那些姬妾和樂師都慌裡慌張地走了進去，重新開始了靡靡之音。

出了燕侯府，袁熙立刻轉進了一條巷子裡，四下望了望，見沒有人注意，便吹了聲口哨。

哨聲響起，從一個牆角裡轉出來一個人，那人年紀和袁熙相仿，正是沮授的兒子沮鵠。

沮鵠急忙走到袁熙的身邊，一臉緊張地問道：「拿到了？」

袁熙將兵符從懷裡掏了出來，舉在沮鵠的面前，小聲道：「兵符已經拿到了，剩下的就是如何將你們父子帶出城了，守城門的是審配，他對你們父子可是恨之入骨。現在父親已經頒布了戒嚴令，任何人不得擅自出城，審配對我也不太好，你可有什麼辦法出城嗎？」

沮鵠想了想道：「我也不知道，不過可以問我父親，我父親一定有辦法出城。」

袁熙道：「嗯，只要把國相大人從牢房裡救出來，鄴城就有救了，說不定不用出城，國相大人手持兵符便可號令全城了。我聽說燕軍就要打來了，已經在路上，必須趕在燕軍到來之前救出國相。」

二人商議已定，立刻前往牢房。

袁熙和沮鵠算是一見如故，袁熙尊重沮授，和沮鵠又是好友，當袁紹從鉅鹿撤兵回來之後，在審配、郭圖的惡語中傷之下，沮授便被袁紹關進了大牢，大權也旁落到審配和郭圖的身上。

兩個人來到大牢，獄卒看見二公子來了，都沒人敢攔。

「把牢門打開！」袁熙吩咐道。

獄卒面帶難色，回道：「公子，審大人、郭大人吩咐過，說是除了主公親自下令外，誰也不能……」

「怎麼？我的話還不如審配、郭圖？」袁熙冷哼一聲，面色一轉，大罵道：「審配、郭圖算個什麼東西？不過是我父親身邊的兩條狗而已，隨便吠幾聲，就能把你們嚇成這樣？」

「公子，我……我……」

袁熙怒道：「少廢話，把牢門打開！」

獄卒無奈，只能打開牢門。

在獄卒的帶領下，袁熙、沮鵠來到關押沮授的牢房。這牢房的地面比外面的土地低矮得多，因而非常潮濕。只有一兩個小小的窗孔可以透光，窗孔是開在高高的、囚人舉起手來也搆不到的地方。

牢房內一片黑暗，袁熙、沮鵠看不到牢房裡的任何東西，只聞到一股濃郁的血腥味並且夾雜著腥臭。

「去拿火把來！」袁熙對獄卒喊道。

獄卒弄來了一個火把，照亮了半個牢房。

袁熙、沮鵠這才看到牢房裡的情形：蝙蝠在屋頂上搭窩，耗子在牆腳打洞，蜈蚣沿著牆縫爬，蟑螂黑壓壓的到處亂竄，地上滿是穢物。

沮授趴在一堆乾草垛上，背上滿是被皮鞭抽打的痕跡，一道道血痕和衣衫緊緊地黏在一起，簡直是皮開肉綻。

「父親……」沮鵠見沮授半死不活地趴在那裡，昏死過去，便控制不住自己的眼淚，淚如雨下，抱著沮授痛哭了起來。

袁熙看到後，心裡也是一陣酸楚，一想到曾經教自己學業的國相被打成這個樣子，就憤怒的不行，扭頭怒對著獄卒，伸手便是一巴掌，喝問道：「這是誰幹的？」

獄卒捂著臉，道：「不是……不是我……剛才……剛才三公子來過這裡……」

「三弟？三弟怎麼可能會動手打國相大人？隨行的還有誰？」袁熙怒道。

獄卒道：「審……審大人一同隨行來的……」

「審配！」袁熙恨得牙癢。

沮鵠的哭聲驚動了沮授，沮授睜開眼睛，看是沮鵠，訝異地道：「你……你怎麼來了？」

沮鵠道：「父親，我現在就救你出去，咱們離開這裡，遠離這是非之地，隱居山林，再也不問世事了……」

「呵呵……你說得倒輕巧，天下之大，到處交兵，你能隱居到哪裡？」沮授乾咳兩聲，咳出一些血絲，扭頭看見站在那裡的袁熙，勉強笑了笑，「原來是你，真是太謝謝你了，二公子。」

袁熙道：「國相，我有父親的兵符，可以把你帶出牢房，可是如何出城，還請國相示下，如今審配、郭圖已經分擔了你的權力，緊守城門，誰也不放過。」

沮授皺了下眉頭，道：「二公子，你快把主公的兵符還回去，萬一被主公發現了，會牽連到你。我沮授無能，設下計策還讓高飛跑了，死有餘辜，你們都走吧，離開這裡，以我推算，高飛也差不多要攻打鄴城了。」

沮鵠搖頭道：「父親不走，我也不走。」

沮授道：「糊塗！我是將死之人，就算主公不殺我，高飛也會殺我，與其沒命的躲藏，不如慷慨的去死。你們趕緊走！」

沮鵠哪裡肯走，哭喊著非要拉沮授走。

袁熙見狀，道：「國相，父親這幾日沉迷酒色，什麼事都交給審配、郭圖去處理，只要你拿著這個兵符，調集兵馬發號施令，就能拯救鄴城於危難之際。」

沮授道：「我這條命不值得二公子為我做出如此巨大的犧牲。我寫了一封信，希望你能夠轉交給主公，鄴城雖然是座堅城，可是也有其薄弱的地方，希望主公能夠按照我所寫的策略去防守，這樣一來，憑藉著城內的兵力和糧草，足夠維持一年。燕軍遠道而來，糧草供給不便，可以先斷其糧草，再守堅城，不出三個月，燕軍必然會陷入苦戰之中，那麼並州的呂布就會攻其不備，那時也是我軍反擊的好機會。」

沮授艱難的從荒草堆裡掏出一封信，交給袁熙。

袁熙接過書信，見沮授心意已決，也不再勸阻，當即朝沮授拜道：「國相，你放心，我一定會想法子救你的。」

沮授道：「無需多言，趕緊先把主公的兵符還回去，省得惹禍上身。沮鵠，你速速收拾一下東西，先行出城，離開這裡，隱姓埋名，好好的過日子，從此以後不准出仕。」

沮鵠滿臉的淚水，用力地搖頭道：「父親不走，孩兒就不走，孩兒留在這裡陪父親。」

「不孝有三，無後為大，我就你這麼一個兒子，你要是死了，以後我們這一門就斷送香火了。你不用管我，主公暫時不會殺我，他還有用得著我的地方，審配、郭圖也只是想羞辱我而已，我不會有生命危險，而且鄴城即將面臨一場大戰，我不想你在這裡礙事。」

「可是父親……」

「走！」沮授突然掙脫沮鵠，暴怒道：「你要是不走，我就一頭撞死在這裡！」

沮鵠知道父親個性剛強，可是他不能眼睜睜的看著自己的父親在牢房裡受苦，跪在地上叩頭道：「父親，就讓孩兒留下來陪你吧！」

沮授不再理會沮鵠，看著袁熙，央求道：「二公子，沮鵠就拜託你了，麻煩你將沮鵠送出城，我就這麼一個兒子，我不希望看到他有什麼事情，一切都拜託二公子了！」

袁熙能夠理解沮授的心情，便重重地點點頭，對沮授道：「國相儘管放心，我一定將沮鵠安全送出城。」

袁熙一把拉住沮鵠，道：「國相大人這也是為了你，希望你不要辜負國相大人的心意，我現在就送你出城。」

沮鵠掙脫道：「我不走，父親不走，我就不走，我要和父親待在一起……」

「得罪了！」「砰」的一聲，袁熙抬手將沮鵠打昏了過去。

「二公子……」

袁熙轉過身子，看著沮授道：「國相還有什麼事要吩咐嗎？」

「走南門，韓猛是個通情達理的人，會放過沮鵠的。另外，告訴沮鵠，讓他好好的活下去……」

袁熙道：「我記下了……國相，你真的不願意隨我一起出城？」

「出去了又能怎麼樣？天下紛爭，何處才是淨土？走到哪裡都一樣，不如就與這鄴城共存亡。」

袁熙深深地朝沮授鞠了一躬，轉身而去。

沮授看著他們遠去的身影，重重地嘆道：「大限將至，也無可奈何了，那顆活躍在東北方向的紫微帝星，應該暗指的就是高飛吧……」

袁熙出了牢房，先行叫了一輛馬車，將昏睡的沮鵠扔在馬車裡，然後親自駕著馬車朝南門奔馳而去。

鄴城的南門附近，韓猛正獨自一人站在城樓上，眺望著城外的景象，顯得很沮喪。自從鉅鹿之戰他見到了高飛的真面目後，就悔恨不已，恨自己當初在奉高縣裡不該放過高飛。

他登高遠眺，極目四望，看到的是一望無垠的平原，天與地也似乎合在了一起。

突然，他聽到身後一陣爭吵聲，便問道：「吵什麼吵？」

「將軍，二公子親自駕著馬車要出城，我等阻攔不住，只能來請示將軍定奪。」一個都尉從城樓下跑了上來，說道。

韓猛驚道：「混帳東西，怎麼不早說？」

「原來是二公子來了，真是有失遠迎。」韓猛下了城樓，來到城門邊，見袁熙駕著馬車，急忙上前道。

「少跟我廢話，我問你，你的屬下為何要擋住我的去路，難道我連出城都不行嗎？」袁熙不滿地道。

韓猛道：「主公下了戒嚴令，任何人不得私自出城，屬下這也是在執行公務，還請二公子見諒。」

袁熙知道韓猛是他父親帳下的一員愛將，而且為人也很嚴厲，向來秉公辦事，與有勇無謀的顏良和驕狂的鞠義不一樣。

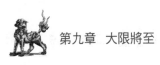

他懶得跟韓猛費口舌，當即掏出袁紹的兵符，在韓猛眼前晃了晃，道：「還不快放行！」

韓猛見到兵符，吃了一驚，看到袁紹視如生命的東西攥在袁熙的手裡，他雖然懷疑袁熙的兵符是偷的，但是為了怕事情鬧大，便道：「放行可以，但是末將想知道二公子的馬車上拉的是什麼東西？」

袁熙道：「怎麼，你要檢查？」

「韓猛職責所在，還望二公子見諒。」韓猛朝袁熙抱了下拳，然後朗聲對手下的士兵道：「來人啊，搜車！」

袁熙從馬車上跳了下來，手持兵符，大聲喊道：「我看誰敢？主公兵符在此，見兵符如見主公，還不快點給我退下！」

其餘士兵不敢向前，也不敢後退，只愣在了那裡，面面相覷一番之後，將目光全部移到韓猛的身上。

韓猛冷笑一聲，道：「不搜車也可以，但是我一定要親自看一眼這車裡到底有什麼。」

話音落下，韓猛徑直走到馬車的前面，不等袁熙反應過來，一把拉開馬車裡的捲簾，赫然映入眼簾的，竟是昏睡過去的沮鵠，使他不由得眼睛瞪大了幾分。

袁熙也是一驚，哪知道韓猛這傢伙如此不聽他的號令，急忙向前走了兩步。

韓猛放下捲簾，朝後退去，欠身拱手道：「二公子恕罪，多有得罪了，屬下不知道車上什麼都沒有。」

袁熙聽到這話，想起沮授在牢房裡說的那番話來，說讓他走南門，韓猛不是個不講道理的人，他便用感激的目光看著韓猛。

韓猛道：「韓將軍不必多禮，既然檢查過了，那我可以出城了吧？」

韓猛將手一抬，喊道：「打開城門，放二公子出城。」

在他的一聲令下，守城的士兵便打開了城門。袁熙跳上馬車，朝韓猛打了個招呼，便帶著沮鵠出了城。

狂奔十里，沮鵠在馬車的顛簸中醒來，感覺頭有點發懵，見自己不在牢房，而是在一輛馬車上，急忙喊道：「停下，快停下！」

袁熙急忙勒住馬韁，掀開捲簾，道：「怎麼了？」

「我怎麼會在這裡，我父親呢？」

袁熙道：「國相還在牢中，他讓我轉告你……」

「你怎麼可以將我父親丟在牢房裡？」沮鵠暴喝道。

袁熙道：「這是你父親的意思，我也無可奈何，唯一能做的就是把你安全送出城。現在你已經出城了，可以去青州投靠我大哥袁譚，讓他帶兵馳援冀州。我還要回去把兵符還給我的父親，就不在此逗留了，拉車的馬有兩匹，你騎一匹，我騎另一匹，從此分道揚鑣。」

沮鵠心知如今說什麼都晚了，便鄭重地請求道：「二公子，我父親就拜託你了。」

袁熙點點頭道：「你放心，國相的性命我可以擔保。我現在就回去交還兵符，否則會被父親發現，到那時，我也會被牽連進去，而無法參加戰鬥了。」

沮鵠和袁熙是好友，默契了然於心，便接過馬，翻身上馬走了。袁熙也按原路返回，很快便進入了鄴城。

袁熙回到鄴城，徑直進了趙侯府，看到他的父親袁紹依然沉迷在酒色當中，輕嘆了一聲。

他走到袁紹身邊，支開舞姬，悄悄將兵符放回到醉醺醺的袁紹身上，然後掏出沮授寫給袁紹的信，道：「父親，這是國相寫給父親的信，請父親過目。」

袁紹一身酒氣，打了個飽嗝，接過信箋，問道：「哪個國相的？審配的還是郭圖的，為什麼他們不親自來見我？」

袁熙支吾道：「是沮授的……」

「沮授？沮授不是在牢房裡關著嗎？」

「是孩兒去牢房見他……」

袁紹把信扔到了地上，朝袁熙擺擺手道：「你走吧，以後沒我的命令不要再去見沮授，沮授設下的什麼十面埋伏的狗屁計策，沒傷到高飛，反而讓我軍損失慘重，以後他的話，我一句也不會聽了。」

「可是父親，勝敗乃兵家常事，沮授的計策並沒有問題，若不是劉備手下的張飛放走了高飛，現在高飛早死了，而且我軍也低估了燕軍的實力，以至於……」

袁紹撐起身體，不耐煩地道：「夠了，你走吧，以後不要在我面前再提起這個人……」

「父親……」

「出去！」袁紹怒道。

袁熙見袁紹動怒，便不再說話了，轉身朝外面走去，心中默默想道：「鄴城休矣！」

沮鵠騎著快馬，向南奔馳一段路後，始終覺得自己不該就這樣一走了之，對他而言，沒有什麼比親情更重要的，他的父親還在牢房裡，他卻獨自一人跑了出來。

突然，沮鵠迅速掉轉馬頭，自言自語地道：「現在能救父親的，只有高飛了。」

話音一落，沮鵠快馬加鞭朝北趕了去。

第十章

兵臨城下

六月初一。高飛率領大軍兵臨鄴城城下，從癭陶到鄴城的道路上暢通無阻，趙軍士氣低靡，在野戰上不是燕軍的對手，只能採取重點防禦，固守鄴城。黃忠、徐晃、龐德、太史慈、張郃早已帶領騎兵將鄴城團團圍住。

炎熱的空氣彷彿停滯了，火熱的臉愁苦地等候著風，太陽在天空中火辣辣地照著，官道兩邊金燦燦的麥田顯得愈發的明亮。

當地的百姓早就嗅到了戰爭即將來臨的氣息，紛紛攜家帶口的躲進了山裡，或者投奔其他州郡的親友去了，其中冀州之民流入幽州的更是不計其數。

高飛一馬當先，身後盧橫、高林緊緊相隨，帶領著瘿陶城裡剩餘的四萬正規燕軍和三萬降兵浩浩蕩蕩地向鄴城進發，看著沿途即將成熟的麥子，他的心裡多了另外一個打算。

「盧橫，傳令下去，任何人不得踐踏麥田，違令者斬！」

「諾！」盧橫即刻傳令下去。

高飛又道：「前次我把施傑從南皮調來，南皮城中只剩下荀諶、潘宮、穆順三人駐守，那裡是我軍的糧草重地，必須嚴加看管。高林，著令荀諶、潘宮帶領兩萬士兵和十分之七的糧草到鄴城來，讓穆順帶領一萬士兵鼓勵南皮百姓收割南皮周圍的麥田，無人的田地讓穆順自行收割，收割完畢之後，派五千人送到臧霸所在的平原郡去，臧霸那裡估計也快要斷糧了。」

高林「諾」了聲，隨即去吩咐斥候了。

這時，荀攸趕了過來，抱拳道：「主公吩咐的事都已經派人去做了，那些躲進山裡的百姓也都會出來收割麥子，表示願意歸順主公。」

「很好，只要他們願意歸順，那什麼都好辦了，現在離鄴城還有多遠？」高飛問。

荀攸道：「照我軍現在的行軍速度，一天半後才能抵達鄴城。」

高飛皺眉道：「呂布的晉軍到哪裡了？」

荀攸道：「據林楚傳回的消息，呂布帶領五萬騎兵一路馳騁，先行占領了常山，然後分兵北進中山，現在正在南下趙郡，預計明天會抵達鄴城。」

「呂布的並州兵都是虎狼之師，所率領的也都是騎兵，騎兵不適合攻城，看來呂布此次只是聲援，並不打算出手。」高飛緩緩地道。

荀攸道：「主公勿憂，我軍這次帶來的都是重型攻城器械，任憑鄴城的城防再怎麼高，只要長時間的將其圍住，就能使其軍心渙散，不久便可攻破，或許根本不用我軍去攻，只要圍而不攻就行。」

高飛道：「嗯，就這樣吧，另外派出斥候去打探許攸、魏延的消息，去了那麼久，也該回來了。」

「諾！」

大軍徐徐而行，軍容十分的整齊，燕軍經過近十天的休養，漸漸地從鉅鹿之戰的陰霾中走了出來，也逐漸恢復了往日的神采。

第二天早上，大軍用過早飯，準備拔營起寨的時候，在外巡邏的士兵發現從南方奔來一匹快馬，立刻將其攔截了下來。

「我要見燕侯！……」快馬上的騎士疲憊不堪，從他的樣子可以看出來他是經過了一番長途跋涉。

燕軍巡邏的士兵一見到這個人就分外眼紅，原來這人不是別人，正是沮授之子沮鵠。

巡邏的小隊長一把抓住沮鵠的胸襟，將佩劍架在沮鵠的脖子上，瞪著眼睛道：「你還敢來？老子正愁找不到你呢，今天老子要殺了你，為我死去的兄長報仇……」

「殺了他！殺了他！」一邊的士兵也跟著一起怒吼道。

巡邏小隊長舉起劍，準備要朝沮鵠的頭上砍去，當劍就要落下的時候，忽然聽到背後傳來一聲巨吼：「劍下留人！」

巡邏小隊長立刻停住手中的長劍，劍鋒只和沮鵠的頭顱相差幾公分，當真好險！

他扭頭看了過去，但見趙雲騎著一匹白馬，帶著幾名騎兵朝這邊奔馳過來，便收起劍，和屬下一起向趙雲參拜道：「參見將軍！」

趙雲看著沮鵠，問道：「他是怎麼回事？」

沮鵠不等那巡邏小隊長回答，便道：「請你們帶我去見燕侯，見完燕侯之後，你們要把我怎麼樣都行。」

趙雲一抬手，便道：「嗯，放開他，把他交給我，我帶他去見主公。」

巡邏小隊長不敢違抗命令，便道：「諾！」

趙雲手下的幾個騎兵將沮鵠帶走，跟隨趙雲一起朝大營而去。

趙雲擔心沮鵠的到來會引起全軍的騷動，靈機一動，讓人給沮鵠戴上一個頭盔，同時用一塊布遮住沮鵠的臉。

沮鵠在趙雲的帶領下進入大營，便看見高飛和幾位謀士正在商量事情，他噗通一聲跪在地上，喊道：「燕侯……求你救救我的父親吧？」

高飛和賈詡、荀攸、郭嘉、歐陽茵櫻突然看見一個蒙臉的人跪在地上大喊，皆是嚇了一跳。

「子龍，這是誰？」高飛一時間沒有認出來，問向一旁的趙雲道。

趙雲拱手道：「沮授之子沮鵠！」

眾人的眉頭都緊皺起來，看著跪在地上的沮鵠，憤怒交加。

「哼！我沒去找你，你還敢來？」高飛冷笑道：「難不成你以為我是傻子，再去上一次當嗎？」

沮鵠趕忙道：「不是的，這次不一樣，袁紹把我父親關進大牢了，而且審配、郭圖還落井下石，將我父親打得半死，如今我父親命在旦夕，我希望燕侯能夠救我父親一命，鉅鹿之戰是我一個人的罪，燕軍陣亡的將士，我沮鵠會一力承擔，只求燕侯能夠救我父親出來。」

高飛反問道：「你們父子都得死，難道你沒有想過這個問題嗎？就算袁紹不殺你父親，我也會殺你父親，如果不是你們父子，鉅鹿澤一戰我又怎麼會損兵折將？」

沮鵠不語，暗暗想道：「看來我真的是來錯了，父親……」

賈詡捋了捋鬍鬚，目光中閃出一絲光芒，對高飛道：「主公，既然沮鵠來了，為何不好好的利用一下？」

高飛道：「你有什麼好主意嗎？」

賈詡走到高飛的身邊，小聲嘀咕了幾句。

高飛聽後一個勁地點頭，當即道：「好，就這樣辦。子龍，把沮鵠暫時看押起來，每天好吃好喝的伺候著，不許任何人接近。沮鵠，你放心，我會把你父親救出來的。」

沮鵠聽到高飛最後一句話，猛然抬起了頭，問道：「真的嗎？」

高飛保證道：「我說一不二，說救你父親出來，就救你父親出來。你安心地靜養，等到了鄴城，自然有讓你們父子見面的機會。」

沮鵠將信將疑地離開了，在趙雲的護送下出了大帳。

高飛等沮鵠走後，臉上瞬間變色，道：「大軍迅速拔營起寨，令黃忠為正先鋒，徐晃、龐德為副將，讓太史慈為左路先鋒、張郃為右路先鋒，率領所有騎兵先行抵達鄴城周邊，將四門圍定，重騎兵和其餘步兵都緊隨其後。」

「諾！」

六月初一。

高飛率領大軍兵臨鄴城城下，從癭陶到鄴城的道路上暢通無阻，趙軍士氣低靡，在野戰上不是燕軍的對手，只能採取重點防禦，固守鄴城。

黃忠、徐晃、龐德、太史慈、張郃早已帶領騎兵將鄴城團團圍住，並且在城外搭建起四座營寨，將鄴城的四個城門堵得死死的。

高飛率領大軍抵達鄴城後，直接住在黃忠屯駐在北門的營寨，並且加以擴建，以北門的大營為主營。

這日午後，高飛率領眾將策馬來到鄴城下，但見鄴城之上刀槍林立，弓弩齊備，所有守城士兵都顯得精神抖擻，一員大將站在城垛之上，正瞭望著他們。

高飛見那大將身形削瘦，刀削般的臉龐輪廓鋒利，高挺的鼻子下帶著一絲淡漠的笑意，一股咄咄逼人的氣勢，讓人看了印象十分的深刻。

「此人是誰？」高飛從未見過這個人，指著那人問道。

黃忠瞅了一眼，答道：「啟稟主公，此人乃袁紹帳下大將**鞠義**。」

「鞠義？」高飛喃喃自語道。

鞠義頭戴一頂熟銅盔，身披鐵甲，腰中懸著長劍，雙臂環抱在胸前，站在城垛上，用他那凌厲的目光緊盯著高飛等人，然後道：「來人可是燕侯高飛？」

高飛扭頭對黃忠道：「老將軍箭法超群，不知道可否將鞠義一箭射下來？」

黃忠目測了一下距離，看著環繞在鄴城周圍的河水緩緩流淌，搖搖頭，無奈地道：「主公，護城河太寬，我們離得又遠，就算是我所攜帶的黃金大弓也無法有那麼遠的射程，即使能把箭矢射到城裡，可箭矢的力道也已經成了強弩之末，根本對鞠義構不成威脅。」

高飛聽到黃忠的為難之處，不再吭聲，朗聲道：「在下正是高飛，不知道將軍有何見教？」

鞠義冷哼道：「在下鞠義，涼州隴西人，和侯爺是同鄉，久聞侯爺大名，只是未曾謀面，今日特來拜會侯爺，也請侯爺記住我的名字。」

「嗯，真沒想到，在這裡還能遇到同鄉。既然你和我是同鄉，現在袁紹大勢已去，不如你打開城門，率部歸降於我，我必然不會虧待你的。」高飛策馬來到護城河邊，衝城樓上的鞠義大聲喊道。

鞠義哈哈笑道：「侯爺的好意在下心領了，只是袁紹待我不薄，我鞠義不能隨便背叛，還請侯爺見諒。我特地向侯爺報上姓名，是想侯爺知道我的名字，因為我準備和侯爺交手，就算慘死在侯爺的槍下，我也死而無憾了。」

高飛嘖嘖嘆道：「鞠義忠勇俱佳，實在是一員不可多得的將才，然而此人太過驕狂，註定要被我殺死。老將軍、子龍、叔至、仲業、公明、你們覺得此人如何？」

黃忠、趙雲、陳到、文聘、徐晃面面相覷，**不知道高飛是什麼意思，是想收鞠義，還是想殺鞠義？**

「主公，鞠義不過匹夫之勇，有勇無謀之輩，不足為慮，一戰可擒。若主公想收服他的話，只需布下巧計即可。」賈詡見沒人回答，上前一步道。

高飛笑道：「不！我要殺一儆百，殺雞給猴看。剛才我已經勸降過鞠義了，**他不從，那只有死路一條**。鞠義是袁紹手下一員大將，武勇雖然及不上顏良、文醜，但若斬殺了此人，必然能夠讓城內的趙軍士氣低落。」

「只怕鞠義堅守不出，無從下手。」賈詡道。

「敵軍若不出城，對我軍而言是再好不過了。走，暫時回營，我沒進過鄴城，必須先搞明白鄴城裡的基本狀況。」高飛調轉了馬頭，輕喝一聲，便朝軍營裡策馬而去。

其餘眾將都緊緊跟隨，一同進入了與北門相距不過三里遠的軍營。

一進入軍營，高飛便讓趙雲把沮鵠帶進大帳。看到沮鵠站在他面前，問道：「沮鵠，我問你，鄴城裡是何布局？除了東、西、南、北四門外，城內可有其他可以進出的偏門嗎？」

沮鵠道：「沒了，若要進鄴城，只能走東、西、南、北四門，這四門是鄴城的主門，進入四門之後，裡面還有甕城，一旦正門失陷，守兵便可以退入甕城，只要防守嚴密，敵人就無法突破。另外，城中還有一處宮殿，今年四月剛剛修建而成，是袁紹準備稱王用的。」

「稱王？呵呵，袁紹那時候估計根本不會想到，短短的一個多月後會落得如此境地。」高飛笑道。

沮鵠道：「本來袁紹是想把侯府、王都建在趙郡的邯鄲，可是由於種種原因，沒有遷徙，便依舊以鄴城為侯府、王都的所在地。」

高飛道：「好了，你下去吧。」

「侯爺，那我父親……」

「你放心，我一定會把你父親從袁紹的手上救出來，你現在就安心待在軍營裡，有用到你的地方，我自然會讓你過來。」

沮鵠有求於人，也只能無可奈何的接受了，緩緩地退出了大帳。

高飛見沮鵠走後，便朗聲道：「剛才我帶著你們環視了鄴城一圈，鄴城是座大城，從各個城門的防守情況來看，可謂是十分的堅固，再加上有護城河的環繞，讓我們無法接近到城下，若想採取攻擊的話，定然會損失慘重。你們都有什麼好的建議，現在都拿出來，是你們建功立業的時刻了。」

黃忠率先抱拳道：「主公，鄴城北臨漳河，護城河裡的水都是活水，都是從漳河裡引過來的，而且挖掘的護城河差不多有一丈那麼深，如果要攻打鄴城的話，就必須先斷掉護城河裡的水源，然後再讓士兵擔土填平，填出一條道路來，到時候直接沿著這條填出來的路，便可以讓士兵攻城，再用投石車加以掩護，日夜不停地猛攻，不出三日便可攻進鄴城。」

高飛道：「嗯，此計不錯，還有別的意見嗎？」

荀攸直接抱拳道：「主公，黃老將軍的策略是不錯，只是若要奪取鄴城，不一定非要攻城。」

「不攻城，怎麼奪取，難道敵人會主動把城池獻給你？」黃忠辯駁道。

荀攸呵呵地笑道：「然也！」

黃忠疑惑地道：「那袁紹又不是傻子，而且鄴城內至少還有八萬軍隊，趙軍的謀士、良將都在，袁紹怎麼可能會拱手將城池讓給我們？」

荀攸解釋道：「**不戰而屈人之兵才是上上策**，與其攻城時損兵折將，不如圍而不攻，採取襲擾策略，每日每夜對鄴城內的軍民進行襲擾，不出七天，鄴城內的百姓必然會主動逃出來，而且就連趙軍也會變得軍心渙散，到時候，再攻打鄴城就會簡單的多。」

高飛對荀攸提出的這個策略很熟悉，**烏桓人叛變那時，丘力居占領了陽樂城，荀攸便是採取這種策略對陽樂城進行的襲擾**，結果使得丘力居的士兵日夜得不到睡眠，最後無奈之下只能撤出陽樂城。此番聽到荀攸舊計重提，便也覺得可以施行。

郭嘉獻策道：「攻城也好，襲擾也罷，前提條件是必須將袁紹圍死在城中。既然鄴城只有四個正門可以進出，那一切都變得簡單多了。主公只需要讓士兵在四個城門外挖掘深溝，築起高壘，將四個城門完全包圍起來，然後再採取攻城或者是襲擾，就能讓敵人做困獸之鬥，只要緊守住出城要道，不愁攻不克鄴城。」

高飛點點頭道：「嗯，我也是這個意思，要圍死鄴城，不得放過一兵一卒。只要我們這樣做了，相信鄴城裡必然會有所反應。賈詡，你這就傳令下去，將所有步兵分散在四個城門，準備挖掘工具，入夜以後開始對四個城門施行封鎖，深溝高壘，我就不信堵不死袁紹。」

「諾！」賈詡抱拳道。

「報……」林楚從帳外跑了進來，朗聲叫道：「啟稟主公，呂布大軍到了，離此不足十里。」

高飛笑道：「來得也太慢了點吧，我們都已經到了半天了。他從何處趕來？」

林楚答道：「趙郡邯鄲。」

高飛緩緩地站起身子，朗聲道：「黃忠守營，趙雲、徐晃、陳到、文聘隨我一同出迎呂布，我倒要親自看看，呂布的並州健兒到底有多麼的雄壯！」

高飛騎著烏雲踏雪馬，帶著趙雲、徐晃、陳到、文聘四將一行五人朝邯鄲方向走了過去，奔跑出不到三里，便見前方煙塵滾滾，呂布騎著火紅的赤兔馬從煙塵中馳騁而來，手持方天畫戟，身披重鎧的模樣十分的瀟灑。

呂布騎在赤兔馬上，神清氣爽，渾身上下肌肉虬張，充滿爆炸性的力量，立在馬上就像是一座不可逾越的大山，睥睨之間，似乎天下風雲盡在他手。

「呂布果然是**三國第一猛男**，每次見到他總是給人一種說不出的感受，那種睥睨天下的氣勢，彷彿所有人在他的眼中都是過眼雲煙……」高飛看著呂布飛馳而來，心中暗暗地想道。

呂布一馬當先，座下赤兔馬更是神駿異常，馱著呂布只一溜煙的功夫便奔馳到高飛的面前。

他勒住了馬匹，拱手道：「燕侯別來無恙？」

高飛笑道：「我一切安好，不知道晉侯過得怎麼樣？」

呂布笑道：「並州苦寒之地，又多次遭逢鮮卑欺凌，過得如何，燕侯可想而知。」

高飛也不再客套了，開門見山地道：「晉侯這次帶來了多少兵馬？」

呂布道：「不多，五萬騎兵，但是真正到達鄴城的只有三萬而已，其餘的兵馬我都分開了，去占領中山、常山、鉅鹿、趙郡四地。我還要特別感謝燕侯的大方，不僅給我中山，還把鉅鹿也一起給我了，看來我呂布沒有交錯你這個朋友。」

高飛笑道：「我既然邀請晉侯來幫助我，就一定要拿出點誠意來，這次袁紹被我圍困在鄴城裡，想跑都跑不掉了。我雖然有近十萬之眾，但是其中五萬多人都是降兵，不能用來作戰，而且鄴城的城防也很厚，要攻克下這麼一座堅城，自然會有很多難處。我聽聞晉侯手下的騎兵都是虎狼之師，所以想請侯爺協助。再說，這鄴城攻下來了，還不是你的嘛！」

呂布道：「你儘管放心，就衝著你給我一半冀州的份上，就算你不說，這鄴城我也是攻定了。」

高飛朝呂布拱手道：「那就一言為定了，我撤出西門讓給晉侯，只需要晉侯把守西門即可。」

呂布道：「很好，那就這樣定了。」

「嗯，晉侯遠道而來，我已經讓人備下了薄酒，今夜不醉不歸。」

高飛做出一個請的手勢，目光卻盯著呂布背後奔馳而來的騎兵，見那些騎在馬背上的騎士都是精壯的漢子，而且各個都凶神惡煞的，看上去不是善類，心中不禁慨然，隨即朗聲道：「奉先兄，請！」

呂布也不客氣，驅策座下戰馬，徑直跟著高飛走。

趙雲、徐晃、陳到、文聘四將看著呂布經過身邊的樣子，不知道為何，四個人同時感受到一股從未有過的壓力。

那種壓力是無形的，似乎從呂布身上散發出來的氣息足可以使得他們感到自危，四人的心中都不禁升起一個想法：「這人太危險了……」

呂布不必開口，只是朝背後打了一個手勢，後面緊緊跟隨而來的高順、張遼二將帶著部下便朝西門而去。

高飛吩咐道：「仲業，麻煩你跑一趟西門，告訴龐德，讓他帶領士兵撤圍，把軍營讓給晉軍。」

文聘聽後，「諾」了一聲，策馬而走。

呂布藝高人膽大，不需要什麼隨從、護衛，獨自一人跟著高飛朝燕軍的大營裡走了進去。

燕軍的大營裡，高飛早已經布置好一切，酒宴也已經擺開了，高飛和呂布分賓主而坐，落座之後，高飛便道：「奉先兄，要不要把張遼、高順他們都叫來一起喝酒？」

呂布搖搖頭：「他們就免了吧，這裡只有我們兄弟敘舊，他們還要去處理軍營的事，等占領了鄴城，殺死袁紹，我們再一起擺個慶功宴，到時候兩軍全部聚集在一起，暢飲三日，哈哈哈！」

高飛聽到呂布的話，感覺呂布已經將鄴城視為囊中物，聽那口氣，似乎鄴城根本不用怎麼去攻打。

高飛舉起酒杯，笑道：「既然如此，那這裡只有我們兩個人，就開懷暢飲吧。」

呂布覺得酒杯不夠豪爽，直接端起酒罈，舉著對高飛道：「乾！」

夕陽西下，暮色四合，呂布滿臉通紅地告別了高飛，騎著赤兔馬朝鄴城西門外的軍營裡走了過去。

高飛喝得微醉，滿身的酒氣，加上天氣燥熱，帳內顯得很悶熱，他便獨自走出了大帳。

晚風徐徐吹來，吹散高飛身上的酒氣，他的腦袋也清晰許多。

這時，高飛看到從營外逆向走來兩個人，那身影是如此的熟悉，正是遠赴昌邑去和曹操聯繫的許攸和魏延。

看到許攸和魏延回來，高飛整個人就立刻變得清醒了，朝許攸、魏延招手道：「過來說話！」

許攸、魏延兩個人一路上可謂是沒少折騰，二人來到高飛的面前，參拜道：「參見主公！」

高飛問道：「昌邑之行，可有收穫？」

許攸道：「曹操已經答應主公，並且已經出兵了，在我和文長到達濮陽的時候，泰山郡已經完全被曹操攻取了下來。而在黃河岸邊搶渡的袁譚，幾次三番都被臧霸給堵了回去，損失了千餘兵馬，當他聽到曹操攻下泰山郡，又從泰山郡向青州進發時，便帶領部下掉頭回去對付曹操了。不過，以屬下看，袁譚根本不是曹操的對手。」

高飛聽後，點點頭道：「嗯，你辛苦了，先下去休息吧。」

許攸欠身道：「諾，屬下告退！」

高飛見許攸走遠後，便對魏延道：「你跟我進來。」

「怎麼樣，許攸可有什麼異常舉動嗎？」高飛示意魏延坐下。

魏延道：「啟稟主公，許攸沒有什麼異常，屬下一路上緊跟許攸，吃喝拉撒睡都一起。不過，屬下倒是發現了他和曹操間的一個秘密……」

「秘密？什麼秘密？」高飛緊張道。

魏延嘿嘿笑道：「該怎麼說呢……」

「實話實說！」

「諾！許攸和曹操的原配夫人是青梅竹馬，年輕時，他們兩個都喜歡那個女人，後來那女人被曹操搶跑了，這似乎也成了許攸心中永遠的痛，這是我聽許攸說夢話的時候才知道的。」魏延如實回答道。

高飛聽後差點沒有笑出來，沒想到許攸和曹操的老婆還有一腿，道：「你這次辛苦了，許攸這個人有心機，不能不防著點，等攻打鄴城時，我會提拔你重新進入十八驃騎之列，因為十八驃騎裡少了一個人。」

「少人？少誰了？」魏延臉上立刻變色，對他而言，少人就意味著有人陣亡了。

高飛道：「胡次越！」

「是他？胡彧怎麼死的？」

「鉅鹿之戰，我軍中了埋伏，胡彧為了掩護主力撤退而陣亡。」

魏延當即抱拳道：「主公，讓我頂替胡彧的位置吧，我不會再像以前那樣犯錯了，請給我一次機會，讓我帶兵作戰，攻破鄴城，替胡彧報仇！」

高飛道：「嗯，你先休息幾天，好好靜養，之後我會讓你官復原職，帶領殺進鄴城。」

「諾！」

鄴城的城牆上，燈火通明，負責巡邏的士兵映著火光朝外面看去，隱隱約約能夠看到城外面人影晃動，但是卻也說不清楚是怎麼回事。

這時，審配帶著人巡視到了北門，問道：「有什麼情況嗎？」

「沒什麼情況！不過……」

「不過什麼？」

「不過我總是能看到外面有身影晃動……」

審配聽了，立刻朝城門外望了過去，但見燕軍的大營裡燈火昏暗，而且確實看見了晃動的黑影。他立刻道：「朝空地上射出十支火箭，我要看清楚那裡到底在幹什麼！」

「諾！」

話音一落，十支火箭便射了過去，雖然射程較短，但是微弱的光亮還是照亮了一些蛛絲馬跡，讓審配看後大吃一驚。

「不好！快打開城門，迅速出擊！」審配大聲叫道。

守衛在北門的鞠義正在門樓裡喝酒，忽然聽到門樓外審配的大喊，急忙從門樓裡走了出來，見審配一臉著急的模樣，不解道：「國相，出什麼事情了？」

審配見怒不可遏地指著外面，斥責鞠義：「你是怎麼把守城門的？燕軍在你的眼皮子底下挖掘深溝，想將我們完全圍死在城裡，難道你一點都沒有發覺嗎？」

鞠義酒意正酣，喝得滿臉通紅，他平時沒有什麼愛好，就喜歡喝酒，有事沒事就愛小酌幾杯。今日閒來無事，便在門樓裡喝起了酒。

他朝城外眺望，只見外面一片漆黑，除了遠處的燕軍軍營裡有點點燈火外，再也看不到什麼。

鞠義道：「我怎麼沒看見？」

審配當即操起弓箭，射出一支火矢，微弱的燈火照亮了夜空。

鞠義從划過去的火星裡看到了令他吃驚的模樣，護城河邊燕軍騎兵嚴陣以待，騎兵後面是不斷忙碌著挖掘和擔土的士兵，環形的圍繞著城門半圈，在護城河邊構建了一個小型的壁壘。

「賊你娘！」鞠義操起西北口音大聲地罵道：「全軍備戰，看老子不把他們全給捅死！」

審配見鞠義轉身要下城樓，急忙道：「站住，燕軍嚴陣以待，早有防範，你若貿然前去，必然會吃虧。」

鞠義怒道：「怕個鳥！老子可不是貪生怕死的人！」

「你不怕死，可你也不能去送死！」審配思緒在腦海中快速地閃過，道：「這樣吧，你放下吊橋，打開城門，先以弓弩手封鎖護城河沿岸，隔著護城河向對面射擊，逼退燕軍的一些騎兵後，你再率領騎兵衝陣，要一鼓作氣直插敵軍心臟。這會兒燕軍大概都在忙著構建壁壘，大營肯定空虛，你衝破燕軍守在護城河對岸的防線後，便直接去劫營，放火燒毀敵軍存放糧草的大營，只要糧草一被燒毀，敵軍必然不戰自退！」

鞠義重重地點了點頭，衝身邊的士兵喊道：「披甲，拿我的鏨金虎頭槍來！」

話音落下，士兵們便急忙為鞠義披甲戴盔，隨後兩個士兵從門樓裡抬著鞠義慣用的鏨金虎頭槍來到鞠義的面前。

鞠義一把抓住鏨金虎頭槍，這柄槍長約一丈二，槍頭如巨型的虎頭般威武，槍桿有碗口般粗細，槍身與槍頭皆是由玄鐵鑄成，一眼看上去便很有分量。可是鞠義只隨手那麼輕輕一抓，兩個士兵一起在肩膀上扛著的鏨金虎頭槍便被他輕易的拿在手中，可見他的臂力驚人。

「備馬！」鞠義收拾好了一身行頭，在腰中懸著一把長劍，便大踏步地朝城樓下走了過去。

審配看到鞠義這番英姿颯爽，不禁在心裡暗讚道：「鞠義真是一員猛將也，有他在，燕軍就算再猖狂也不足為慮。」

鞠義下了城樓，守門的士兵早已為他準備好了馬匹，那是一匹黃驃馬，膘肥體壯，是鞠義從西涼帶來的。鞠義一跨上馬背，牠就興奮的嘶喊著，兩隻前蹄抬在半空中，落地時顯得鏗鏘有力。

「放下吊橋，打開城門！」鞠義手持鏨金虎頭槍，胯下騎著黃驃馬，身後跟隨著他從西涼帶來的五百精銳騎兵，朗聲大喝道。

審配生怕鞠義不聽從他的吩咐，急忙向城樓下俯瞰，提醒道：「鞠義！先以弓弩手射殺對岸騎兵，逼退騎兵後方可率部衝殺！」

鞠義朝城樓上看了一眼審配，冷笑道：「說一遍我就記住了，國相何必囉嗦？」

鄴城北門的士兵緩緩地放下吊橋，那吊橋全是用厚鐵板鑄就，長十五米，寬十米，許多根粗重的鐵鍊拴在吊橋上，用一個大型的磨盤帶動吊橋的升降，十五個大力士正一起在城樓下面的門房裡吃力地推動著磨盤，使得吊橋一點一點的放了下來。

遠在鄴城北門護城河對岸的燕軍騎兵正在嚴陣以待，騎兵隊伍在黃忠的帶領下組成了嚴密的陣形。

黃忠等人忽然聽到一連串鐵鍊呼呼啦啦的脆響，將目光全部集中在鄴城的城門上，但見一塊厚重寬大的鐵板緩緩落下，非但沒有感到吃驚，反而每個人的臉上都揚起一絲自信的笑容。

「果然不出軍師所料，敵軍一看見我們挖掘深溝就坐不住了。大家注意，敵軍開始放下吊橋了，一切按照原計劃進行！」黃忠衝身邊的士兵喊道。

鄴城北門的城樓上，審配雙手按在城垛上，看著吊橋一點一點的被放下來，隨即對身邊的屬官吩咐道：「迅速通知守在東門的顏良，讓他率部出擊，攻擊城外的敵軍，絕對不能讓敵軍構築成封鎖的防線。」

「那西門和南門要不要通知？」屬官問道。

「通知個屁！西門和南門歸郭圖管，我們不用操心，你只照我的話去做就可以了，快速通知顏良出擊，以弓弩手開道，騎兵衝刺，直逼敵軍大營，放火燒營！」審配怒道。

屬官「諾」了一聲，火速離開了北門，向在東門的顏良那裡跑了過去。

審配的屬官剛走，便聽見北門外傳來「砰」的一聲巨響，那厚重的吊橋結實地落在地上，架在寬十米的護城河的兩岸，一座大橋就此形成。

北門的城門也在這個時候打開了，從門洞裡迅速湧出了兩千弩弓手，一出城門便迅速分成了兩邊，站在了護城河的沿岸，弓弩齊備，在指揮弓弩手的軍司馬的命令下，便朝對岸射出了箭矢。

「嗖……」箭矢飛舞，黑夜中無法辨認對面射來了多少箭矢，但是黃忠等人早已做好準備，隨著黃忠的一聲清嘯，騎兵隊伍便開始向後撤退，而且持著盾牌的步兵便擋了上來，卡在了第一線。

燕軍手持鋼刀、盾牌的士兵將自已的身體掩藏在盾牌之後，人挨著人，組成了一道嚴密的盾牆，任由對面射來了多少箭矢，都一律擋在外面。

可是，令人感到奇怪的是，燕軍士兵並無一人中箭，卻都在不斷的發出痛苦的哀叫，而黃忠則讓騎兵們紛紛抽打自己座下的馬匹，讓馬匹也發出嘶鳴聲，和人的叫聲混在一起，若閉上眼睛仔細聆聽，還真有一種人仰馬翻的感覺。

烏雲蓋月，夜色一片漆黑，手持弓弩的趙軍士兵在護城河岸邊射箭，他們的眼睛只能看到一片漆黑，根本看不見對面是否有士兵，只能用亂箭射之。可是當他們聽到對面傳來陣陣慘叫的呼喊聲，所有的弓弩手就更加賣力的射箭了，每個人的臉上都帶著一絲喜悅。

遠在城門裡準備好的鞠義聽到對岸傳來聲嘶力竭的喊叫聲，以及那垂死掙扎的聲音，整個人顯得很是興奮，自言自語地道：「審配果然有一套，聽這聲音，少說也射殺了一千多人。」

護城河對岸的慘叫聲漸漸稀少下來，換來的卻是燕軍不斷的咒罵聲，鞠義聽到這種情況，就按捺不住了，心想對岸一定被弓弩手射殺出來了一片空地。

他高高舉起手中的鏨金虎頭槍，大聲地對身後精銳的五百騎兵喊道：「全軍出擊！」

一聲令下，鞠義一馬當先，「駕」的一聲大喝後，第一個便衝出了城門，身後的五百騎兵緊緊跟隨，所有人都展露出凶狠的一面，面色猙獰，踏過架在護城河上的吊橋，向對岸衝了過去。

「殺啊……」趙軍的騎兵隊伍在鞠義的帶領下吶喊著，當鞠義和前部迅速衝過吊橋時，卻未看到地上有任何屍體。

他心中起了一絲疑竇，還沒有來得及想清楚到底是怎麼回事，只覺得座下馬突然馬失前蹄，臥倒在地，將他整個人從馬背上掀翻了下來，在地上滾了幾個滾。

「啊……」一時間鞠義所帶著的騎兵跑在最前面的，有一二百人都是人仰馬翻，而後面來不及勒住馬匹的騎兵也一起衝撞了過來，踏死了不少前面從馬背上被掀翻下來的騎兵，騎兵們都哀鴻遍野。

鞠義從地上爬了起來，手中緊握鏨金虎頭槍，凌厲的目光掃視著周圍的黑暗，卻沒有發現任何異常。

他扭頭看了一下身後，但見他所騎的馬匹的兩隻蹄子深深地陷在一個狹小的坑洞裡，一半的馬腿陷了進去，卻無法拔出，有的馬腿甚至直接斷成了兩截。

其餘的騎兵也都是如此情況，原本平整的地上突然出現許多坑坑窪窪的深坑，那深坑不大不小，剛好能夠容下馬腿，一旦馬腿踩了進去，在快速奔跑的情況下便無法拔出，由於慣力的作用，以至於將馬背上的騎士掀翻在地。

鞠義臉上大驚，發覺這是一個圈套，急忙大聲喊道：「快撤退！」

聲音還在空氣中打著轉，突然四周火起，手持盾牌的步兵擋在那裡，黃忠率領數百騎兵奔馳了過來，將手中鳳嘴刀向前一招，大聲喊道：

「鞠義！速速投降，可免一死！」

「賊你娘！」鞠義雙手緊握鏨金虎頭槍，看到四周盡皆被圍，身上一點怯意都沒有，站在那裡瞪著渾圓的兩個眼珠子，朝黃忠大罵道：「投你娘的降，要打便打，何必廢話？」

審配見鞠義被包圍在吊橋邊的一片空地上，身後的馬匹側翻倒地，擋住了歸路，身前三面都是敵軍，他猛然拍了一下大腿，急忙叫道：「快出兵救援鞠義！」

一聲令下，從城門裡湧出不少騎兵，而在護城河沿岸的弓弩手此時看見了對岸的亮光，也開始放出箭矢，朝敵軍的陣形裡射了出去。

可是敵軍擋在護城河對岸的，是全身覆甲的重裝步兵，而且基本上是側著身子對著他們，手中握著盾牌也只面向鞠義，他們所射出的箭矢絲毫穿透不了重步兵身上的鋼甲。

黃忠身後帶領的也是清一色的重騎兵，只不過重騎兵沒有將馬匹鎖在一起，而是單個分開。

管亥跟隨在黃忠身後，看到鞠義被圍，寧死不降，便對黃忠道：「黃將軍！主公有令，鞠義若是不降，便可將其擊殺，你若不去，那我就去了！」

黃忠斜眼看了管亥一下，見管亥全身覆甲，裹在了鋼鐵裡面，便道：「你行動不便，鞠義又是趙軍猛將，這可功勞就由我代勞了，主公那裡若有了什麼獎賞，我分你一半就是！」

管亥嘿嘿笑道：「那如果主公獎賞的是個女人呢？」

「……」黃忠默然，隨後笑道：「老夫已有妻室，若是女人，則讓給你了。」

「爽快！在下祝黃將軍手到擒來，不過，黃將軍可要小心對面的箭矢！」管亥笑道。

黃忠冷笑了一聲：「管將軍在此壓陣，我去去便來！」

話音一落，黃忠策馬而出，拍馬舞刀直取站在地上的鞠義。

迎面朝他飛來的許多箭矢，都被他神乎其技的刀法給一一劈成了兩半，瞪著兩隻凶狠的眼睛，眼神裡殺意大起，大聲喝道：「鞠義，看我取你首級！」

鞠義站在原地一動不動，雙腳略微分開，見黃忠單馬衝來，手中的鏨金虎頭槍便按捺不住了。

他見黃忠氣勢凜凜，猶如氾濫的河水一般凶猛，不禁被黃忠的氣勢壓倒，「咕嘟」一聲吞了一口口水，心中暗道：「來者氣勢非凡，絕非庸碌之輩，我須小心應戰。」

趙軍前來救援的騎兵被陳到、文聘、褚燕三將帶領的重步兵給堵在吊橋邊，衝突不過去，不僅砍殺不了這撥重步兵，還損失不少兵馬。

陳到身先士卒，站在吊橋的最前面，身負重甲的他絲毫沒有懼意，舞動著手中緊握的鴛鴦雙刀，將一個個騎兵活生生地從馬背上砍翻了下來。

褚燕一手持刀，一手舉著盾牌，時不時向前一陣猛撞，硬是以他高大的身軀將那些在馬背上騎著的士兵撞翻下馬，然後手中鋼刀上去便是一刀，砍下不少人頭來。

文聘傷勢雖然未癒，可是也不甘示弱，槍挑一條線，手中的鋼槍刺死了不少騎兵。

三個人帶領著重步兵齊心協力，衝在隊伍的最前面，硬是將趙軍騎兵趕到了吊橋上，或者擠進了護城河裡，並且向前緩慢推進，踩在架起的吊橋上，使得吊橋無法升起。

黃忠這邊快馬奔馳而到，鳳嘴刀當先舉起，以極大的力道向鞠義的頭顱劈了下去。

鞠義身處地上，身體靈活，見黃忠來勢洶洶，根本不敢接招，將身子一閃便避過了黃忠的一刀，在地上滾了一個滾，便急忙翻身而起，手起一槍，刺斜裡刺了出去，槍頭直指剛和他分開的黃忠後腰。

黃忠騎著馬從鞠義身邊掠過，發現鞠義在地上使了一個漂亮的「回馬槍」，他便急忙從馬背上跳了起來，身體借助馬匹的力道彈向空中，人在空中翻轉了一個空翻後，直接落在鞠義背後。

他一經著地，鳳嘴刀便順勢從鞠義背後劈出。鞠義哪裡想得到黃忠還有這等身手，背後冷汗直冒，回身格擋已經太遲了，唯一的辦法就是躲閃。

他想到這裡，便縱身向前撲去，為了以防萬一，鏨金虎頭槍同時朝背後胡亂刺了一槍。

黃忠揮起鳳嘴刀撥開鞠義虛晃的一槍，腳步快速向前移動，鳳嘴刀橫在腰間，雙手快速地將鳳嘴刀在腰間轉到，身體同時進一步逼近鞠義。

鞠義剛撲過來，還沒有來得急喘口氣，只覺得背後寒光閃閃、殺意逼人，用眼睛的餘光看了一眼，但見黃忠將鳳嘴刀使得爐火純青，那鳳嘴刀在他的腰間不停地旋轉，雙手抖動的也很迅速，冰冷的刀鋒正一步步向他緊逼。

他暗叫一聲不好，急忙將手中的鏨金虎頭槍狠狠地插在地上，想阻擋下黃忠刀鋒的攻勢。

黃忠的嘴角上露出一絲笑容，見到鞠義的防守方式，雙手突然停止抖動，將鳳嘴刀提到了空中，剛才那種橫掃千軍之勢的攻擊招數登時陡變成了劈頭式，他大聲叫道：「力劈華山！」

鞠義瞪大了驚恐的眼睛，雙手還來不及拔起插在地上的鏨金虎頭槍，便見黃忠一記猛烈的劈頭式從半空中落了下來，他這才感覺到自己上當了，黃忠剛才的橫掃千軍只是虛招，力劈華山才是實招，是想以一擊必殺要了他的性命。

他雙手急忙脫離了鏨金虎頭槍，身體也向後猛退，可是為時已晚。鳳嘴刀的柄端很長，刀頭很大，刀刃很鋒利，縱使鞠義棄槍後退，也沒能夠挽救他的性命。刀鋒直接從鞠義的腦門劈下，沿著額頭、鼻梁、嘴巴劈出一道極深的血痕，若非他後退幾步，他整個頭顱就會被劈成兩半。

「啊」的一聲慘叫，鞠義被活生生地劈死，刀鋒順著頭部而下，劃破了他的胸口和肚皮，內臟滾落出來，腸子流了一地，鮮血更是迅速染紅了他的周圍。

黃忠的刀鋒沒有停，習慣性的動作一氣呵成，刀鋒橫了過去，用力一刀便砍落了鞠義的腦袋，鮮血噴灑了他一身。他手持鳳嘴刀，滿臉血跡，瞪大虎目，朗聲吼道：「敵將鞠義已經被我黃忠擊殺，不想死的速速投降！」

吼聲如雷，響徹護城河內外。

趙軍士兵一聽到鞠義死了，軍心倍受打擊，加上城樓上的審配見勢不妙大喊撤退，一時間，城門邊的士兵都一溜煙地跑進了城門。

趙軍的騎兵還在吊橋上和陳到、文聘、褚燕三將帶領的重步兵交戰，見後面士兵退卻，鞠義身亡，也都沒有一點戰心，紛紛開始撤退。

「快升起吊橋，快升起吊橋！」審配急忙大喊道。

可是吊橋上已經站滿了燕軍的重裝步兵，所有人的體重加上裝備的重量，使得吊橋的負重越來越重，在門房裡的大力士在推動磨盤的時候很是吃力，用盡了吃奶的力氣，也推不動牽引吊橋的磨盤。

「喀喇」一聲巨響，牽引吊橋和磨盤的鐵鍊由於受力太大，本來就生銹的鐵鍊突然斷裂開來，使得整個吊橋再也升不上去了。

審配見狀，急道：「堵住城門，快關城門，不可讓燕軍進入城門半步！」

「可是國相，我們的騎兵還在外面呢……」一個守城的軍司馬道。

「殺！一律射殺，敵軍穿的都是重型鎧甲，不怕弓箭，快去拿火油來，沿著城牆倒下，丟到城外，用火箭點燃，燒死他們！」審配下令。

軍司馬不敢違抗，當即便下達命令，城牆上的弓箭手開始射殺那些還來不及進城，又被燕軍緊緊咬住的騎兵，城門也在這個時候關閉，另外一些士兵開始向城外拋灑火油。

陳到聽到劈哩啪啦一陣脆響，鼻子裡突然聞到一股油味，大叫道：「不好，敵人要用火攻，快撤！」

一聲令下，本想再去擴大戰果的重步兵紛紛後退，在經過吊橋時，還用鋼刀砍斷了連接城內磨盤的鐵鍊，使得吊橋徹徹底底的架在護城河上。

火箭射到地面上，立刻燃起了熊熊的火焰，所幸的是陳到發現及時，讓重步兵撤了回來，沒有引起一人傷亡。然而，那些還來不及退入城中的數百趙軍騎兵，在自己人的夾擊下和火焰的燃燒下，一個個發著痛苦的慘叫。

黃忠提著鞠義的頭顱，看著了一眼北門的戰果，笑道：「諸位辛苦了，請隨我一起到主公處請賞！」

參戰的眾人都哈哈笑了起來，清點了一下陣亡的趙軍將士，將屍體拉走並進行掩埋。

黃忠、陳到、文聘、褚燕離開北門，留下的士兵在管亥的指揮下繼續嚴陣以待，身後的深溝裡那些負責挖掘的士兵也露出了頭顱。

城樓上，看到鞠義陣亡，士兵潰敗的審配，心中懊悔不已。突然，他想起了什麼，急忙對城樓下的騎兵喊道：「快去東門，通知顏良，莫要讓他出擊，只需堅守城池即可！」

「諾！」

請續看《三國奇變》【戰略篇】第十卷 驚天一箭

三國奇變【戰略篇】卷9 美人計

作者：水的龍翔
發行人：陳曉林
出版所：風雲時代出版股份有限公司
地址：10576台北市民生東路五段178號7樓之3
電話：(02) 2756-0949
傳真：(02) 2765-3799
執行主編：朱墨菲
美術設計：吳宗潔
行銷企劃：林安莉
業務總監：張瑋鳳

初版日期：2022年2月
版權授權：蔡雷平
ISBN：978-986-5589-34-9

風雲書網：http://www.eastbooks.com.tw
官方部落格：http://eastbooks.pixnet.net/blog
Facebook：http://www.facebook.com/h7560949
E-mail：h7560949@ms15.hinet.net
劃撥帳號：12043291
戶名：風雲時代出版股份有限公司

風雲發行所：33373桃園市龜山區公西村2鄰復興街304巷96號
電話：(03) 318-1378
傳真：(03) 318-1378
法律顧問：永然法律事務所 李永然律師
北辰著作權事務所 蕭雄淋律師

行政院新聞局局版台業字第3595號 營利事業統一編號22759935

定價：290元

國家圖書館出版品預行編目資料

三國奇變 / 水的龍翔著. -- 初版. -- 臺北市：風雲時代出版股份有限公司, 2021.04- 冊； 公分

ISBN 978-986-5589-34-9（第9冊：平裝）--

857.75 110003326